DANIEL CARIO

Les filles
de la châtelaine

ÉDITIONS DU PALÉMON
ZI de Kernevez - 11 B rue Röntgen - 29 000 Quimper

PROLOGUE

La forêt de Pont-Calleck, en centre-Bretagne, où vécut un célèbre marquis dont une *gwerz* tout aussi fameuse retrace l'existence rebelle et mouvementée – qui lui valut d'ailleurs d'être décapité en 1720. Le Scorff s'y prélasse aux mortes eaux, se croit permis des impétuosités forcenées quand les pluies détrempent le paysage. Des allées majestueuses scindent les obscures frondaisons, sous lesquelles s'insinuent d'étroits sentiers, tandis qu'entre les mousses jouf-flues et au pied des talus se faufilent des ruisseaux effrayés. Bucolique, n'est-ce pas ? La litanie de clichés éculés, diraient d'aucuns…

Soudain le sous-bois s'éclaircit en une immense baie de lumière. Se dévoile un paysage irréel, qui laisserait croire qu'on a changé d'univers. Deux gen-tilhommières se font face, séparées par un modeste plan d'eau, que l'on hésite à qualifier d'étang. Un lieu paisible, en apparence…

De souche aristocratique, Mathilde de Viremont est châtelaine. Marquise, c'est le titre nobiliaire qu'elle revendique. Pourquoi pas… La quarantaine, c'est une maîtresse femme, sèche de corps et d'esprit, loin d'être commode. Limite misanthrope même, sauf en cas d'obligation incontournable. Pas mariée, elle n'a pas d'enfant. Non qu'être marié soit la condition *sine qua non* pour procréer, mais aucun homme ne l'a jamais tenue entre ses bras – soit dit en passant, elle n'a étreint non plus aucune femme. Quarante printemps et donc encore vierge au début de ce récit. Un détail qui a son importance.

Une telle propriété nécessite un entretien suivi. Aussi la châtelaine emploie-t-elle une servante et un homme à tout faire. Pour les travaux d'envergure, son domestique – qui fait également office de majordome – sollicite des journaliers.

La marquise vit de ses rentes, des dividendes d'un portefeuille d'actions dont s'occupe un courtier, ainsi que des loyers que lui versent ses métayers à la Saint-Michel. Si elle ne roule pas sur l'or, elle n'est pas à plaindre – il est vrai que ses inclinations ascétiques la préservent de dépenses outrancières.

Une servante, donc, Célestine. La châtelaine actuelle n'avait que six ans quand ses parents l'ont recueillie. Un accès de compassion surprenant chez des hobereaux au cœur plus sec qu'un croûton de quinze jours, et ce d'autant plus que la misérable était maigrelette, crasseuse au point de ne pouvoir discerner le grain de sa peau ni la véritable couleur de ses cheveux. Mais ses grands yeux bleus, limpides et lumineux, suppliaient avec tant de détresse…

La petite mendiante était assise sous le porche de l'église de Plouay, la menotte tendue. En retrait se tenait la mère, en haillons, dans un état aussi pitoyable. Elle n'a fait aucune difficulté pour céder sa gamine à des personnes aussi bien mises et de toute évidence fortunées.

— Tine est une brave fille, a-t-elle ânonné, en la poussant d'une main ferme au creux des reins. Courageuse avec ça, et jamais à pleurnicher.

— Tine comment ?

La vieille avait haussé les épaules. Un sourire niais dévoila des chicots déchaussés.

— Ben, Célestine, quoi…

Ou elle ne se souvenait plus de son patronyme ou elle craignait de se voir restituer le fardeau à brève échéance. La seconde hypothèse reste la plus crédible…

— Vous verrez, vous n'aurez aucune raison de vous plaindre. Par contre, moi, je vais être obligée de combler un manque à gagner maintenant qu'elle ne sera plus là.

Sous-entendu, ce ne serait pas idiot de mettre la main à la poche…

Gontran de Viremont avait ouvert sa bourse. Affaire conclue.

Tine servit aussitôt de domestique. Elle fut notamment assignée à garder Mathilde, dont le tempérament de pisseuse épouvantable présageait déjà une adolescente chieuse et une adulte exécrable. La pimbêche fit de Célestine son souffre-douleur, pour ne pas dire son esclave. La pauvrette avait trop galéré, s'était trop souvent couchée le ventre vide et transie de froid, pour seulement oser se plaindre. Mathilde avait vingt-deux ans quand Gontran et Cunégonde tirèrent leur révérence, sans avoir mis en chantier un autre héritier. Promue châtelaine en titre, la jeune marquise aurait été bien sotte de se priver d'une bonne à tout faire aussi docile et qui ne coûtait que le prix de sa maigre pitance.

Quel château n'est pas entouré d'un parc? La façade de celui-ci donne sur un vaste terrain qui coule en pente douce jusqu'à l'étang; sur les larges nénuphars se prélasse une colonie de grenouilles aux premiers rayons de soleil. La nuit, elles font un boucan épouvantable.

La partie arrière du château abrite les dépendances. Là se situe l'écurie. La châtelaine utilise en effet un cabriolet tracté par un cheval d'une placidité à toute épreuve. Une longère sert de remise, notamment pour la voiture et la paille du quadrupède; l'aile gauche est consacrée au logement des domestiques. Célestine, donc, mais également Fernand Chardon. En bonne intelligence, les deux employés se répartissent les multiples tâches. Lui, fait office de jardinier, de palefrenier, de bricoleur attitré, tandis qu'elle, s'occupe plutôt des nécessités intérieures: cuisine, lessive, repassage et ménage.

Fernand a sensiblement le même âge que sa patronne. Robuste et courageux, il est du genre taciturne, une qualité aux yeux de la châtelaine, qu'insupporterait un domestique à lui tenir le crachoir, ou un flagorneur à lui lécher les bottes afin de s'allier ses bonnes grâces.

Une parenthèse: dans un récit qui commence dans cette tonalité fleurissent invariablement des kyrielles d'histoires croustillantes au sujet de la valetaille, où des verrats à deux pattes culbutent de jeunes truies éhontées. Le domestique de Mathilde était *a priori* à l'abri de pareilles turpitudes. Chardon avait en effet la partie droite du visage marbrée d'une tache de vin violacée, il est vrai un peu disgracieuse. Autre précision élémentaire : contrairement aux idées reçues, ce genre de singularité capillaire, si elle est de nature congénitale, n'est pas héréditaire.

Sur l'autre rive de l'étang réside Xavier de Cosquéric, dont le train existentiel est de même nature que celui de sa voisine : rentes, actions, fermages, reliquats de fortune familiale. Lui aussi prétend être marquis de naissance. Autre similitude, la configuration de l'édifice est la symétrie parfaite du château des Viremont, à croire que les bâtisseurs de l'époque ont utilisé un plan unique et profité de la mobilisation de la main-d'œuvre pour édifier les deux bâtiments avec les pierres extraites d'une carrière dans les environs.

Chaque riverain a donc vue sur la propriété de son voisin par-dessus le plan d'eau. Ils n'entretiennent pourtant que des rapports épisodiques, en fait quand le hasard les contraint à des rencontres inopinées ; un échange de sourires crispés, qui se conclut infailliblement en se tournant le dos. Une nuance importante cependant : si elle, ignore royalement le camp ennemi, lui, en revanche, passe son temps à l'épier de son balcon au moyen d'une longue-vue, à la manière d'un flibustier. Pas par simple curiosité. Il faut préciser qu'ils traînent un passif commun qui justifie pleinement leur animosité réciproque.

Pour mieux situer le personnage, sachez que Xavier de Cosquéric a entretenu, dans ses vertes années, des velléités de séducteur. Aujourd'hui, en cette fin de XIXe siècle, il n'est plus qu'un aristocrate sur le retour. Nostalgie d'une époque révolue, fut un temps il s'acharnait à se coiffer d'une perruque afin de masquer l'alopécie qui lui avait dénudé le caillou à l'approche de la trentaine. Se sentant ridicule, il a bien vite renoncé.

Fernand Chardon avait souffert de sa tache de vin toute son enfance. Charron à Plouay, son père faisait également office de maréchal-ferrant. Sauré comme un hareng par les braises de la forge, Émile Chardon s'humectait le gosier sans répit – il ne buvait pas que de l'eau. Lorsque naquit son garçon, les langues acérées ne manquèrent pas d'opérer le rapprochement : il y avait du pinard dans sa semence !

Soucieux de perpétuer la profession familiale, le père avait prévu de passer le relais à son rejeton. Encore aurait-il fallu que celui-ci en présente les dispositions… Or le gamin tenait plutôt de sa mère, Solange, aveulie de pitié pour protéger son garçon d'un paternel aussi tonitruant. Refusant l'évidence que son Fernand soit devenu un jeune homme, elle le materna jusqu'au jour où le charron fut convoqué au château pour réparer l'attelage de Mathilde de Viremont, quelques semaines après le décès des parents.

— Comment vous allez faire pour entretenir le domaine maintenant que vos vieux sont partis rejoindre le bon Dieu ?

Pas certaine d'avoir bien saisi, la marquise écarquilla de grands yeux ahuris. Elle réalisa aussitôt à quel énergumène elle avait affaire. Retint la riposte salée pour contrer une goujaterie aussi flagrante.

— Il me faudra trouver un homme digne de confiance, marmonna-t-elle d'une voix fielleuse.

Le forgeron en avait assez de suer sang et eau alors qu'à vingt-cinq ans son fiston était à fainéanter dans les jupes de sa mère.

— Moi, j'aurais bien quelqu'un à vous proposer, avança-t-il entre deux coups de marteau.

— Ah bon ?

— Dame, c'est pas un adonis, plutôt du genre à vous flanquer des cauchemars. Mais c'est un brave garçon, courageux, et qui ne fait jamais d'histoires.

— Dites toujours.

— Il s'agit de mon fiston.

Émile expliqua la situation, ne passa pas sous silence le nævus de Fernand. La châtelaine esquissa une petite moue de répulsion.

— Ce n'est pas un monstre non plus, se rattrapa le charron. Mais je ne suis pas sûr qu'il trouvera chaussure à son pied.

Fernand fut embauché le jour même. Démentant le pronostic paternel, il se dégota une compagne ; ils n'éprouvèrent pas toutefois le besoin de se marier.

Livre I

De charmants voisins

1

Léonie Roumier se hâtait dans l'allée empierrée qui menait au château. De temps à autre, elle
hochait la tête d'un air perplexe et marmonnait à
voix basse. Que lui voulait donc cette grande dame
qu'elle n'avait jamais entraperçue que de loin ?
C'était Fernand qui était venu la quérir alors que le
jour n'était pas encore levé.

— Madame de Viremont a besoin de tes services.

Un ton péremptoire. Toujours aussi taiseux, il
avait refusé d'en dire davantage.

Ses services… Léonie réfléchissait en veillant à
ne pas se tordre une cheville dans les nids-de-poule
creusés par les pluies. Rebouteuse à l'occasion, elle
savait remettre en place les articulations déboîtées,
réduire les fractures quand les os n'étaient pas en
bouillie, mais il était peu probable qu'une châtelaine sacrifie à une médecine de bouseux. Restait sa
fonction officielle, aider les bébés à venir au monde
– ou au contraire les en empêcher s'ils n'étaient pas

désirés, une besogne clandestine pour laquelle on la payait grassement afin de fermer son clapet.

En dehors de son service au château, Fernand était donc en ménage avec la sage-femme « locale ». Ces deux-là avaient-ils jamais éprouvé du sentiment l'un pour l'autre ? Voilà bien une question qu'ils évitaient de se poser. Disons qu'une attirance physique leur faisait battre le cœur par intermittence. Fernand n'était pas un modèle de tendresse, pas du genre à s'embarrasser de préliminaires quand le taraudait une montée de sève, des étreintes « naturelles », à l'image du monde rustique qui les entourait. Sinon ils unissaient leur solitude en bonne intelligence, n'ayant aucun grief assez sérieux pour s'égarer en vaines chamailleries. S'assurer une descendance n'avait jamais été au programme. De par sa pratique, Léonie n'était pas assez écervelée pour se faire engrosser à son insu. Oh ! il lui était arrivé d'avoir envie de pouponner, quand le bébé entre ses doigts crochus lui paraissait plus beau que d'ordinaire, ou plus fragile, mais ce n'était qu'une émotion passagère. Elle se reprenait aussitôt, s'assurait que le nouveau-né couinait clair et fort, pissait dru, et le collait entre les bras de sa mère le temps de pincer le cordon et de hâter la délivrance en pétrissant les flancs distendus.

La grille du château ouvrait sur la cour arrière. Une allée grossièrement empierrée contournait la bâtisse par le pignon droit et accédait à l'esplanade, séparée de la pelouse par une rambarde en fer forgé. Sur la façade donnait une rangée de fenêtres ; au milieu s'ouvrait celle qui servait de porte principale. Léonie n'eut pas besoin de haler le cordon de la cloche. La servante guettait son arrivée. Vu la fébrilité avec laquelle elle lui saisit le bras, il y avait urgence. Un accident, pensa la rebouteuse. La châtelaine se sera cassé la figure…

D'un geste impérieux, Célestine l'invita à entrer. Léonie fut impressionnée par la taille du salon, qui occupait toute la partie avant du rez-de-chaussée. Au plafond, trois magnifiques lustres dont les pendeloques à facettes tintèrent dans le courant d'air. La bonne n'avait pas encore prononcé un mot. Elle indiqua l'escalier de marbre qui accédait à l'étage. Léonie commençait à en avoir assez de tout ce mystère. Elle se campa devant les marches, posa son sac sur les larges carreaux veinés. Les mains sur les hanches, elle apostropha la servante.

— Vous pourriez m'expliquer, maintenant?

Célestine soupira ostensiblement. Ou elle ne trouvait pas les mots ou il n'était pas dans ses attributions de causer.

— C'est pour Madame, se contenta-t-elle de bredouiller. Venez.

Pressée d'en finir, Léonie lui emboîta le pas.

De place en place, des portraits ornaient les majestueuses tapisseries murales. Célestine était rendue sur le palier. La demeure était étrangement silencieuse, pensa Léonie, de plus en plus intriguée. Et Fernand! Où il était, celui-là?

Léonie n'eut pas loisir de s'en inquiéter. La servante tenait ouverte l'une des portes qui donnaient sur le couloir. La chambre de la châtelaine… La visiteuse hésita, angoissée d'accéder à un secret qui la dépassait.

Vêtue d'une sévère chemise de nuit, Mathilde de Viremont se tenait adossée à deux oreillers ventrus sous le baldaquin d'un lit spacieux, alors qu'elle n'y avait jamais dormi que toute seule. Recouverte d'un drap, elle avait les jambes repliées en équerre. Les traits tirés, les yeux cernés, les cheveux défaits, elle était en souffrance. Léonie Roumier n'était pas médecin !

— Laisse-nous, Tine, ordonna la châtelaine d'une voix qu'elle ne put empêcher de chevroter.

La bonne referma doucement la porte. Léonie se présenta au pied du lit. Elle remarqua alors une table basse dans la ruelle du côté droit. Dessus trônait une bassine emplie d'eau, jouxtée d'une pile de serviettes.

— Ne restez pas là plantée comme une idiote.

Le drap était tendu sur l'abdomen.

— Eh bien, oui. Je suis en train d'accoucher ! proféra la châtelaine, le regard fuyant.

Léonie entendait encore Fernand lui confier que sa maîtresse avait le même âge que lui, à quelques mois près. La quarantaine, ce n'était pas l'idéal pour enfanter. Encore plus époustouflant était qu'une dame aussi austère se retrouve enceinte. De l'imaginer copuler dépassait l'entendement. Il fallait pourtant se rendre à l'évidence. Ou alors, elle s'était fait violer…

Une contraction tétanisa la marquise. Elle serra les lèvres, mais ne put endiguer le gémissement.

— Il y a combien de temps que ça a commencé ?

— Depuis le début de la nuit, bredouilla Mathilde dont la superbe s'étiolait sous la douleur.

Bientôt douze heures, la parturiente avait perdu les eaux depuis déjà un bon bout de temps. Rien d'étonnant d'être épuisée. La sage-femme hésita encore : accéder à l'intimité d'une femme aussi huppée constituait à ses yeux un irrespect inconcevable. Le regard de la châtelaine se fit encore plus impérieux. Sans plus atermoyer, Léonie replia le drap jusqu'au pied du lit. Mathilde tressaillit, ferma les yeux, au supplice non seulement d'accoucher, mais d'être contrainte à une telle impudeur.

Quant à Léonie, c'était la première fois qu'elle découvrait le fondement d'une aristocrate. À quoi s'attendait-elle ? Incapable de seulement l'imaginer, elle fut surprise de constater que madame de Viremont n'était en rien différente des autres femmes de son âge. D'un châtain tirant sur le roux, le buisson pubien était tout aussi dru et rêche, les lèvres turgescentes ourlées de semblable façon. Une autre contraction la parcourut de la tête aux pieds.

— Je vais être obligée de…

— Faites et taisez-vous, de grâce.

Léonie remisa ses scrupules. Le col était largement ouvert. La châtelaine avait attendu le dernier moment avant de se résigner à demander de l'aide. Ce qui étonna l'accoucheuse, ce fut la proéminence du ventre et sa dureté sous la palpation. Elle devait héberger un solide gaillard ! Le pensionnaire ne tarda pas à se présenter. Les doigts de Léonie sentirent le crâne forcer le passage. Elle l'accompagna jusqu'à dégager les épaules. Le reste du corps glissa sans problème.

La châtelaine recouvra sa force de caractère. Son visage blême luisait d'une sueur huileuse, mais elle mettait un point d'honneur à ne pas se plaindre.

— Un garçon, j'espère ? bredouilla-t-elle.

— Non, Madame, c'est une petite poupée, jolie comme un ange.

La mine de Mathilde se renfrogna, sa tête s'inclina sur l'oreiller dans un profond soupir. Une nouvelle contraction la tétanisa.

— Je crois bien qu'elle n'est pas seule…

L'annonce aurait dû contrarier la châtelaine, un vague sourire se dessina sur son visage. Un garçon, cette fois ? Hélas, fol espoir, ce fut une seconde pisseuse qui se présenta entre les lèvres béantes.

Le corps de Mathilde s'affaissa. Accablée, elle renonçait à lutter. Elle respirait sourdement. Elle n'avait encore adressé aucun regard à sa double progéniture.

— Je suis maudite, balbutia-t-elle avant de virer de l'œil.

Il se produisit alors une chose peu banale. Les flancs de la parturiente furent parcourus d'un nouveau frémissement. Léonie Roumier n'en croyait pas ses yeux. Il lui était arrivé de mettre au monde des jumeaux, mais jamais des triplés. Inconsciente, Mathilde avait glissé de ses oreillers, la bouche entrouverte et les paupières mi-closes. Cela lui évita de se lamenter : il s'agissait encore d'une fille.

Léonie fut aussitôt frappée par la face poupine de la troisième petiote. La base du cou et la joue droite paraissaient plus sombres. Elle essuya délicatement les glaires : apparut alors une tache de naissance qui dessinait une étrange fleur, d'un violet soutenu.

À assister ses semblables, Léonie Roumier avait acquis quelques notions de psychologie. Affligée d'une disgrâce aussi flagrante, la pauvrette courait le risque de ne pas être en odeur de sainteté près de la châtelaine. Léonie prit alors conscience d'une coïncidence qui elle aussi n'était pas sans poser de problème : son Fernand avait le visage décoré d'une singularité aux contours sensiblement identiques…

Léonie massa le ventre flasque afin de procéder à l'expulsion du placenta. En même temps, cela moulinait sec dans son esprit pragmatique de campagnarde. Peu à peu se dessinait une hypothèse extravagante. Pourquoi ne pas pallier les fantaisies du destin?

La délivrance se déroula naturellement. Après les avoir pincés, elle trancha les trois cordons ombilicaux. La châtelaine n'avait toujours pas repris connaissance. Sa résolution prise, Léonie enveloppa la petite dernière dans une ample serviette et s'empressa de la déposer dans le boudoir voisin. L'enfant respirait normalement. La sage-femme revint s'occuper de la mère et des deux autres bébés.

Était-ce de refuser une réalité trop cruelle? Mathilde retardait le moment d'émerger. Elle entrouvrit enfin les paupières. Léonie lui demanda si ça allait mieux. Pas de réponse.

— Vous voulez voir vos deux petites?

— Je suis fatiguée. Occupez-vous d'elles. Vous êtes payée pour ça, non?

— C'est que je vais devoir vous laisser…

— Arrangez-vous avec Célestine. Expliquez-lui ce qu'elle doit faire. En attendant, tirez les rideaux que je puisse me reposer un peu.

Léonie déploya les tentures qui coulissaient autour du lit. Puis elle enveloppa les deux bébés dans une autre serviette et les confia à la servante, aux aguets dans le couloir devant la chambre de sa maîtresse.

— Il faut les laver doucement à l'eau tiède, et veiller surtout à ce qu'elles ne prennent pas froid.

Célestine hochait la tête d'un air obéissant. Elle reçut les agréables fardeaux comme une offrande tombée du ciel. Léonie revint dans la chambre. Elle colla l'oreille aux épais rideaux. La respiration régulière, la châtelaine dormait – ou ruminait sa déconvenue ? La sage-femme passa sans bruit dans le cabinet de toilette. Elle récupéra son « bien », ramassa son matériel au passage et quitta la propriété en catimini.

2

On aurait cru une voleuse; Léonie serrait la petiote au plus près afin de la faire bénéficier de sa chaleur. À mesure qu'elle s'éloignait du château l'investissait une sensation indicible, sinon qu'elle était d'une douceur infinie. L'impression étrange qu'en elle se ramifiaient des fibres inconnues. L'enfant bougea, gémit. Elle lui parla, la rassura : on n'était plus bien loin, on serait bientôt arrivées. La petite se mit à gigoter, à crier, elle avait faim.

Léonie élevait deux chèvres qui la fournissaient en lait. Elle posa sa mallette le temps de dénicher la clef dans la poche de sa blouse.

— Là, tu vois. On y est. Bienvenue dans ce qui sera ta maison désormais. Désolée, mais je n'ai pas plus luxueux à t'offrir, moi.

Elle entra, continua à soliloquer.

— Oui, je sais. Tu es née dans un château et je ne te propose qu'une misérable chaumière. Je ferai en sorte que tu n'aies jamais à le regretter. De toute façon, tu n'aurais pas été heureuse chez la marquise de Viremont.

La petiote braillait maintenant. Léonie la déposa au milieu du grand lit. Puis elle sortit le pot à lait du garde-manger et en versa un fond dans une casserole sur le bord de la cuisinière encore tiède. Alors elle écarta la serviette et détailla sa nouvelle pensionnaire. La fillette était de proportions harmonieuses. Ça, elle avait de la voix et gigotait comme une vraie diablesse! Surtout, qu'elle ne prenne pas froid dans ce nid à courants d'air. Dans le banc-coffre, elle dégota une vieille chemise de flanelle qu'elle dilacéra en larges bandes dont elle emmaillota le petit corps. Elle avait déjà tenu assez de bébés pour ne pas paniquer. Le lait devait être à la bonne température, elle en versa une goutte sur le dos de sa main. Comment le lui faire ingurgiter? Léonie se souvint alors d'avoir conservé un jouet de poupée, un biberon format miniature oublié par une jeune maman lors d'une visite postnatale. Elle en éprouva la tétine. Léonie était au fait des mesures d'hygiène nécessaires. Dans une autre casserole, elle mit le biberon à bouillir. En attendant, elle réfléchissait, ne réalisant pas encore qu'elle venait d'acquérir un enfant qui serait le sien. De sang noble de surcroît, ce qui ne changeait rien à l'affaire, sauf peut-être d'ajouter un zeste de fierté, même si elle ne pourrait jamais en faire état. Les pleurs redoublèrent. Elle cala sa petiote au creux de son coude. Le museau délicat fouinait en tous sens, comme le bec avide d'un oisillon au nid. La tétine effleura le menton. La quête se fit plus pressante. Vraiment affamée, l'enfant accepta la première goutte qui perla sur ses lèvres. Léonie en profita pour y glisser la tétine.

Au bout de quelques secondes naquit l'instinct de succion dont Léonie s'émerveillait à chaque naissance. Elle lâcha un soupir de soulagement, « son » bébé était sauvé.

À ce moment-là s'ouvrit la porte. Fernand. Il n'aperçut pas tout de suite la nouvelle pensionnaire.

— C'est pas la joie chez madame de Viremont, grommela-t-il. Elle qui souhaitait un garçon, la voilà lestée de deux pisseuses.

— Pas deux, mais trois.

La petite gigota, perdit la tétine, criailla le temps que ses lèvres la retrouvent.

— Qu'est-ce que c'est que ça ?

— Je viens de te le dire, la troisième fille de la châtelaine.

— Mais qu'est-ce qu'elle fait là ?

Léonie lui dévoila alors la tache de vin.

— J'ai craint que ta patronne ne la supporte pas et tente de s'en débarrasser. J'ai préféré prendre les devants.

— Mais elle va se demander où elle est passée.

— Elle avait perdu connaissance au moment où celle-ci est née. À cette heure, la châtelaine est persuadée de n'avoir mis au monde que des jumelles.

— Et les voisins ! Tu as pensé aux voisins ?

Ils n'avaient que des voisins éloignés. S'il s'en trouvait à venir rôder dans le secteur, elle mentirait que la fillette était la sienne. La présence de la tache de vin attesterait la paternité de Fernand Chardon – bien que sage-femme, Léonie ignorait que ce n'était pas héréditaire. La future maman était parvenue à dissimuler sa grossesse sous d'amples jupes et d'épais tabliers. Pourquoi ? De crainte d'inquiéter sa clientèle. Et puis, zut ! Elle n'avait de comptes à rendre à personne. En revanche, le Fernand allait devoir s'expliquer.

Léonie marqua une pause, le temps de laisser sa petite protégée reprendre son souffle. Cette fois, elle refusa le biberon, elle avait presque tout avalé. Après quelques mouvements de bercement, elle fit son rot.

— Tu étais au courant que la marquise de Viremont attendait un heureux événement ?

Fernand haussa les épaules, avec cet air bourru que renforçaient ses sourcils drus sur des arcades proéminentes.

— Il aurait fallu être aveugle. Elle avait beau avoir un gros ventre, je ne pensais quand même pas qu'elle attendait des triplées.

— Pourquoi tu ne m'en as pas parlé ?

— Ça ne te regardait pas.

— Jusqu'à aujourd'hui, en effet.

— Je ne pouvais pas supposer qu'elle t'aurait appelée pour accoucher.

— Comment elle a su que je savais m'y prendre ?

— Un jour, elle m'a demandé si je vivais seul. J'ai dû lui parler de toi, lui raconter ce que tu faisais.

Léonie reposa la petiote sur le lit. Il convenait au plus vite de lui trouver un berceau. Elle inspecta la pièce d'un regard circulaire, avisa devant la cheminée la grande manne en osier qui servait à entreposer les bûches. En la garnissant d'une couverture, pour l'instant elle ferait l'affaire.

— Aide-moi, tu veux bien.

Elle lui expliqua son intention.

— Ah non ! Tu ne vas pas la garder ! Si la châtelaine le découvre, tu vas finir en prison. Ou sur l'échafaud.

— Pourquoi veux-tu qu'elle l'apprenne ? À moins que tu ne sois incapable de tenir ta langue, personne ne le saura.

Fernand avait nettoyé tant bien que mal le grand panier. D'une écharpe de laine recouverte d'une serviette, Léonie arrangea un oreiller. Un drap plié en quatre servit de parure sous une épaisseur de couverture. Elle y glissa la petite sans qu'elle se réveille. Le moment était venu d'aborder les choses sérieuses.

— Tu n'as pas une petite idée de qui pourrait être le père ?

Fernand baissa la tête. Il avait compris l'allusion. Lui, avait lu quelque part que ce genre de nævus ne se transmettait pas d'une génération à l'autre, ce qui ne le dispensait pas d'avoir l'air passablement embarrassé.

— C'est pas pour dire, mais c'est curieux qu'elle présente le même dessin que toi, insista Léonie.

— Ma pauvre fille… Tu n'en es pas à t'imaginer qu'une châtelaine ait pu accorder ses faveurs à un vaurien de mon espèce !

En termes maladroits, il lui expliqua pour les taches de naissance. Léonie était loin d'être convaincue.

— Mais qui alors ? Ta princesse de quarante ans, elle n'a quand même pas un mari caché, ou un amant secret !

— Ni l'un ni l'autre.

— Mais explique-toi, enfin ! Et cesse tes simagrées !

3

Mathilde dormit plus de deux heures, mais d'un sommeil torturé qui ne lui prodigua guère de repos. Dans son esprit halluciné se télescopaient les plus folles incohérences. Les premières images illustrèrent le rêve délicieux qu'elle entretenait depuis des mois. La châtelaine mettait au monde un petit mâle vigoureux, avec au bas du ventre de quoi perpétuer la lignée des Viremont. Du jour où elle avait su qu'elle était enceinte, elle avait choisi son prénom, Gaétan. Déjà elle le voyait gambader dans le parc au-dessus de l'étang. Célestine avait pour consigne de veiller à ce qu'il ne s'approche pas de la berge. Comme il était beau! Blond, les yeux bleus, cela va de soi.

En un instant, le rêve se mua en un cauchemar odieux. L'enfant disparut dans un épais brouillard, le ciel se chargea de nuages qui se déchirèrent en trombes d'eau d'une violence inouïe, zébrées d'une fulgurance d'éclairs. Le corps parcouru de douleurs atroces, elle hurlait, poussait comme une damnée pour vider son ventre immonde. D'entre ses cuisses écartelées glissa une fillette, hideuse, puis une autre, une troisième encore, à n'en plus finir. Mathilde suppliait la sage-femme d'obturer la vanne prolifique, mais la commère s'acharnait à fouiller le ventre qui ne désenflait pas. Une à une, une ribambelle de petites sorcières envahissaient la chambre, s'agglutinaient contre le lit en ricanant, lui tendaient leurs menottes crochues.

— Hein que tu es contente, maman ? Tu vas bien t'occuper de nous… C'est promis, hein ?

Mathilde se réveilla en sursaut. Les rideaux tirés autour du grand lit la confinaient dans une obscurité oppressante. La chambre était silencieuse. Elle ne tarda pas à reprendre pied dans une réalité que le cauchemar n'avait fait qu'exacerber. Des jumelles ! Après avoir cru accéder au paradis, elle venait de sombrer dans les affres de l'enfer. Elle qui n'avait plus versé une larme depuis ses frayeurs infantiles, elle se surprit à sangloter. Il lui revenait cependant de trouver un prénom à ses deux princesses avant de les faire baptiser. Annabelle et Marjolaine, cela sonnait bien, mais c'était trop long à prononcer. Non, il leur fallait des prénoms plus courts, Louise, Marie, Anne. Anne de Viremont, pas mal… Mais l'autre… Lise, quatre lettres comme sa sœur, pas de jalouse.

Un soupir d'une lassitude extrême filtra d'entre ses lèvres. D'avoir sacrifié à toutes les calamités de la procréation l'horrifiait à présent, surtout pour un résultat aussi décevant. Elle entreprit de se lever. Une douleur aiguë lui perfora le bas-ventre et lui coupa le souffle. Elle trouva à tâtons le cordon qui pendouillait à la tête du lit. De l'office en bas lui parvint le tintement lointain. Elle écouta. Aucun autre bruit. Elle hala le cordon à le décrocher. Un juron lui échappa, preuve d'un profond désarroi chez une femme aussi pieuse. Cette idiote de Célestine devait dormir, ou elle faisait la sourde oreille. Allez savoir ce qu'un pareil souillon avait fait des deux bébés !

La châtelaine prit appui sur ses coudes. La tête lui tourna, elle laissa le vertige se dissiper. Lentement elle pivota et sortit les jambes de sous la courtepointe. Un liquide chaud suintait entre ses cuisses. À tâtons, elle s'en macula les doigts. Des humeurs sanguinolentes, pas une vraie hémorragie. Le plus dur fut de se mettre debout. Elle posa un pied sur le plancher, y fit porter son poids. Une douleur sourde lui cisailla les reins et lui donna des jambes de flanelle. Elle serra les dents en s'agrippant à la colonne torsadée supportant le baldaquin. À ce moment se présenta enfin Célestine, l'air épouvanté comme à chaque fois que sa maîtresse la réclamait. Sans être muette, la servante n'était pas des plus disertes. Elle resta sur le seuil de la chambre, les yeux baissés, les mains jointes sur le devant de son tablier.

— Eh bien, Tine ! Tu peux me dire où tu étais passée ?

La bonne haussa les épaules et désigna ses oreilles : elle n'avait pas entendu.

— Elles sont où, les petites ?

Cette fois, un large sourire éclaira le visage de Célestine.

— En bas.

— Mais il me faudra donc une paire de tenailles pour t'arracher les mots ! Comment elles vont ?

— Bien, Madame. Elles dorment.

Alors qu'elle inclinait à l'indifférence, Mathilde fut étonnée de se sentir soulagée. Le sang lui battait aux tempes, des taches grisâtres lui papillonnaient au fond des yeux. Descendre les escaliers serait au-dessus de ses forces. Mais maintenant elle avait envie de voir à quoi ressemblaient les bestioles qui venaient de débarquer dans *sa* vie.

— Va les chercher ! Tout à l'heure, j'étais trop fatiguée pour… pour… Va, je te dis !

Célestine opina du chef.

— Et fais attention à ne pas les laisser tomber.

Mathilde pivota sur le bord du lit pour se positionner face à la porte. La servante revint dans la chambre, une poupette sur chaque bras. Le premier regard de la châtelaine fut de vérifier comment Célestine les avait attifées.

Fidèle à ses habitudes, la châtelaine avait tout anticipé depuis le début de sa grossesse. Animée bien sûr de la certitude que ce serait un garçon… La chambre du futur héritier avait été installée au rez-de-chaussée. Mis dans le secret, Fernand avait été chargé d'acheter un berceau, avec la consigne impérieuse de n'en dévoiler la destination à personne. Célestine l'avait orné de volants découpés dans des chutes de tissus blancs et bleus. Pas de dentelles, avait intimé la maîtresse. Avec quel bonheur la servante avait-elle confectionné des petits chaussons, des bonnets, des tricots mignons comme tout, pour le futur petit marquis !

Un descendant des Viremont se devait d'évoluer dans un cadre viril au risque de devenir une mauviette. Qu'on lui bricole quelques armes ! Fernand avait froncé les sourcils, le « chevalier » n'était pas à la veille de gambader dans le parc pour jouer à la petite guerre. D'un solide rejet de châtaignier et d'une longueur de ficelle il avait néanmoins fabriqué un arc tout à fait convenable. Les flèches seraient de noisetier, empennées de feuilles de lierre triangulaires. Une hache avec une lame en bois compléta la panoplie.

Tout était donc prêt pour fêter le messie…

Contrainte d'improviser, Célestine avait pris l'initiative de puiser dans la garde-robe destinée au descendant. Mathilde lui fit signe d'approcher, regarda ses filles à tour de rôle. Elles se ressemblaient jusque dans les imperceptibles frémissements de leurs frimousses encore toutes fripées. La châtelaine hésitait. N'était-elle pas trop maladroite pour tenir en même temps les deux sans les blesser ? Mais laquelle choisir ? Elle ferma les yeux, se résolut à n'accorder aucune faveur. Célestine affichait un air bonasse. La châtelaine lui fit signe de déposer les bambines sur le lit.

Mathilde fouillait le tréfonds de son cœur, espérant y dénicher le bonheur d'être mère, l'apanage de toutes les femmes normalement constituées. Elle n'y découvrait rien de la sorte. De ses index, elle effleura le bout du nez de chacune. Elle ébaucha un sourire contraint. Sollicita l'avis de sa servante afin de s'insuffler un semblant de compassion.

— Elles sont belles, n'est-ce pas, Tine ?
— Oh oui, Madame !
Le cri avait jailli. Surprise d'un tel enthousiasme chez un être aussi apathique, Mathilde reporta son attention sur ses fillettes qui commençaient à gigoter, bien que solidement emmaillotées.

— J'ai choisi leur prénom, décréta-t-elle. Elle, ce sera Anne. Et toi, tu t'appelleras Lise. Tu retiens bien, Tine : Anne, et Lise.

— Comment les reconnaître ?

Mathilde soupira.

— Eh bien, tu leur coudras un petit ruban distinctif… Pour Anne ce sera du vert, pour Lise du jaune. Il suffira de ne pas se tromper au moment de faire leur toilette.

Soudain, elle prit conscience d'avoir omis l'essentiel.

— Elles ont bu normalement ? Tu as bien respecté mes consignes ?

— J'ai tout fait comme vous l'avez dit. Mais le berceau…

— Quoi le berceau ?

— Il n'est pas assez large.

— Fernand ira en acheter un autre. En attendant, elles dormiront tête-bêche.

Toujours incapable d'arrimer ses pensées, Mathilde détaillait ses filles comme des bêtes curieuses. De temps à autre, elle fronçait les sourcils. Soudain les petiotes se mirent à pleurnicher, de concert, à la même seconde. La mère se raidit, ce n'étaient pas des poupées, mais de véritables êtres vivants. Bientôt, les pleurs se transformèrent en hurlements.

— Mais prends-les ! Qu'est-ce que tu attends pour descendre les recoucher ? Ce que tu peux être empotée, ma pauvre fille…

4

Dix mois auparavant

— Madame a besoin de te parler!

Il désherbait les parterres bordant la terrasse. Fernand soupira. Pauvre Tine… Toujours cet air affolé à la moindre contrariété, notamment dès que la patronne bougeait le petit doigt.

— Qu'est-ce qu'elle veut?

— Je ne sais pas, mais ça a l'air drôlement important.

Fernand se redressa à contrecœur, épousseta son pantalon de coutil et choqua ses sabots pour en faire tomber la terre.

Depuis, il patientait dans l'obscurité du boudoir de sa maîtresse. C'était exceptionnel d'être invité à pénétrer dans la demeure seigneuriale, sauf pour y effectuer les travaux qui dépassaient les modestes compétences de Célestine. Le domestique se demandait ce qui lui valait un tel honneur : quelle bêtise il avait bien pu commettre? Sans être un dragon, la marquise de Viremont avait ses sautes d'humeur. Elle pénétra enfin dans la pièce sans fenêtre tendue de reps mordoré, qu'éclairait à peine une paire de bougies. Une voilette noire lui estompait le visage, une tenue de deuil… De plus en plus bizarre. Elle posa ses fesses efflanquées sur le prie-Dieu, raide et droite.

Long silence.

— Vous souhaitez me parler, Madame?

— En effet, Fernand.

Le ton n'avait rien de réprobateur.

— J'ai une mission de la plus haute importance à vous confier.

Elle était au supplice. Pourquoi de telles précautions, elle qui n'était pas du genre à prendre des pincettes avec son personnel?

— Vous savez que vous pouvez compter sur moi. En quoi puis-je vous être utile?

— Je me tracasse au sujet de ce que deviendra le château des Viremont quand je ne serai plus de ce monde.

Fernand retint son souffle.

— Madame est encore jeune, et pleine de vie.

— Tutt, tutt. Je sais ce que je dis. La maladie est si sournoise qu'elle vous guette à votre insu, un accident est si vite arrivé. Il faut avoir le courage d'envisager l'avenir avant qu'il ne soit trop tard.

Fernand ne comprenait toujours rien. Il entendit nettement sa maîtresse déglutir, tandis que ses doigts crissaient sur le taffetas violet foncé de sa robe. Sa voix devint presque inaudible.

— Ce serait bien d'avoir un descendant pour prendre le relais et perpétuer le patronyme de notre illustre famille.

Oui, sans doute, mais ce n'était guère plus explicite.

— Vous pourriez adopter un petit garçon.

— À quoi pensez-vous, Fernand ? Lui donnerait-on un nom qu'un tel misérable ne serait jamais un vrai De Viremont. Il me faut un héritier de mon sang, ne serait-ce que par respect pour nos ancêtres. Je vais avoir bientôt quarante ans. Il est temps d'y songer.

Fernand sentit une sueur froide lui perler le long de l'échine. Sa patronne ne l'avait quand même pas convoqué pour…

Elle suivait son raisonnement. Devança une question embarrassante.

— Je voudrais que vous vous mettiez en quête d'un homme jeune, de robuste constitution et bien entendu en excellente santé.

Elle marqua une pause, attendant l'effet produit par une requête aussi ahurissante. Interloqué, Fernand osait à peine respirer.

— Vous voudriez qu'il soit lui aussi de sang noble ?

— Certainement pas ! Un aristocrate s'adjugerait des prérogatives, il serait capable d'exiger que l'enfant porte son nom. Non… Il nous faut un homme de rang modeste, sans autre prétention que de me fournir une semence de première qualité. Il sera grassement payé pour tenir sa langue et ne rien réclamer par la suite.

— Vous ne craignez pas qu'un tel individu ne soit un peu trop… brutal ?

— Il vous reviendra de le choisir assez courtois pour se conduire civilement au moment d'accomplir le travail pour lequel nous l'aurons embauché.

Fernand Chardon était abasourdi. Ni plus ni moins, madame de Viremont désirait un étalon pour l'engrosser, et elle le chargeait de le dénicher !

— Il va sans dire que je compte également sur votre entière discrétion, ajouta-t-elle.

D'une poche secrète dans les replis de sa robe, elle sortit une bourse.

— Me suis-je bien fait comprendre, mon cher Fernand ?

— Je crois, Madame.

— Alors ne tardez pas !

Le ton était redevenu péremptoire, l'entretien était clos.

Léonie croyait que son compagnon venait de lui débiter un tissu de balivernes pour dissiper ses soupçons. Avant l'accouchement, elle ne connaissait pas personnellement la marquise de Viremont, mais il lui était tout bonnement insensé qu'une aristocrate se soit abaissée à confier une mission aussi délicate à un vulgaire serviteur. Le même doute lui repassa à l'esprit.

— Ce n'est pas toi qui lui as fourré dans la tirelire ce qu'elle désirait… ?

Fernand haussa les épaules.

— Puisque je te dis ! Je sais que c'est incroyable, mais c'est la stricte vérité. Je te jure.

— Tu as donc trouvé le mâle qu'elle te réclamait…

— Non sans peine…

Fernand n'entretenait guère de relations dans le secteur. De par son tempérament plutôt taciturne, mais également en qualité d'employé au château. Animé du sentiment d'être en quête d'un taureau pour une génisse, il entreprit de dresser l'inventaire des candidats potentiels. Il avait beau se triturer les méninges, aucun ne répondait aux critères requis. Ou il ne leur faisait pas confiance sur la discrétion exigée, ou ils n'étaient que des freluquets, ou ils menaient une vie trop dissolue pour sécréter une semence saine et satisfaisante.

En fait, la forêt de Pont-Calleck n'était pas très peuplée. Un habitat de fermes dispersées sur le pourtour, deux ou trois hameaux dont certaines chaumières désertées tombaient en ruine en cette fin de siècle. La population vieillissait, les enfants rechignaient à prendre le relais d'une existence misé-reuse. Quelques solitaires vivotaient tant bien que mal de travaux clandestins pour ne pas crever de faim. C'était de ce côté-là qu'il fallait prospecter.

Libéré de toute autre obligation, Fernand entre-prit le tour de la campagne environnante. Mathilde le guettait au crépuscule, l'interrogeait du regard, trop mortifiée pour lui demander de vive voix où il en était de ses recherches. Le domestique haussait les épaules, celles de la châtelaine s'affaissaient et elle rentrait tête basse. Sans avoir été sollicitée par son compagnon, ce fut Léonie qui débloqua la situation.

Dans toutes les campagnes de l'époque « régnaient » des Léonie Roumier, lestées d'une réputation sulfureuse, aux services desquelles ne recouraient que les misérables à la dernière extré-mité. Ce que ceux-ci niaient farouchement par la suite, de crainte d'être taxés de compromission avec le diable. C'était le lot des rebouteux, des « sor-ciers » qui avaient le pouvoir de décompter sur les eczémas purulents, de lever les mauvais sorts, ou de les jeter – de ne les jeter parfois d'ailleurs qu'afin

de les lever ensuite contre espèces sonnantes et tré-
buchantes. Léonie était accoucheuse en titre, et ce
n'était un secret pour personne qu'elle avait charcuté
plus d'un bâtard dans le ventre des filles perdues.
Bref, elle était au courant des misères de ses semblables dans le périmètre où elle officiait.

5

Les soirs de vague à l'âme, il arrivait à Léonie de s'épancher près de son compagnon. Ces derniers mois, des parents l'avaient contactée afin de pratiquer des avortements à la sauvette. À chaque fois, le discours de la fille était identique : elle s'était fait engrosser par un loustic. La mère avait eu beau la bassiner, la menacer du couvent, voire de la répudier tout bonnement, la malheureuse refusait de dévoiler l'identité du suborneur. À la décharge de ce dernier, sa conquête avouait toutefois ne pas avoir été forcée, ce qui supposait un galant de physique plutôt agréable, au verbe convaincant, et non une brute rustaude. Vu le secteur concerné, il pouvait s'agir d'un seul et même individu.

Fernand l'écoutait attentivement en hochant la tête.

— Tu as une idée de qui ça pourrait être ?

La sage-femme avait appris à se montrer prudente en toutes circonstances. Elle haussa les épaules, regrettant déjà de s'être égarée dans la confidence. Fernand insista, elle pouvait compter sur son entière discrétion.

— Je sais qu'un braconnier vit dans une hutte au plus profond de la forêt, du côté de la source du Diable, finit-elle par lâcher à voix basse.

— Tu l'as déjà rencontré?

— Une fois. Il s'était démis le coude, il s'est présenté ici avec le bras en écharpe.

— Il est comment, il a quel âge?

— C'est un jeune homme, plutôt costaud.

— Il n'est pas trop porté sur la bouteille?

— Ce n'est pas l'impression qu'il donne. Malgré ses habitudes de sauvage, il était plutôt bien mis, n'empestait pas trop le putois et s'exprimait même avec une certaine élégance.

Fernand réfléchissait

— Ce pourrait donc être lui qui déflore les pucelles des environs…

— En tout cas, il en a les dispositions. Il est beau garçon, avec des cheveux longs, bouclés et blonds, et des yeux clairs. Habillé de plus noble façon, il aurait l'air d'un seigneur.

Léonie paraissait rêveuse, Fernand souriait.

— Si je comprends bien, tu en aurais volontiers fait ton amoureux?

— Mon pauvre ami, avec un physique pareil, il n'avait pas besoin d'une vieille bique de mon espèce!

Fernand prit la route dès le lendemain matin, avec en poche la bourse confiée par madame de Viremont.

La fontaine du Diable était un lieu de sinistre réputation. La rumeur villageoise y alléguait la présence d'êtres malfaisants – il est vrai qu'on en supposait un peu partout dans cette Bretagne pro-fonde. Une fillette avait été retrouvée le cou coincé dans la fourche d'un châtaignier, les pieds à un mètre du sol. Aucun garrot, la logique aurait voulu que ce soit un accident, mais les galopins qui l'accompagnaient entretenaient une autre version. À les croire, la petite aurait soudain disparu sans crier gare. Puis ils l'avaient entendue hurler, tandis qu'un vent d'une violence inouïe avait traversé le sous-bois. Les bourrasques n'avaient duré que quelques secondes. Puis plus rien, un silence encore plus oppressant. Ils s'étaient aventurés à pas de loup pour voir où était passée leur copine. C'est alors qu'il l'avait découverte en si fâcheuse posture. Une légende parmi tant d'autres, dont il n'était plus possible de vérifier la véracité.

Bien que n'étant pas superstitieux, Fernand éprouva un frisson étrange quand de la fontaine lui parvinrent des sanglots – ce n'était bien sûr que l'eau qui s'écoulait du bassin, mais on aurait dit en effet les pleurs d'une gamine. Il ralentit le pas en évitant de faire craquer les branches mortes sous ses lourds souliers. Une hutte, avait indiqué Léonie, il avait beau scruter les frondaisons, il n'apercevait aucune construction de ce genre. Il poussa sous le sous-bois. Soudain un raclement de gorge, puis le bruit caractéristique de quelqu'un qui crachait dru.

Soucieux de se faire une première idée, Fernand se coula sous le couvert et s'accroupit. Une silhouette de robuste constitution se dessina à travers les branches basses. L'homme se campa résolument, se déboutonna et se soulagea en sifflotant. Léonie n'avait pas menti. Question virilité, le bougre était équipé d'éloquente façon, et le jet témoigna en effet d'une puissance impressionnante. C'était vrai également qu'il était bel homme, et n'avait rien d'un mendiant ni d'un soûlot. Fernand le laissa s'éloigner et le fila en douce.

L'individu rejoignit un chemin en contrebas. Fernand découvrit alors sa tanière, une hutte en effet, comme celles des sabotiers ou des charbonniers. Le moment délicat était venu de l'aborder.

— Holà, l'ami !

L'homme fit volte-face, aussitôt sur la défensive. Le regard suspicieux, il laissa le visiteur s'approcher.

— J'aurais un travail à vous proposer, annonça Fernand en lui tendant une main que l'autre ignora.

Ils se dévisagèrent quelques secondes.

— Je vous rassure, vous serez largement payé pour une tâche des plus agréables.

Histoire d'étayer sa promesse, Fernand sortit la bourse et la secoua afin d'en faire tinter le contenu. Du coup, son interlocuteur se dérida. Sa voix sonnait claire et bien posée.

— Il n'est pas interdit de causer. Je n'ai rien à vous offrir, sinon de l'eau fraîche puisée à la fontaine. Elle est tout à fait potable et aurait même des vertus prolifiques.

Fernand se garda de dire que ça tombait bien. Son hôte le convia à entrer. Il s'appelait Francis – il ne révéla pas son patronyme, sans doute de crainte d'être en présence d'un père courroucé qui venait lui chercher des poux. Chardon indiqua qu'il travaillait pour la châtelaine et que c'était elle qui l'envoyait. Apparemment, il la connaissait.

— Si elle veut m'embaucher pour lui servir de larbin, dites-lui qu'elle s'est trompée d'adresse. Je tiens trop à ma liberté.

— Il ne s'agit pas de cela.

Autant énoncer l'affaire sans hypocrisie.

— La marquise de Viremont souhaiterait un héritier pour perpétuer la lignée dont elle est issue.

Pas sûr d'avoir bien compris, Francis fronça les sourcils, un sourire ironique se dessina sur son visage.

— Elle veut m'adopter ?

— Vous n'êtes plus en âge de devenir son fils. Non, elle désire un enfant conçu dans ses entrailles.

Cette fois, Francis commençait à entrevoir la vérité.

— Attendez ! Vous êtes en train de me dire qu'elle cherche un mâle pour lui faire un moutard ?

— En quelque sorte. Avant tout, vous devez savoir que c'est une dame d'une dignité indiscutable, qui mérite d'être honorée avec déférence et dont la pudeur devra être ménagée. Elle vous paiera largement. En contrepartie, elle exigera votre entière discrétion. Personne ne devra même savoir que vous lui avez rendu visite.

Le jeune homme réfléchissait. De temps à autre, un petit rire lui échappait. De toute évidence, l'idée d'être rémunéré pour une partie de jambes en l'air l'amusait au plus haut point.

— Elle n'a personne d'autre sous la main pour avoir recours à un vagabond comme moi ?

— Elle m'a demandé de lui trouver un partenaire vaillant, dont la jeunesse est un gage de vigueur, capable de lui prodiguer de la bonne graine. Vous me semblez présenter l'ensemble de ces qualités.

Fernand tenait en réserve un argument supplémentaire.

— Je me suis laissé dire que vous aviez déjà fait vos preuves…

Francis cessa de sourire, mit quelques secondes avant de répondre.

— Des racontars. Des parents dans l'incapacité de caser des filles trop laides et qui voudraient me faire porter le chapeau.

— Là, tout à fait d'accord. Des profiteurs, dont les filles dévergondées s'offrent au premier venu. À force de coucher à droite et à gauche, les misérables ne savent même plus qui est le père. Alors elles cherchent un pigeon. Vous ne me paraissez pas du genre à vous laisser manœuvrer.

La flatterie portait ses fruits. L'étalon souriait à nouveau. L'affaire fut conclue dès qu'il eut compté les pièces et que Fernand lui annonça qu'il en toucherait le double une fois son devoir accompli.

6

— Vous êtes sûr qu'il fera l'affaire ?

— Je n'ai pas eu l'occasion de le voir à l'œuvre, mais il me paraît présenter toutes les qualités requises pour engendrer un petit mâle beau et vigoureux.

Mathilde de Viremont hocha la tête. Avait-elle cru un seul instant en un projet aussi insensé ? Mise au pied du mur, elle regrettait déjà son initiative. Elle se fit répéter que l'homme n'avait rien d'un vaurien, qu'il savait se tenir et qu'il avait promis de ne pas ébruiter le secret. Elle soupira, il ne restait plus qu'à fixer le rendez-vous…

La châtelaine avait scrupuleusement consigné ses échéances menstruelles dans un carnet qu'elle serrait farouchement dans le secrétaire de son boudoir. Elle était réglée de façon régulière, ce qui lui permettrait de fixer le créneau le plus propice.

— Il y a un point que j'ai omis de vous préciser. Votre homme devra séjourner au château jusqu'à ce que je sois sûre du résultat.

Fernand fronça les sourcils. Il entendait encore son champion parler de liberté, exprimer son refus d'être un larbin.

— Combien de temps?

— Une quinzaine de jours au maximum. Prévenez-le que j'aurai recours à ses services lundi prochain et dites-lui bien de se tenir à ma disposition dès le dimanche soir. C'est vous qui passerez le chercher.

Toujours à l'abri de sa voilette noire, Mathilde de Viremont se retira sans autre commentaire.

Fernand n'était pas enchanté d'assumer le rôle du rabatteur. La châtelaine était du genre à lui faire endosser la responsabilité si le projet capotait à la dernière minute.

Il passa énoncer au nommé Francis la clause supplémentaire.

N'ayant jamais porté l'aristocratie dans son cœur, celui-ci craignit une entourloupe.

— Si je comprends bien, ta patronne m'offrirait des vacances dans son manoir?

— En quelque sorte. Vous serez nourri et logé. La cuisine n'est pas extraordinaire, mais vous n'aurez pas à vous plaindre. Prévoyez de quoi vous vêtir pendant une semaine ou deux. Madame de Viremont est très à cheval sur la propreté.

— Si tu veux mon avis, ta princesse est mal placée pour jouer les bégueules alors qu'elle m'ouvre et sa bourse et sa tirelire. Mais promis, tu peux la rassurer, je ferai un effort. Pour une fois que ma flamberge me rapporte un peu de fric, je ne suis pas assez sot pour gâcher l'occasion.

Fernand avait eu tort de s'alarmer. Le dimanche en fin d'après-midi, à l'heure convenue, Francis l'attendait avec son balluchon à l'entrée du chemin menant à sa hutte. Le taxer d'élégance serait exagéré, mais il avait fait un effort : une manière de pourpoint par-dessus une chemise de chanvre dont le col aurait eu besoin d'être amidonné, un haut-de-chausses reprisé en plusieurs endroits, mais l'ensemble restait tout à fait présentable.

À mesure que se précisait l'échéance, l'aventure l'émoustillait.

— Elle est encore gironde, ta marquise, j'espère ? se permit-il en chemin.

— C'est une personne distinguée, qui a beaucoup de classe.

Fernand se prenait de sympathie pour l'étalon. Sous ses aspects frustes se devinait un homme franc, un charmeur naturel certes, un gaillard du genre à faire chavirer les oiselles tombées du nid sans avoir à les forcer, mais pas un mauvais bougre. Bien sûr qu'il était tenté par l'aventure, non seulement de ne pas être obligé de se retirer au moment suprême, mais d'être au contraire rétribué pour libérer sa semence au plus profond !

Lors de ses séances de braconnage, Francis s'était déjà aventuré dans les parages du château de Viremont. Comme toutes les petites gens, il avait admiré l'impressionnante bâtisse, de loin, par-dessus les murs et à travers la grille. Jamais il n'avait imaginé y être invité. Fernand le conduisit sur l'esplanade en façade.

— Attendez-moi là, et ne restez pas en pleine lumière. Madame n'a pas envie qu'on sache qu'elle a de la visite.

C'était la dernière recommandation de la châtelaine : elle voulait vérifier à quoi ressemblait le futur géniteur, à condition de voir sans être vue. Dissimulée dans sa chambre derrière ses rideaux entrebâillés, elle l'observait. Le manant n'avait pas trop piètre allure. Il était bien taillé en tout cas, peut-être même un peu trop bien pourvu du côté virilité. Elle ignorait ce que signifiait réellement perdre sa virginité. Tout au plus savait-elle que ce pouvait être douloureux… Fernand Chardon se permit de monter frapper à sa porte.

— Je voulais vous avertir, Madame, que…

— Je sais !

— Qu'est-ce que je fais, maintenant ?

— Indiquez-lui sa chambre dans les communs. Prévenez Célestine de lui préparer son dîner.

Elle marqua une pause. Le domestique devina qu'elle n'en avait pas terminé.

— Vous la connaissez comme moi… Tine a tendance à mettre des oignons et de l'ail à volonté dans tout ce qu'elle cuisine. Pour une fois, demandez-lui de s'en dispenser.

Fernand sourit.

— J'y veillerai, Madame. Pour demain matin…

— Qu'il se récure de fond en comble. Je n'ai pas envie qu'il me refile une cochonnerie. Allez savoir dans les bras de combien de catins il s'est gobergé les jours derniers. C'est tout, Fernand.

L'objet de tant de précautions s'était retiré dans un coin d'ombre. Quand son mentor revint, il l'interpella discrètement.

— C'est qui le péquin dans le château de l'autre côté de l'étang ?

— Un certain monsieur de Cosquéric. Pourquoi?

— M'est avis qu'il passe son temps à épier ce qui se passe ici. J'ai aperçu un reflet dans ses vitres quand le soleil donnait dessus. J'ai une vue de lynx. Il braquait une longue-vue dans notre direction. Au début j'ai même cru que c'était un fusil.

— C'est un drôle de personnage, en effet. Il vous a aperçu?

— Difficile à dire, mais je ne crois pas. C'est plutôt le château qu'il observait. C'est quand que je rencontre la patronne?

— Votre rendez-vous avec madame de Viremont est prévu pour demain matin. En attendant, vous allez vous sustenter dans les cuisines et dormir dans la chambre que nous vous avons réservée. Ne vous empiffrez pas, et reposez-vous bien. Pas d'alcool, hein!

— Le corps à corps promet donc d'être si rude?

Toujours cette lueur égrillarde dans le regard. Fernand y répondit par un sourire entendu.

— Pour la châtelaine, ce sera la première fois. Ce serait mieux de ne pas tomber en panne au moment d'honorer votre contrat.

— Pas de problème, l'ami. Jusque-là je n'ai jamais baissé le fer au moment de l'assaut. Pour une fois que je ne serai pas contraint de rompre avant l'estocade.

7

Xavier de Cosquéric avait entraperçu le visiteur, mais sa longue-vue ne lui avait permis de distinguer qu'une vague silhouette. Un homme, de cela il était sûr, et de carrure imposante, comme il aurait pu jurer que ce n'était pas ce ballot de Fernand Chardon. Qui soit-il, celui-ci donnait l'impression de se dissimuler. Dans la forêt de Pont-Calleck traînaient un certain nombre de maraudeurs, sinon des bandes organisées en embuscade à la tombée de la nuit. Que sa voisine se fasse cambrioler ou violenter n'était pas pour déplaire au sieur de Cosquéric. Ça lui apprendrait à avoir joué les pimbêches quand il lui avait proposé de partager leur solitude. De toute façon, il était dans l'impossibilité de la prévenir à temps. Pour accéder d'un château à l'autre, il fallait en effet emprunter une route qui contournait l'étang, une large boucle de plusieurs kilomètres. Xavier se contenta de rester à l'affût au cas où le coquin passerait à l'action, une éventualité à ne manquer pour rien au monde. Le curieux en fut pour ses frais. Le domestique vint chercher l'inconnu et disparut avec lui derrière la bâtisse. Tiens donc… Celui-ci se trouvait au château avec l'assentiment de la marquise. Peut-être avait-elle embauché un valet supplémentaire ou un journalier pour donner la main à Chardon. Il leva le camp et se rendit dans son salon afin de déguster un petit ballon de cordial. Son péché mignon.

La châtelaine ne ferma pas l'œil de la nuit. Elle tourna et vira dans son lit, en proie à une fièvre qui n'avait rien d'érotique. Quelle folie d'avoir initié un tel avilissement ! Vu son âge, son plan avait de forts risques d'« avorter ». Au bout du compte, elle aurait sacrifié son honneur en pure perte. Une souillure irréversible, incompatible avec ses principes religieux. Peut-être était-il encore temps de faire machine arrière… Oui, c'est ça, elle allait charger Fernand de prévenir son invité qu'elle ne se sentait pas bien, que la rencontre était annulée. Avec quelques écus supplémentaires, celui-ci aurait la décence de fermer son clapet. Elle s'assit sur le bord du lit, enfila sa robe de chambre. Les lueurs de l'aube filtrèrent entre les lourds rideaux. Il était trop tard, elle se résigna à passer à la casserole.

Fernand respectait les consignes à la lettre. Au petit matin, son premier souci fut de s'assurer que son étalon ne s'était pas éclipsé pendant la nuit – il n'avait quand même pas osé le mettre sous clef ! Il cogna lourdement à la porte de la chambre. Un grognement lui répondit, puis plus rien. Il insista. Au bout de quelques minutes, une tête ébouriffée apparut dans l'entrebâillement, tandis qu'un fumet sauvage lui flatta les narines. Les humeurs d'un mâle en pleine sève.

— J'ai dormi comme un loir…

— Il est temps de se réveiller.

Fernand se garda d'ajouter : « Au travail… »

— C'est que j'ai les crocs, moi !

— C'est prévu. Célestine va vous servir votre petit-déjeuner dans la cuisine.

Francis comprit que la demeure seigneuriale ne lui serait autorisée que le temps de la copulation. Sinon, il restait un simple valet.

— Au préalable, vous passerez dans la salle d'eau au fond de la cour pour un brin de toilette.

— Je sais, Madame est très à cheval sur la propreté.

— Et rasez-vous…

Il était arrivé à l'homme des bois d'assister aux saillies dans les fermes voisines. En ce moment, il avait le sentiment de vivre une situation similaire, sauf que c'était lui le taureau. Une aventure des plus cocasses, une partenaire dont la saveur épicée le changerait à coup sûr des fades paysannes, trop vite consentantes pour en recueillir la moindre gloire. Il se lava soigneusement, avec un soin tout particulier pour l'outil qui lui valait de se trouver là, il se rasa la couenne à l'aide du coupe-choux apporté par la servante, se rinça dans la cuvette d'eau tiède et se sécha dans une serviette moelleuse. Puis il se sustenta sans scrupule sur la grande table de l'office.

L'heure fatidique approchait. Le « mercenaire » prit l'air sur le pas de la porte donnant sur la courette. L'homme à tout faire de la châtelaine lui avait dit d'attendre, on passerait le chercher au moment voulu.

Depuis que cette idée saugrenue s'était infiltrée dans son esprit tourmenté, Mathilde avait fureté dans la bibliothèque ancestrale, ouvert la grille interdisant les rares ouvrages licencieux. Elle avait besoin de précisions… Offusquée par des écrits torrides et odieusement explicites, elle n'aurait jamais imaginé autant de variantes dans la façon de copuler. Notamment le choix de la position, dont certaines lui parurent trop acrobatiques pour une quadragénaire, ou relevant d'une impudeur intolérable.

L'instant fatidique approchait, Mathilde de Viremont hésitait sur la tenue appropriée. De toute façon, sa ferme intention était de ne se prêter à l'épreuve qu'en toute décence, de ne donner accès qu'au strict minimum de son anatomie, dans les ténèbres, cela va sans dire. Juste le temps nécessaire. Hors de question d'adopter une tenue affriolante – de toute façon elle n'en possédait pas. Une robe assez ample pour être facilement retroussée. La mort dans l'âme, elle appela à voix basse Fernand qui montait le guet au pied de l'escalier. Elle se retira dans le temple de l'infamie, en l'occurrence le boudoir attenant à sa chambre.

Francis fut agréablement frappé par le parfum flottant dans la chambre. Le lit de Mathilde de Viremont était encore défait. Vu son émoi, elle n'avait pas eu la présence d'esprit de rabattre la courtepointe, une tâche incombant d'habitude à Célestine. Un regard interrogatif vers son employeur : Fernand lui désigna la porte dont la découpure se devinait à peine dans les motifs compliqués de la tapisserie. Il le retint par le bras.

— Madame exige le silence absolu.

Francis haussa les épaules, répondit du même ton feutré.

— Je n'ai pas l'habitude de causer dans ces moments-là. Bon, j'y vais, oui ou non ?

Fernand lui fit signe : il avait le champ libre.

Au supplice, Mathilde guettait les infimes bruits provenant de la chambre. Raide comme une statue, elle se tenait assise sur l'ottomane. La porte gémit faiblement, l'épaisse silhouette se dessina dans l'embrasure. Elle ferma les yeux, le temps que s'estompe le rai de lumière. Se renversant en arrière, elle se résigna à relever les pans de sa robe.

Dans la pénombre, Francis ne discerna qu'une forme empêtrée dans un fouillis d'étoffe. Au bout de quelques secondes, il devina la tache noire entre les cuisses farouchement serrées, blanches et maigres. L'odeur d'encens lui rappela les messes à l'église de Plouay, où la mère le traînait quand il était bambin. À chaque fois, les larmes lui montaient aux yeux. Une émotion semblable lui noua la gorge et lui fit battre le cœur. Il défit son vêtement. Horreur ! flamberge en berne. Jusque-là, il n'avait jamais connu pareille avanie.

Mathilde soupira. Qu'on en finisse… Pas un mot cependant, à peine un toussotement exaspéré. Entre ses paupières mi-closes, elle discerna la masse sombre face à elle. Se fit violence pour entrouvrir la voie.

Le séducteur ne s'était jamais senti aussi penaud. Il comprit qu'il lui revenait de pimenter la scène s'il voulait réveiller ses ardeurs. Faisant fi des convenances, il empoigna les chevilles de la châtelaine et la retourna comme une crêpe, la contraignant dans la position humiliante d'une femelle animale acceptant d'être fécondée.

Francis recouvra aussitôt la pleine possession de ses moyens. Bousculée, manipulée comme un vulgaire objet, Mathilde n'eut pas loisir de protester. Elle serra les dents, retint un cri quand l'épais mandrin força l'étroit passage.

Ne se contentant pas de respecter son contrat, Francis s'appliqua à honorer dignement une dame de ce rang. Tendue comme un ressort, elle qui avait pour principe de commander en toutes circonstances, Mathilde n'avait d'autre choix que de subir. Elle se faisait forte cependant de conserver la tête froide, mais le vertige eut raison de ses vertueuses résolutions. Elle fut bientôt parcourue d'ondes puissantes qui lui procurèrent un plaisir aussi intense que honteux ; un gémissement lui échappa.

Ses dernières réticences vaincues, la châtelaine était maintenant totalement à sa merci ; Francis accéléra la cadence. Mortifiée, Mathilde se cambrait pourtant au-devant de chaque poussée. Ne pouvant se retenir plus longtemps, il lui empoigna les hanches à pleines mains, la tira à lui et s'arc-bouta afin de libérer sa semence jusqu'à la dernière goutte. Elle fut aspirée dans un tourbillon infernal, dans les volutes duquel elle crut rendre l'âme.

Francis resta ancré en bonne place jusqu'à ce qu'elle cesse de frissonner. Reprenant pied aussitôt dans la réalité, Mathilde désarçonna l'assaillant. Horrifiée de s'offrir comme la plus vile catin, elle se retourna d'un bond en rabattant sa robe.

Fier d'avoir mené l'affaire avec une telle maestria, l'artiste espérait sans doute un semblant de félicitations. Au moins un vague remerciement…

— Bon, ça y est. Qu'est-ce que vous attendez pour me laisser tranquille?

Fernand montait la garde dans le couloir, prêt à intervenir au cas où l'étreinte tournerait au vinaigre. Aux premiers gémissements, il tendit l'oreille et fronça les sourcils. Quand la châtelaine « se plaignit » un peu plus fort, il entrouvrit la porte de la chambre. Il prit alors conscience que les geignements n'étaient que douleur simulée, pareille aux hypocrites protestations de Léonie quand celle-ci lui accordait ses faveurs.

Francis émergea de la chambre en se rajustant. À sa mine réjouie, Fernand n'éprouva pas la nécessité de lui demander d'explication. Le bougre ne put s'empêcher de parader.

— Si avec ça, elle n'a pas un petiot dans le tiroir, c'est à n'y rien comprendre.

8

Mathilde de Viremont mit plusieurs heures à recouvrer ses esprits. Meurtrie, les reins cassés, le ventre douloureux, elle avait l'impression d'avoir subi une bastonnade en règle avant d'être forcée par une horde de barbares. Mais par-dessus tout, elle était mortifiée : comment se reconnaître dans cette chienne lubrique, qui au mépris de toute dignité s'était prêtée à une telle infamie ? Ulcérée d'avoir bafoué sa piété, elle avait titubé du divan jusqu'à l'austère prie-Dieu. Elle avait fait porter ses genoux sur le bois du bord afin de se punir. Car elle avait péché sans conteste, et de la plus odieuse façon.

Francis, lui, estimait la châtelaine plutôt ingrate. C'est vrai, enfin ! Elle aurait dû lui être reconnaissante ! Pas seulement de l'avoir ensemencée, mais de lui avoir entrouvert par la même occasion le paradis des plaisirs de la chair. Il en avait troussé quelques-unes, des timides, des coincées, des luronnes qui n'avaient pas froid aux yeux, des gourmandes insatiables. Il se targuait de les avoir toutes fait glousser sans coup férir, mais jamais il ne se souvenait d'une pareille hypocrisie. En contrepartie, il s'agissait bel et bien d'une victoire sans restriction. S'il ne tenait qu'à lui, il était volontaire pour une seconde chevauchée.

Tenue à l'écart, Célestine s'étonna de ne pas avoir vu sa maîtresse de la matinée, elle la sollicita pour déjeuner. Elle n'avait pas faim, lui fut-il répondu à travers la porte qui resta fermée.

— Madame est malade?

Pas de réponse. Qu'importe, ce n'était pas la première fois... La bonne descendit s'occuper de son pensionnaire, qui, lui, honora sa cuisine sans simagrées. Francis s'essuya le museau, rota. Puis il sortit prendre l'air dans le parc, respectueux des recommandations de ne pas trop s'afficher. Il se retourna vers la bâtisse, scruta les fenêtres de l'étage d'un air conquérant, espérant découvrir la châtelaine, éplorée de bonheur, à le guetter de derrière ses rideaux.

Ce fut à ce moment précis que Mathilde s'obligea à affronter la pleine lumière. À travers la fenêtre donnant sur le parc, elle aperçut son « vainqueur », campé les pieds écartés, les poings aux hanches, le regard tourné dans sa direction, le sourire insolent. L'horreur suprême!

Francis s'installa donc pour quelques jours. Il ne fut pas long à prendre ses aises. Célestine ne se posait pas de question quant à la présence de cet inconnu, ravie d'héberger enfin un amateur inconditionnel pour sa cuisine sommaire. Fernand le surveillait,

Xavier de Cosquéric également, de l'autre côté de l'étang. S'il était un nouvel employé, l'inconnu n'en fichait pas une ramée, toujours à se promener dans le parc le nez en l'air, en se posant en maître des lieux. À n'y rien comprendre…

Mathilde de Viremont prenait son mal en patience : dans quelques jours elle serait fixée. Elle se résigna à sortir de son antre, craignant que le confinement ne soit de nature à contrarier l'ensemencement. Toute graine a besoin de grand air pour germer… Pas de chance, au bout de dix pas, elle tomba nez à nez avec son galant.

Francis eut enfin loisir de détailler sa partenaire, ce dont il ne se priva pas, avec un sourire narquois au coin des lèvres. La prérogative du mâle triomphant… Mortifiée, il aurait suffi à Mathilde de tourner les talons, mais elle était littéralement pétrifiée. Poussant la goujaterie à son comble, l'étalon se permit l'outrecuidance de s'enquérir de sa santé. Interloquée, Mathilde lâcha un cri offusqué.

— Vous avez l'air fatiguée… insista le bougre. C'est normal la première fois.

L'allusion ne pouvait être plus flagrante. Il n'allait quand même pas lui demander où elle en était de ses « affaires » ! Ni lui proposer de remettre le couvert au cas où sa semence n'aurait pas pris…

Mathilde ne trouva aucune repartie de nature à sauver la face. Suffoquée, elle rebroussa chemin et réintégra ses pénates. Elle se laissa tomber de tout son poids dans le sofa du grand salon, sous le portrait en pied du patriarche qui, d'un regard inquisiteur, veillait sur sa descendance. Elle s'efforça de se calmer afin de faire le point À jubiler aussi ignoblement, l'individu lui faisait maintenant froid dans le dos. Avec quel aplomb s'était-il adressé à elle ! Et ce regard concupiscent qui se repaissait de son anatomie, s'attardait sur ses hanches : n'était-il pas à jauger la putain que sa bonne étoile lui avait fournie, sans bourse délier !

À l'écoute de ses entrailles, madame de Viremont se palpait le ventre à tout instant. Ne s'annonçait aucune des douleurs préalables à ses saignements. Le matin fatidique, elle se réveilla en proie à une angoisse sourde. Elle s'empressa de vérifier. Pas le moindre suintement, mais il ne serait pas étonnant qu'une telle brutalité ait perturbé son fonctionnement interne. Elle patienta encore deux ou trois jours : elle était enceinte.

La dire soulagée serait précipité. C'était maintenant que la situation allait se compliquer pour de bon. Un ventre lourd, les malaises, les vomissements, l'arsenal des tracasseries habituelles que lui avait exposées sa mère, l'accouchement avec des douleurs affreuses ! Puis l'enfant… Autant d'étapes où il conviendrait de conserver la tête froide. Mais en premier lieu signifier au géniteur qu'elle pouvait désormais se dispenser de ses services.

Une évidence s'imposa alors à la châtelaine. Un pareil individu ne saurait tenir sa langue. Du genre assez roublard pour exercer du chantage, il menacerait d'aviser tout le voisinage qu'il s'était tapé la châtelaine. Ou elle cracherait au bassinet ou la nouvelle parviendrait aux oreilles de son fâcheux voisin, qui ne se priverait pas d'en faire des gorges chaudes et de la diffuser. Deux perspectives intolérables. Il fallait envisager une échappatoire.

De se trouver enceinte, Mathilde de Viremont n'était pas moins retorse… Elle tourna le problème en tous sens : elle n'avait pas le choix.

Le butor avait rempli son contrat. La châtelaine décida de le convier à partager sa table afin de le « remercier ». Fernand fut chargé de lui porter la bonne nouvelle. Francis interpréta l'invitation pour pallier l'échec de leur première étreinte. Que les préliminaires se traduisent cette fois par un dîner aux chandelles lui mit le cœur en fête. Il se relava, se cura même les ongles d'un bâtonnet taillé en biseau, chipa dans la chambre de Célestine le flacon d'eau de Cologne, dont il s'aspergea copieusement.

Fier comme un paon, le misérable se présenta à l'heure convenue dans le couloir donnant accès aux cuisines. Il ne s'était pas découvert du sentiment pour une hôtesse aussi revêche. Non… c'était l'équivoque de la situation qui l'émoustillait. À sa grande surprise, ce fut la châtelaine en personne qui vint le chercher.

— Suivez-moi.

Un escalier dérobé communiquait avec la salle à manger. Une pièce spacieuse à l'égal du grand salon, un seul lustre de cristal toutefois, mais admirable et dont les pendeloques resplendissaient de mille feux. À vrai dire, un tel luxe était déjà superflu du temps des parents, vu leur peu de relations : au grand jamais les douze chaises autour de la grande table n'avaient été toutes occupées.

9

La châtelaine avait enfilé sa plus belle robe. Bien sûr, faute de chair, le tissu flottait un peu autour des hanches, le décolleté bâillait. Mais elle avait encore fière allure, coiffée d'un chignon dont ne folâtraient que de rares mèches, le visage poudré et une mouche assassine sous l'œil gauche. Flatté de telles attentions, Francis ne reconnaissait plus l'aristo coincée des jours précédents. Le visage était à l'avenant, plus paisible, plus détendu. Pour un peu, il l'aurait trouvée désirable.

Si Mathilde était à ce point transfigurée, c'était d'avoir recouvré son entière dignité. Elle désigna un crapaud à son invité dans lequel il fourra sa corpulence, trop bas pour ses longues jambes qu'il dut garder en équerre, les pieds écartés. Elle, se posa du bout des fesses sur un fauteuil d'où elle le dominait. Sur la table trônait une bouteille dans un seau en argent, une serviette nouée autour du goulot. Elle lui demanda d'ôter le muselet.

Francis découvrait la voix de la châtelaine, qu'il n'avait entendue que pour lui intimer de lever le camp et qui maintenant n'était plus que douceur mielleuse. Il n'avait pas compris.

— Eh bien, débouchez la bouteille! Et de grâce, évitez de la secouer.

Francis s'exécuta, mais entre ses doigts gourds le bouchon péta avant qu'il n'ait le temps de le retenir. Il en gicla de la mousse qu'il essaya d'endiguer avec autant de maladresse. Elle avança une coupe sur le bord de la table basse, il eut la présence d'esprit d'y verser le breuvage pétillant avant qu'il ne se répande sur le tapis.

La châtelaine l'observait avec une malice cruelle. Des cervoises troubles, le braconnier en avait éclusé dans les tavernes alentour, mais jamais il ne lui avait été donné de déguster un vin de cette qualité.

— C'est bon, n'est-ce pas?

Les bulles lui titillaient agréablement le palais, la saveur était d'une finesse exquise. La mine réjouie, il opina du chef.

Francis vivait un rêve. Au fond de lui se ressourçait l'orgueil de la virilité conquérante. Il continuait à fantasmer: de telles prévenances prouvaient qu'il avait comblé la châtelaine au-delà de ses espérances; de toute évidence elle ne l'avait pas invité uniquement pour dîner... Il s'enhardit à lui adresser un sourire enjôleur et un rapide clin d'œil, histoire de lui signifier qu'il avait pigé.

À son regard graveleux, Mathilde devina le fol espoir qui animait son convive.

«Tu te fais de douces illusions», jubila-t-elle dans son for intérieur, en lui répondant d'un sourire encore plus fallacieux.

Il accepta volontiers une seconde coupe. Cette fois, Mathilde se chargea d'assurer le service. Maladresse surprenante chez une femme aussi maîtresse de ses nerfs, elle en renversa quelques gouttes sur la table en marqueterie.

— Attrapez-moi donc le torchon sur la desserte derrière vous.

Francis se leva, s'exécuta. Puis il se rassit afin de savourer son champagne. Le vin aidant, il eut l'audace de lui demander où elle en était de son état.

— Je crois bien que nous serons obligés de recommencer, mentit-elle avec une rouerie du plus bel effet.

La bouteille rendit l'âme, uniquement soulagée par le braconnier qui avait l'impression de planer. Vint le moment de passer à table, alors qu'aucun fumet ne remontait des cuisines. Bien que d'une contenance maintes fois éprouvée, Francis sentit la tête lui tourner quand il s'extirpa du crapaud où il était emboîté. Mathilde sourit.

— Ça ne va pas ? Peut-être souhaitez-vous prendre l'air avant de passer à la suite ?

— Ce n'était rien, bafouilla-t-il. Dans quelques minutes il n'y paraîtrait plus.

À présent des papillons gris lui troublaient la vue. La bouche pâteuse, des bourdonnements, des jambes de flanelle, il dut s'appuyer sur le dossier du fauteuil.

— Venez faire un tour dans le parc. Il n'y a rien de plus traître que le champagne quand on n'est pas habitué. Ça se boit comme du petit-lait et ça vous assomme un gaillard de votre trempe en quelques minutes.

Cette fois, Francis eut droit au grand escalier, mais il dut s'appuyer tout le long de la rampe tant ses pieds tâtonnaient pour trouver les marches.

La châtelaine avait veillé à ce que ses deux serviteurs aient regagné leur logement respectif dès la tombée de la nuit. Le rez-de-chaussée était désert, la longue pièce plongée dans l'obscurité. Pénétrant par les fenêtres en façade, la pâle lumière de la lune sculptait des silhouettes spectrales.

La tête lui tournait de plus en plus. Francis avait perdu conscience de l'endroit où il se trouvait.

— Attendez, laissez-moi vous donner le bras. Ce serait idiot de vous blesser alors que je vais encore avoir besoin de vous.

Une ironie gratuite. Les paroles résonnaient en un brouhaha sourd dans lequel le pauvre était incapable de distinguer un traître mot. Elle le soutint jusqu'à la grande porte vitrée. Il grommelait des propos inintelligibles. L'air frais montant de l'étang dissipa son étrange torpeur. Il recouvra un semblant d'énergie pour descendre jusqu'au plan d'eau, toujours soutenu par son hôtesse.

Mathilde ne lâcha sa marionnette que sur la berge hérissée de roseaux ornés de quenouilles, dont certaines avaient déjà éclaté leurs bourres cotonneuses. Un brouillard de plus en plus épais s'étendait dans les méninges de Francis. Il luttait pourtant, mais la dose de somnifère était plus forte que sa volonté. Désemparé, les yeux vitreux, il battit des bras, en quête d'un appui. Ne trouvant rien, il avança dans la direction où le portait son poids, s'enfonça dans les premières eaux de l'étang.

— Tu veux prendre un bain ? ricana la châtelaine. Tu as raison, cela te fera le plus grand bien.

Elle le laissa continuer. Ses appuis se dérobaient dans la vase molle, il titubait de plus en plus, comme un homme ivre. Soudain lui manqua la force de lever les pieds, il s'affala en avant. Gigota, s'immobilisa.

Au bout de quelques minutes, Mathilde remonta à pas lents jusqu'au château. Son honneur était sauf.

Xavier de Cosquéric replia sa longue-vue. Malgré l'obscurité, il avait reconnu les deux silhouettes : la Viremont soutenant l'inconnu qui rôdait en toute impunité dans le parc depuis quelques jours. L'homme paraissait ivre, ou alors il était blessé. Puis il avait soudain disparu tandis que la châtelaine remontait seule. Pas besoin d'être sorcier pour deviner que le malheureux avait fini à la baille. Que la Mathilde s'était débarrassée de lui.

Le lendemain, Xavier reprit son poste dès l'aube.

10

Fernand Chardon respectait un rituel matinal. Celui de procéder à une rapide inspection du parc – il développait une véritable phobie des maraudeurs nocturnes, aussi bien à deux pattes qu'animaux. Il empruntait toujours le même parcours : longer la lisière des sous-bois, descendre sur la rive de l'étang dans lequel il avait déjà trouvé quelques bestioles crevées, du genre ragondins, crapauds pustuleux et autres engeances. Un jour, il avait sauvé un faon, dont les pattes graciles étaient profondément enfoncées dans la vase.

Ce matin-ci, la forme à quelques mètres de la berge n'était pas de nature animale. L'individu flottait à plat ventre, les bras en croix, le museau dans l'eau. Fernand s'approcha. À la chevelure déployée, il reconnut le quidam réquisitionné pour sa maîtresse. Mort, de toute évidence. Qu'est-ce qui lui avait valu de se noyer ? Un accident, une glissade ? Inimaginable pour un homme rodé aux pièges de la campagne ! Il n'était pas besoin d'être sorcier pour comprendre…

Il s'apprêtait à tirer le corps sur la berge quand sur le balcon en face se dessina la silhouette de Cosquéric. Le diable reprenait l'affût. Autant éviter de lui donner du grain à moudre. De toute façon, le dénommé Francis n'avait plus besoin d'être secouru.

Fernand remonta prévenir sa patronne.

La châtelaine baignait dans une sérénité à laquelle elle n'avait pas goûté depuis des lustres. Elle avait toutes les raisons d'être fière. Malgré la suprême mortification que cela lui avait coûté, dans son ventre mûrissait l'avenir des Viremont. Tout compte fait, le géniteur s'était révélé l'étalon idéal, d'une robustesse prometteuse, génératrice à coup sûr d'un petit « seigneur ». Certes, ses fanfaronnades de fier-à-bras couillu avaient valu quelques frayeurs à la marquise. Mais personne n'avait demandé au bestiau d'avoir inventé l'eau chaude. Ce n'était pas non plus de gaieté de cœur qu'elle s'était débarrassée de lui, mais lui avait-il laissé le choix ? Là également, elle avait tout lieu de se féliciter. L'idée de ce dîner d'adieu était de haute volée. Un simulacre de repas, ni plus ni moins. En revanche, elle avait conservé dans sa pharmacie une boîte de somnifères prescrits à une époque où elle était sujette aux insomnies. Cela avait été un jeu d'enfant d'en verser quelques sachets dans la coupe de champagne.

Mathilde s'extirpa de sa couche chaude, s'étira, jeta un coup d'œil par la fenêtre de sa chambre. La suite devait s'enclencher selon le plan prévu. En effet, son brave Fernand remontait à vive allure : il avait repéré le cadavre, il accourait la prévenir. Restait à interpréter la stupéfaction horrifiée, un rôle tout à fait à la portée d'une pareille femme. Elle descendit lentement dans le grand salon. À sa vue, le domestique se mit à gesticuler.

Fernand était essoufflé.

— Madame, Madame…

— Qu'est-ce qui se passe pour vous mettre dans un état pareil?

— L'homme… reprit-il après avoir dégluti.

— Mais parlez, enfin! Quel homme?

— Celui… Enfin, Francis, vous savez bien.

— Je crois deviner en effet. Notre invité a pris congé hier soir. Je lui ai proposé d'attendre ce matin, mais il préférait réintégrer sa forêt dans la nuit. Il aurait oublié quelque chose en partant?

— De respirer…

Mathilde feignit la plus totale incompréhension.

— Vous racontez n'importe quoi, mon pauvre ami. Expliquez-vous clairement qu'on en finisse.

— Il s'est noyé dans l'étang!

La châtelaine afficha une mine ahurie de bon aloi en entrouvrant les lèvres et en écarquillant les yeux.

— Vous n'êtes pas en train de me dire que ce vagabond croupit en ce moment dans *mon* étang!

— Venez le constater par vous-même si vous ne me croyez pas.

Cette fois, elle interpréta la partition de la plus profonde répulsion.

— Certainement pas. C'est affreux! Je n'en aurais pas la force. Je ferais des cauchemars pour le restant de mes nuits.

Elle simula une profonde réflexion.

— Mon Dieu. Qu'est-ce qui s'est passé ? C'est impensable qu'un tel sauvage ne sache pas nager.

— Il aura été victime d'un malaise. Paraît que ça arrive même à des hommes très jeunes et en pleine possession de leurs moyens.

— C'est vrai qu'il avait beaucoup bu pendant le repas.

Fernand la dévisageait d'un air soupçonneux, cherchant la faille. En passant par l'office avant sa tournée d'inspection, il n'avait remarqué aucune vaisselle laissant supposer un quelconque dîner. Mathilde eut conscience de son embarras.

— Quand je dis « repas », en fait je me suis contentée de lui offrir un peu de champagne pour le remercier de ses bons services. Il avait l'air d'aimer ça, il s'est enfilé la bouteille alors que moi j'en ai bu à peine un doigt. Ces sauvages-là n'ont pas les moyens de s'offrir autre chose que de l'eau, alors quand l'occasion leur en est fournie, ils ne savent pas se tenir. Je l'aurais écouté, j'en aurais débouché une seconde. L'alcool lui sera monté à la tête, il se sera égaré en partant, il aura glissé dans l'étang, il n'a pas eu la force de remonter sur la berge.

Bien que tiré par les cheveux, débité avec une telle volubilité, le récit revêtait des allures de plausibilité.

— Rassurez-moi, Fernand. J'espère que cet âne de Cosquéric n'a rien vu. Allez savoir ce qu'il irait raconter derrière notre dos. Surtout sur vous qui êtes allé chercher ce pauvre homme dans sa hutte au cœur de la forêt, glissa-t-elle insidieusement.

— C'est pour cette raison que j'ai préféré vous prévenir au plus vite.

— Vous avez bien fait. Arrangez-vous pour sortir discrètement le corps de l'étang, vous le remontez dans votre brouette en le recouvrant de feuilles mortes. Vous trouverez bien un coin tranquille pour l'inhumer dans le sous-bois. J'aimerais autant que Célestine n'en sache rien. Si elle vous demande, vous lui répondez qu'il est parti.

Fernand hochait la tête, gêné de s'embringuer dans une forfaiture évidente. En d'autres termes d'être tout bonnement complice d'un meurtre. Mathilde perçut son embarras. Elle le fixa froidement dans les yeux.

— Il n'est plus temps de jouer les effarouchés, il faut aller jusqu'au bout maintenant.

Célestine entendit son « collègue » farfouiller dans le hangar des outils, elle le vit ressortir avec une brouette, la longue gaffe qui lui servait à remonter les cochonneries de l'étang, une fourche à trois dents, un large râteau, sans oublier une pioche et une pelle. Intriguée, elle l'interpella.

Entre les deux domestiques ne régnait pas l'entente cordiale. D'abord, la servante était dans les lieux avant Fernand. Ensuite, elle supportait mal que celui-ci l'envoie balader quand elle se mettait en tête de le commander. En l'occurrence, le moment était mal choisi pour fourrer le nez dans ses affaires. Il ignora la question, elle insista.

— Tu vois bien que je vais nettoyer l'étang ! décocha-t-il sans poser son attirail.

— À cette heure-ci ?

— Je ne vois pas ce que l'heure a à voir là-dedans. Avec les dernières tempêtes, les feuilles mortes s'accumulent sur le bord. Elles sont en train de pourrir, bientôt ce sera une véritable puanteur.

— Moi, je n'ai pas remarqué que c'était plus sale que d'habitude…

— Occupe-toi de tes casseroles et fiche-moi la paix.

La vieille maugréa quelques amabilités, que Fernand ignora, puis elle retourna à son ménage.

Chardon installa son matériel à l'écart du corps qui flottait dans la même position. Mine de rien, il jeta un coup d'œil. Cosquéric était toujours à l'affût, à croire qu'il n'avait rien de mieux à faire de sa journée. Afin de donner le change, Fernand s'affaira de-ci de-là, râtelant au hasard les feuilles amassées par le vent. De temps à autre, il marquait une pause, se campait les mains sur les hanches à contempler l'ouvrage accompli, tout en gardant un œil sur la bâtisse « ennemie ».

Cosquéric avait lui aussi à s'occuper de son domaine. Il avait à son service une configuration domestique similaire à celle de sa voisine. Un homme à tout faire du nom de Boniface Rondin, une tête de mule chronique, mais qui se résignait cependant à effectuer ce que son maître lui demandait. Un orgueil de pauvre en réalité, celui de préserver son honneur en différant le moment de la soumission. Xavier employait également une femme d'intérieur. Hortense Grouillon était moins ronchonne que Boniface, mais sa docilité n'était qu'apparente : si elle acquiesçait à tous les ordres, elle n'en faisait souvent qu'à sa tête. Le maître ne s'en plaignait pas, ayant compris depuis longtemps qu'il valait mieux lui abandonner l'initiative – ce qui ne l'empêchait pas de continuer à lui donner des ordres, histoire de lui rappeler toutefois qui était le chef.

De guerre lasse, Fernand se résolut à s'atteler à la macabre besogne en redoublant de précautions. Il empoigna la gaffe, prit appui sur les cailloux qui affleuraient dans la vase du bord, planta le crochet dans le vêtement du malheureux et le hala lentement jusque derrière une épaisse touffe de joncs. Il le retourna sur le dos. Le misérable n'avait pas eu le temps de souffrir de son séjour dans l'eau. Aucune trace apparente de violence. Hormis d'être trempés, ses vêtements ne présentaient aucune marque de lutte. La châtelaine avait raison, personne n'avait besoin de savoir que ce pauvre garçon était venu sur ses terres et surtout pour une raison aussi saugrenue. Inclinant sa brouette sur le côté, il y hissa la dépouille, s'empressa de la recouvrir des feuilles amassées, et ne traîna pas non plus pour traverser la pelouse et s'engouffrer dans le sous-bois.

Xavier avait observé la manœuvre avec beaucoup d'intérêt. Elle s'était déroulée comme il le prévoyait. Ce couillon de Chardon était venu récupérer le corps de l'individu que sa maîtresse avait expédié dans l'étang. D'où la brouette avec laquelle il l'avait transporté dans le sous-bois afin de l'enterrer. Cette fois, il pouvait respirer tranquille : il était à armes égales avec la Viremont.

11

Un retour en arrière s'impose…

Mathilde et Xavier s'étaient retrouvés propriétaires de leurs domaines respectifs à la même époque. Cosquéric était alors un jeune homme presque séduisant. Devenu châtelain en titre, il tenait enfin les cordons de la bourse sur le contenu de laquelle il lorgnait depuis si longtemps. La période de deuil écoulée, il se laissa happer dans un tourbillon de réceptions qui l'auraient ruiné à brève échéance, s'il n'avait réagi à temps.

Depuis l'adolescence, il guignait sur le château de l'autre côté de l'étang – il n'avait pas encore fait l'acquisition de sa longue-vue. La petite voisine l'intriguait, à déambuler pensivement le long de l'étang. La pauvre s'ennuyait ! De si loin, impossible de se rendre compte si elle était vraiment jolie, d'autant qu'un grand chapeau et une voilette diaphane la protégeaient du soleil, même sous un ciel chargé de nuages. Il n'est pas exceptionnel de tomber amoureux d'une silhouette, surtout si elle est drapée de mystère, le fantasme entretient l'illusion. Dans l'esprit de Xavier, Mathilde prit les allures d'une jeune beauté aux formes naissantes. Quand ils se retrouvèrent orphelins, le jeune homme s'enhardit à lui rendre visite.

Pour l'heure, aucun prétendant n'avait encore manifesté d'intérêt pour la jeune femme… Xavier fit tinter la clochette. Depuis le décès des anciens maîtres, Célestine redoublait de vigilance. Elle toisa le nouveau venu d'un regard sévère, la bouche pincée. Alors qu'elle l'avait reconnu, elle lui demanda sèchement à qui elle avait affaire. Xavier déclina son identité. La sachant seule, il venait lui proposer son aide.

Encore jeune, Célestine était moins sotte qu'elle ne le laissait paraître. Sous ses manières de joli cœur, elle flaira tout de suite le loustic. Ce en quoi elle ne se trompait pas. Le dernier des Cosquéric ne s'était pas déplacé uniquement pour présenter ses amabilités. À vivre aux crochets de ses parents, il avait acquis une certaine expérience en matière financière. Après le décès de ceux-ci, la fragilité des finances familiales lui était apparue avec une évidence flagrante. Celles des Viremont paraissaient plus solides. S'il parvenait à convaincre sa voisine d'unir leur destinée, Xavier se faisait fort de faire fructifier l'ensemble.

— Je ne pense pas que Madame soit disponible.

— Je vous saurais gré de la prévenir de ma présence.

La bonne soupira ostensiblement, fronça les sourcils. Mais n'obtempéra pas pour autant. Une insolence inadmissible pour une vulgaire servante qui empestait le graillon.

— C'est que je suis pressé.

— En ce cas, repassez un autre jour. Madame était fatiguée ce matin. Je pense qu'elle a besoin de se reposer.

— Arrêtez de penser à sa place et allez la prévenir.

Mathilde avait entendu le tintement de la cloche. Du haut de l'escalier, elle suivait la conversation, amusée par l'intransigeance de son cerbère.

— Laissez, Célestine. Je vais recevoir monsieur de Viremont. Allez donc nous préparer du thé.

La jeune châtelaine était de physique plutôt ingrat. Son anatomie ne s'était pas encore épanouie aux endroits stratégiques, et il était à craindre que sa féminité en reste là. Non qu'elle soit laide, mais elle était de ces physionomies banales que l'on oublie dans la minute suivante. Xavier eut le tact de masquer sa déconvenue. Mathilde lui proposa l'un des fauteuils autour de la table basse. Afin de meubler le silence qui devenait pesant, il la complimenta sur la tenue de la demeure.

— C'est beaucoup de soucis, en effet… soupira Mathilde. Mais Célestine est courageuse.

— Elle suffit à entretenir un aussi grand espace ?

— Si je ne me trompe, vous devez être confronté au même problème.

— Ce n'est pas faux, convint Cosquéric. J'ai un moment pensé à embaucher une paire de bras supplémentaire, puis je me suis dit que ce serait une dépense inutile. Vous comprenez, je ne suis pas de ces maniaques à traquer les moindres grains de poussière.

Mathilde opina d'un hochement.

— Il faut néanmoins un minimum de propreté pour ne pas attraper des maladies, surtout avec les moustiques qui remontent de l'étang aux premières chaleurs, décréta-t-elle d'un ton doctoral.

La conversation s'enlisait ; Célestine apporta un plateau avec une théière fumante et deux tasses de fine porcelaine. Elle interrogea sa maîtresse du regard.

— Je m'en occupe. Vous pouvez disposer.

Xavier changea d'angle d'attaque.

— Vous ne craignez pas les maraudeurs la nuit, sans un homme pour vous défendre ?

Depuis le début, la marquise avait cerné les intentions de son visiteur. Ne le trouvant pas franchement antipathique, flattée d'être courtisée, elle hésita à le débouter d'emblée.

— Il m'arrive d'y penser, mais comme vous avez pu le constater, ma servante est un véritable chien de garde. Il faudrait lui passer sur le corps avant de s'en prendre à moi.

— Les brigands sont redoutables. Aussi hargneuse soit votre bonne, ils n'en feraient qu'une bouchée.

— Je ne vais quand même pas engager une escouade de soldats pour assurer ma sécurité !

— Non, bien sûr. Excusez mon impertinence, mais je m'inquiète à votre sujet. S'il vous arrivait quoi que ce soit, sachez que j'en serais profondément marri et que vous pourriez compter sur mon aide.

Mathilde le remercia du bout des lèvres. Cette fois, elle ne put masquer son impatience : qu'il en vienne au fait ! Xavier eut conscience de son agacement.

— Je vois que vous êtes fatiguée. Votre servante m'avait prévenu. Je ne vais pas vous importuner plus longtemps.

Elle éluda d'un geste de la main. Le marquis prit une grande aspiration :

— En fait, je suis venu vous inviter.

Mathilde se raidit.

— Je vous avoue ne pas avoir encore le cœur à faire la fête.

— Vos parents, je sais. Je viens de vivre une douleur identique. Aussi n'est-ce pas à une fête que je vous convie, mais à une petite soirée entre gens de bonne compagnie.

En vérité, Mathilde s'ennuyait comme un rat mort autour de son étang. Le fait qu'il s'agisse d'une réception et non d'un tête-à-tête la radoucit.

— Nous serons nombreux ?

— Certes non. Mais j'attendais votre réponse avant de lancer les invitations.

— En ce cas, je veux bien, mais à une condition, que cela ne s'éternise pas.

— Je ne vous propose pas de vous héberger. Je présume que cela vous choquerait et j'admets que vous seriez en droit de vous interroger.

Il ne s'en tirait pas trop mal, estima Mathilde.

— Loin de moi de vous prêter des arrière-pensées aussi abominables. Mais il est vrai qu'on ne se repose jamais aussi bien que dans son propre lit. Vous avez raison, je préférerai rentrer, nos propriétés ne sont pas si éloignées.

12

Ce fut la première sortie de l'orpheline depuis le décès de ses parents. Célestine l'aida à atteler le cabriolet. La pauvre servante était morte d'inquiétude au moment où sa maîtresse disparut dans le chemin contournant l'étang. Elle aurait préféré que sa protégée reste passer la nuit chez Cosquéric – mais ce n'était pas non plus sans danger. Aussi se dispensat-elle d'en formuler la proposition.

Xavier attendait-il d'autres convives ? La cour de son château était vide de toute voiture quand Mathilde raidit les rênes de son cheval. Un large sourire aux lèvres, son hôte s'avança, déplia le marchepied et l'aida à descendre en lui tenant la main avec des mines de grand seigneur.

— Je suis la première ? s'étonna la jeune femme.

Xavier s'embarqua dans des explications embarrassées. Comme annoncé, il n'avait pas invité très large, mais il avait enregistré des défections de dernière minute. Les uns étaient malades, les autres avaient eu des empêchements, certains n'avaient pas répondu, il n'était pas impossible toutefois que ceux-ci arrivent sous peu.

Mathilde subodora le traquenard galant, mais il était trop tard pour rebrousser chemin. Pendant que le valet s'occupait de son cheval, elle se laissa guider dans la demeure. Si la configuration des pièces était rigoureusement identique au château des Viremont, la décoration et l'agencement des meubles en étaient foncièrement différents. Des tentures lourdes dont les franges se plissaient sur le plancher, des lustres poussiéreux, des meubles dépareillés, des tableaux mal disposés, de facture médiocre.

La table était dressée à l'étage. De découvrir six couverts rassura Mathilde. Xavier lui proposa de déguster un vin d'Alsace en attendant les quatre autres invités. Une domestique apporta un plateau de petits fours au salon. Les mains enflées et les épaules voûtées, elle avait autant de classe que la brave Célestine. Ne serait-ce que dans sa façon impertinente de dévisager l'invitée de son maître. Celui-ci eut conscience du désagrément.

— Bon, ça va, Hortense. Allez donc vous occuper de la suite.

La servante haussa les épaules et s'en alla en traînant les pieds.

— Elle a du caractère, mais elle est courageuse.

Mathilde sourit.

— Je crois bien qu'elles sont toutes pareilles…

— À qui le dites-vous… À défaut de les faire tomber, la Révolution a fait tourner beaucoup de têtes parmi les gens du bas peuple. Si on les laissait faire, ce serait la valetaille qui commanderait.

Mathilde était déjà de tempérament frugal. D'un geste de la main, elle freina le châtelain.

— Allons donc. Vous verrez, il est excellent, et pas trop fort.

Il l'invita à goûter. Par politesse, elle y trempa les lèvres, ne se priva pas de grimacer, reposa bien vite son verre. De plus en plus mal à l'aise, elle jetait des coups d'œil incessants vers la porte. Une demi-heure s'écoula dans cette ambiance tendue.

— Je crois bien que nous allons nous résigner à commencer sans eux... mentit avec aplomb le châtelain.

Il se leva et agita la clochette d'argent posée sur la grande table. Puis il invita Mathilde à l'y rejoindre. De plus en plus réticente, elle regrettait d'avoir accepté l'invitation.

— J'espère que vous n'avez pas fait de folies. Je ne suis pas une grande gourmande.

— Détendez-vous, ma chère. J'ai demandé à Hortense de nous cuisiner des mets fins, plutôt que des plats copieux.

De toute façon, Mathilde avait l'estomac trop noué pour faire bombance. Xavier se mettait en quatre pour la dérider, lui débitant les derniers potins, se permettant quelques pointes d'un humour douteux dont bientôt elle ne s'obligea plus à sourire. À court d'idées face au mutisme de la jeune femme, il décida de passer à l'attaque. Il souffrait de la solitude dans cette bâtisse trop grande, soupira-t-il. Éprouvait-elle semblable mélancolie ? Présageant la suite, elle haussa les épaules, et ne répondit que par une moue éloquente. Le jeune châtelain se résolut alors à se jeter à l'eau. D'une voix feutrée, il lui avoua avoir du sentiment pour elle, lui demanda la permission de lui faire la cour, bien entendu dans les limites de la décence autorisée. Il en devenait si ridicule que Mathilde ne s'en sentit pas agacée. Elle trouva plaisant de profiter de la situation. Son sourire en retour encouragea le bellâtre à poursuivre dans le même registre.

— Je pourrais vous rendre visite, au gré de vos convenances, bien entendu.

— Vous m'avez proposé vos services l'autre jour, si mes souvenirs sont bons.

— Je n'ai pas changé d'avis. En quoi pourrais-je vous être utile ?

— Depuis le décès de mes parents, le parc se trouve à l'abandon. J'ai beau m'y atteler, je n'arrive pas, je n'ai pas la force. Vous avez un jardinier, je crois ?

— Celui que mon père avait embauché, en effet.

— Moi aussi, il me faudrait un gaillard de confiance pour s'occuper de ma propriété.

Xavier fronça les sourcils.

— Je pourrais vous trouver quelqu'un, si vous le désirez ?

— Je préfère choisir moi-même, si vous n'y voyez pas d'inconvénients. En attendant, vous ne voulez pas me prêter votre homme à tout faire ?

L'oiselle effarouchée se révélait un tant soit peu calculatrice… Pris au piège, Xavier aurait eu mauvaise grâce de refuser.

— En ce cas, accordez-moi l'autorisation de l'accompagner, ne serait-ce que pour l'encadrer comme il le convient.

Mathilde sourit. Elle hocha la tête en signe d'acquiescement. Ne put s'empêcher de pousser le bouchon afin de vérifier sa marge de manœuvre.

— Ce serait possible demain ?

— Comme vous y allez… Après-demain, plutôt. Laissez-moi le temps de m'organiser.

— Soit. Je vous attendrai à la première heure.

Cette fois, Xavier ne répondit pas, ulcéré de se faire embobiner comme un perdreau de la dernière couvée.

— Puisque nous sommes d'accord, je vais rentrer avant qu'il ne soit trop tard…

Se piquant au jeu, Mathilde se permit un nouveau caprice.

— Vous savez que vous m'avez flanqué la frousse avec vos histoires de brigands ?

— Je n'exagérais pas. Mon jardinier m'a rapporté des échos terrifiants. Je vous assure, vous feriez bien de vous méfier.

Elle feignit de réfléchir.

— La nuit, vous m'avez dit. Ce serait la nuit qu'ils rôdent dans les chemins de la forêt pour perpétrer leur basse besogne.

— C'est ce qui se dit… Pourquoi ? Vous avez peur de rentrer ?

Mathilde soupira.

— Je crois bien. Et pas qu'un peu.

— Je peux vous héberger, si vous le souhaitez.

— Célestine va devenir folle si elle ne me voit pas revenir. Je ne voudrais pas abuser, mais…

Elle lui adressa un regard suppliant.

— Ce serait trop vous demander de m'accompagner jusqu'à l'entrée de ma propriété ?

Cette fois, elle avait usé d'un ton enjôleur qui inclinait à la méfiance. Xavier ne s'y laissa pas prendre.

— Cela supposerait de demander à mon serviteur de préparer ma voiture, de sortir le cheval, de l'atteler. Il est tard…

— Je comprends…

Elle poussa un énorme soupir, du genre à attendrir un menhir.

— Tant pis si je fais une mauvaise rencontre. Cela me servira de leçon. La prochaine fois, je ne serai pas assez bête pour accepter une invitation qui m'amène à me déplacer la nuit.

Au risque de passer pour un malotru, il n'avait pas le choix.

— Bon. Il ne sera pas dit qu'un De Cosquéric aura laissé une jeune femme se jeter dans la gueule du loup.

Elle lui adressa un sourire encore plus reconnaissant.

— Vous savez ce qu'on va faire ? Puisqu'il est trop tard pour déranger votre valet, je vous emmène dans mon cabriolet.

— Comment je vais rentrer ?

Elle feignit de se mordre les lèvres.

— Sotte de ne pas y avoir pensé…

Elle fit encore mine de réfléchir.

— Ce ne sont quand même pas quelques kilomètres qui font peur à un homme aussi alerte que vous. À pied, vous en aurez pour une demi-heure à tout casser. Il est bien connu que la marche, ça aide à digérer.

Sur lui s'était refermé le piège qu'il avait tendu à sa voisine. Xavier de Cosquéric commençait à entrevoir de quelles roueries celle-ci était capable. Tout compte fait, le challenge ne lui déplaisait pas. Le moment venu, il se faisait fort de reprendre les rênes.

13

Fanfan était un canasson bonasse, duquel en revanche il ne fallait pas trop exiger. En contrepartie, il ne se permettait aucune fantaisie de nature à verser le cabriolet au fossé. Mathilde assurait le rôle du cocher. Assis à côté d'elle, Xavier tirait grise mine. Peur des brigands ? Tu parles ! En tout cas, ce n'était pas l'impression que donnait la jeune châtelaine lors de cette traversée de la sombre forêt. De temps à autre, elle lui adressait un coup d'œil furtif, avec un sourire en coin.

— Vous semblez fatigué ? s'enquit-elle avec une candeur désarmante.

Il grogna qu'il n'en était rien.

— Vous devez me trouver affreusement désinvolte d'abuser ainsi de votre bonté, n'est-ce pas ?

Un rapace nocturne passa au ras de la capote, le battement lourd de ses ailes le fit tressaillir avant qu'il ne réponde. Tout en tenant les rênes, elle posa les doigts sur son avant-bras.

— Je vous suis infiniment reconnaissante d'avoir eu pitié de moi… C'était une chouette effraie, si je ne me trompe. Les paysans affirment que ces oiseaux-là attirent le malheur sur les misérables qu'ils croisent la nuit.

— Moi j'ai plutôt entendu dire qu'ils annonçaient les morts à venir.

— Dieu fasse qu'il n'en soit rien. Je n'ose imaginer lequel de nous deux grimperait dans la prochaine charrette de l'Ankou. Nous arrivons.

La silhouette du château se dessinait en effet sur le ciel plus clair. Elle stoppa son cheval devant la grille. Attendit que son passager prenne la peine de descendre. Il soupira ostensiblement.

— Ne soyez pas déçu. J'ai passé une très agréable soirée en votre compagnie, mais il ne faut pas aller trop vite.

Il eut cette fois la naïveté de croire en sa sincérité.

— Juste un baiser afin de me donner le courage de rentrer, s'abaissa-t-il à implorer.

— Vous n'êtes qu'une canaille en train d'abuser d'une pauvre femme.

Elle lui tendit ses lèvres. En tournant la tête, au dernier moment elle évita les siennes, qui ne firent qu'effleurer la peau veloutée de la joue, qu'elle lui déroba aussitôt.

— Filez maintenant, avant que je ne vous gronde pour de bon.

Il se résolut à descendre du cabriolet. Elle le rappela au moment où il s'éloignait.

— Au fait, je compte sur votre jardinier pour après-demain. Et sur vous aussi. Cela me fera vraiment plaisir de vous revoir.

Mathilde n'attendit pas une seconde de plus pour inciter son cheval à entrer dans la cour. Ne comprenant plus rien à cette balade nocturne, l'animal renâcla, gratta le sol de son sabot droit, mais obtempéra sans plus attendre.

Célestine guettait en effet sa maîtresse. Dix fois, elle s'était postée à l'entrée de la cour. Elle s'immobilisait, se retenait de respirer, se résignait à s'en retourner, en proie à une angoisse terrible. Elle revenait, lorgnait le ciel. Des nuages lourds ombraient la voûte étoilée au-dessus des houppiers, manquerait plus qu'il se mette à pleuvoir! Un cheval hennit au loin. Madame s'était fait agresser! Elle se précipitait. Mais non, cela ne provenait pas du château des Cosquéric, plutôt des fermes à l'autre bout de la forêt.

Les Cosquéric… Ses défunts maîtres ne les portaient pas dans leur cœur. Des animosités anciennes, dont aucun des deux clans n'aurait été capable d'exposer les raisons initiales. Une jalousie larvée de médiocres hobereaux, imbus d'une supériorité illusoire sur la paysannerie locale…

Le cheval s'ébroua en renâclant.

Le ciel menaçait de plus en plus, les silhouettes s'estompaient. Bientôt les premières gouttes levèrent des senteurs sauvages. La châtelaine eut une pensée pour son hôte sous l'averse, sans la moindre compassion toutefois. Au contraire même, de l'imaginer en train de courir, elle sourit en hochant la tête. Elle sauta de la voiture avant d'être trempée jusqu'aux os. Une forme sombre se tenait droite dans le rideau de pluie.

— Je me faisais un sang d'encre…

Célestine, bien entendu.

— Si je peux me permettre, Madame n'est pas raisonnable.

Mathilde eut pitié de sa brave servante. Au lieu de la tancer d'une pareille impertinence, elle lui ordonna de se mettre à l'abri.

— Avec mes sabots pleins de boue, je vais tout cochonner. Je vais rentrer Fanfan à l'écurie. Puis j'irai me changer et je vous préparerai quelque chose de chaud.

Une fois couchée, Mathilde ressassa les péripéties de cette singulière soirée. Elle n'aurait jamais imaginé que faire marcher un amoureux puisse être aussi jouissif. Sa propension naturelle à la cruauté n'était pas nouvelle, Célestine en avait souvent fait les frais. De s'être dégoté la proie idéale l'incitait à fourbir ses armes. Quel idiot, ce Cosquéric, de la croire assez sotte pour tomber dans ses rets ! Peut-être même dans son lit, vu ses regards appuyés. Pathétique cette mascarade de dîner prévu pour plusieurs convives, et ces couverts disposés afin d'établir la crédibilité de son mensonge… Un piètre comédien de surcroît ! Et quand il s'escrimait à se justifier… Elle éclata de rire. Méfiance toutefois, Cosquéric n'était pas complètement idiot.

Xavier de Cosquéric s'était fait berner sur toute la ligne. Il s'était fourvoyé en mésestimant sa voisine… Non contente de s'être moquée de lui toute la soirée, en guise de dernière pique elle l'avait amené à s'en retourner à pied. Ses souliers n'étaient pas prévus pour la marche, trop étroits, d'un cuir trop raide. Au bout de cent mètres, il souffrit le martyre. Contraint de marquer une pause, il s'appuya au tronc d'un chêne d'où il délogea une nuée d'oiseaux; il ôta sa chaussure gauche, se massa les orteils, en fit de même pour l'autre pied. Peine perdue, il reprit la route en claudiquant.

Le décor s'enténébrait. Le marquis leva les yeux, de vilaines boursouflures noirâtres ne présageaient rien de bon. Les premières gouttes furent ralenties par les épaisses frondaisons, mais le vent se mit de la partie, les feuilles lui dégoulinèrent sur l'échine comme gargouilles de chapelle. Le crépitement de l'averse étouffa le chapelet de jurons qu'il égrena. Le diable écopa à son tour de quelques amabilités, mais de lui valoir une telle mortification, ce fut surtout la mijaurée qui eut droit aux injures les plus fleuries. Un tel affront ne pouvait rester impuni…

Les deux domestiques de Cosquéric ne manifestaient pas autant de sollicitude que Célestine. Occupés à ranger les cuisines, ils avaient entendu s'éloigner le cabriolet de Mathilde. À aucun moment ne leur était venue l'idée que Monsieur l'accompagnait. Leur office achevé, ils avaient vérifié une à une les fermetures de la gentilhommière, décroché la cloche que le vent en train de lever ferait tinter comme les sonnailles de l'enfer. Puis ils étaient partis se coucher. Autrement dit, imbibé comme une serpillière, l'amoureux transi trouva porte close. Il effectua le tour de la bâtisse, pesta de plus belle, mais cette fois contre ses imbéciles de valets qui se souciaient de lui comme d'une nèfle.

Boniface avait le sommeil lourd, Hortense dormait comme une marmotte. Elle entendit toutefois cogner aux volets; sans doute les bourrasques levées par la tempête. Cela continuait de plus belle,

elle se signa au cas où il s'agirait de quelque démon qui réclamait asile. Il fallut une troisième injonction et les cris du châtelain pour la décider à s'extirper de son lit. Elle ouvrit la croisée et les contrevents.

— Mon Dieu, Monsieur. Mais qu'est-ce que vous faites dehors à cette heure et sous la pluie ?

Pensez si Xavier avait envie de se justifier !

— Viens donc m'ouvrir au lieu de jacasser ! Tu ne vois pas que je suis trempé ?

14

Sa chambre enfin… À bout de forces, le premier souci de Xavier de Cosquéric fut d'ôter ses souliers qui gargouillaient comme des outres pleines d'eau. Il avait les pieds en sang, douloureux au point de ne pouvoir y prendre appui. Hortense s'étant recouchée derechef, il dut se débrouiller pour se munir d'une bassine d'eau froide. Il se lava, sécha les orteils un à un, tamponna délicatement les plaies des ampoules éclatées au talon. Il n'éprouva aucun réel soulagement. Il se débarrassa de ses hardes imbibées. Puis il se frictionna du haut en bas, sans parvenir à se réchauffer. De guerre lasse, il se coucha. Le lit glacé, les draps humides lui collaient à la peau comme d'infâmes suaires. Une nuit exécrable à grelotter, à ruminer son infortune, à élaborer maints plans de vengeance. Il commençait tout juste à s'assoupir qu'il se mit à éternuer, dut se lever afin de se moucher, ne se recoucha que pour se relever dans la minute suivante.

Le jour filtra entre les rideaux restés entrouverts. Avant même de bouger, il sut qu'il était épuisé. Le corps rompu, les articulations ankylosées, ses pieds lui faisaient toujours endurer le martyre. Il enfila sa robe de chambre. Renonça à sonner, augurant que son accorte servante ferait encore la sourde oreille.

Avant toute chose, ingurgiter un liquide chaud. Quand il se planta sur le seuil de la cuisine, Hortense se paya le toupet de lui demander s'il avait bien dormi, avec cette ingénuité désarmante dont elle usait à merveille. Il était bien temps de s'inquiéter de sa santé! rétorqua-t-il hargneusement. Au lieu de baisser le nez, elle lui sourit avec une ironie à peine dissimulée.

— A-t-on idée aussi de se promener la nuit sans son vêtement de pluie… Pour un peu, si je ne vous avais pas entendu, vous couchiez à la belle étoile.

Il soupira, éternua de plus belle, renifla de travers et manqua de s'étouffer. Son nez coulait maintenant comme une gouttière, ses yeux larmoyants lui dessinaient un masque bouffi.

Piètre joli cœur…

Mathilde de Viremont avait goûté à une sérénité où ne la hanta aucun cauchemar. L'avait juste effleurée, au moment de glisser dans le sommeil, l'intuition de devoir se méfier de son charmant voisin, assez retors pour lui décocher un coup en vache à la première occasion. Autant dire qu'elle se réveilla d'humeur guillerette.

De s'être fixé un but aussi saugrenu pimentait sa morne existence. Elle honora le petit-déjeuner de bon appétit, à la grande satisfaction de Célestine. Quand elle mit le nez dans la cour, la servante lui fit part d'un incident. Avait-elle remarqué que la roue droite de son cabriolet couinait de sinistre façon?

— Vous aurez roulé dans un de ces satanés nids-de-poule…

Mathilde avoua ne pas en avoir eu conscience, mais ce n'était pas impossible.

— Au cas où vous devriez vous déplacer dans les jours qui viennent, il faudrait appeler le charron.

La nouvelle châtelaine n'avait pas encore acquis le réflexe de gérer les affaires courantes. Célestine eut conscience de ses hésitations.

— Je veux bien m'en charger, puisque je dois faire les courses à Plouay.

— Faites. Ce serait en effet idiot de rester coincé dans cette fichue forêt.

Le maréchal-ferrant se déplaça en début d'après-midi. Fernand Chardon prit ses fonctions le lendemain matin. Mathilde le prévint que son collègue d'en face serait bientôt là pour lui expliquer les priorités qu'exigeait l'entretien d'un pareil domaine, les premières nécessités, les erreurs à éviter.

Mathilde se chargea des présentations. En qualité d'ancienne, Célestine toisa le nouveau venu avec une morgue amusante. Coincé entre un père tyrannique et une mère transparente, affecté par sa disgrâce faciale, Fernand n'avait jamais eu de petite amie – les prétentieuses demoiselles de Plouay étaient plutôt collet monté, se croyant « princesses » d'être filles de médiocres bourgeois. Il lui était arrivé d'accompagner le charron chez ses clients. De loin, d'alertes filles de ferme lui avaient fait les yeux doux, gommant aussitôt leur sourire à la vue de la tache de vin. Il estima la servante d'un rapide coup d'œil : sa robuste constitution s'enrobait déjà des graisses de l'embonpoint. De toute façon, ses regards dissuasifs lui signifièrent que la moindre privauté lui serait interdite.

Mathilde n'avait plus qu'à préparer la venue de son invité. D'élaborer une stratégie digne du premier acte lui occupa l'esprit une bonne partie de la nuit suivante. D'abord le mettre en confiance, quitte à lui laisser entendre qu'elle avait pris sa proposition au sérieux. Elle n'écartait pas l'hypothèse qu'au dernier moment il lui fasse faux bond, mortifié de s'être fait rouler dans la farine.

Quand Mathilde annonça la nouvelle à Célestine, la mine de celle-ci se renfrogna. Le jeune nobliau lui avait laissé une impression mitigée lors de sa première visite. C'était encore lui qui avait valu à sa maîtresse un retour périlleux dans la nuit, à la merci d'une mauvaise rencontre et sous une pluie battante. La bonne se permit de s'étonner d'une liaison aussi incongrue, compte tenu du passif des deux lignées.

— Ne t'inquiète pas, Tine. Tu me connais suffisamment pour savoir que je resterai prudente. Pour l'instant, je te demande juste de lui faire bonne figure, rien de plus.

Xavier vivait un calvaire, toussant, éternuant, souillant un mouchoir après l'autre. Lui aussi hésitait sur la conduite à tenir. Mais renoncer avant même d'avoir ouvert le bal entérinerait une défaite irrémédiable. Pas question toutefois d'amener sur un plateau son homme à tout faire – qui avait justement autre chose à faire. Il irait seul, décidé à se tenir sur ses gardes avant de s'engager. Tout d'abord, laisser mijoter la péronnelle en ne se déplaçant que l'après-midi.

Boniface finissait d'atteler le cabriolet, une voiture similaire à celle de la châtelaine. Ayant fini de déjeuner, Xavier le regardait opérer d'un œil désabusé. Son état de santé s'était stabilisé, mais il gardait les yeux rouges et les narines irritées, au-dessus de la fine moustache qu'il entretenait soigneusement.

Décidé à interpréter le rôle du grand seigneur, il consentait à accorder une seconde chance à cette petite mijaurée qui se prenait pour une marquise. La subodorant vénale, il poussa même la générosité jusqu'à prévoir un présent : une rivière de diamants et une paire de boucles d'oreilles, dans un écrin gainé de velours violet et tapissé d'un satin délicat. Un cadeau excessif pour une « perruche » aussi impertinente ? Ce n'était que du toc, remarquablement imité en l'occurrence.

Tout était prêt, Cosquéric se hissa péniblement dans la voiture. Il refit le chemin de l'autre nuit avec autant d'amertume, revivant chaque seconde de son calvaire.

Malgré elle, Mathilde ne put s'empêcher de guetter toute la matinée. Il va sans dire qu'elle trouva détestable de devoir attendre. La servante souriait en aparté, espérant de toutes ses forces que son invité lui fasse faux bond. Mathilde se résigna à déjeuner. Puis, feignant de se désintéresser de la situation, elle se réfugia dans sa chambre. Le malappris ne perdait rien pour attendre.

Un hennissement. Xavier de Cosquéric arrivait. Célestine était mandatée pour lui demander de patienter dans la cour en façade, histoire de le rabaisser. Mathilde sourit quand elle l'entendit éternuer, puis se moucher à grand bruit. Il avait attrapé la crève, sans doute la raison de son retard. Elle jeta un coup d'œil discret par la croisée. Apparemment, il était venu seul, une autre incartade à laquelle il conviendrait de remédier. Que ce jeune prétentieux ne se croie surtout pas libre d'agir à sa guise !

15

Mathilde se contempla une dernière fois dans le miroir, rajusta ses cheveux sur les tempes, remonta son bustier sur sa poitrine plate. Dans l'escalier, elle se composa le masque du rôle qu'elle s'était défini : celui de la jeune fille mélancolique, désireuse qu'on s'occupe de sa petite personne. Elle entrouvrit la porte-fenêtre.

— Vous étiez là, et je n'en savais rien ! Depuis longtemps ?

Xavier esquissa une moue conciliatrice.

— Pas vraiment, non…

— J'avais pourtant ordonné à Célestine de me prévenir dès que vous seriez arrivé. Vous auriez dû exiger qu'elle le fasse.

Elle minaudait à merveille, tout en scrutant les réactions de son vis-à-vis afin de doser ses effets – de ne pas déborder la limite de la crédibilité. Intrigué, le châtelain fronçait les sourcils, flairant la comédienne.

— Mais entrez donc…

Elle feignit alors de prendre conscience de son visage bouffi.

— Oh! Vous avez les yeux rouges. On dirait que vous avez pleuré. J'espère que ce n'est pas à cause de moi…

Il esquissa un sourire ironique.

— Je n'en suis pas encore là et j'espère n'y être jamais amené. J'ai pris froid la nuit où je vous ai raccompagnée.

Elle porta la main aux lèvres en écarquillant les yeux.

— N'allez surtout pas vous imaginer que je n'aurais pas compati quand il s'est mis à pleuvoir. Si j'avais pu deviner, je vous aurais interdit de rentrer à pied.

— Facile à dire après coup, mais j'aurais dormi où?

— Ce ne sont pas les chambres qui manquent dans mon château. J'aurais demandé à Célestine de vous en préparer une. Mais ne restez pas dehors. Vous allez reprendre froid et finir poitrinaire. Vous savez que c'est affreux? Les misérables meurent, paraît-il, dans d'atroces souffrances. Ah ça non! Je ne le souhaite à personne, même pas à mes pires ennemis et encore moins à vous.

Abasourdi par un enthousiasme aussi primesautier, Xavier n'était pas loin de se laisser embobiner de nouveau. Il s'était fait des idées au sujet de mademoiselle de Viremont. Plutôt qu'une intrigante, elle n'était qu'une écervelée aux dépens de laquelle il s'avérerait plaisant de s'amuser. Il la suivit. Elle se retourna d'un coup, toujours aussi brusquement.

— Au fait, votre jardinier?

— Il a fait une mauvaise chute hier en taillant le cerisier. Une luxation de l'épaule, à ce qu'a dit le rebouteux qui l'a remis en place.

— De toute façon, cela n'aurait servi à rien. Figurez-vous que j'ai suivi vos précieuses recommandations.

— Plaît-il ?

— Mais si ! Souvenez-vous, vous m'avez conseillé d'embaucher un serviteur. Eh bien, ça y est !

— Vous n'avez pas traîné…

— C'est grâce à vous, mais aussi un peu à cause de vous.

Elle maniait à merveille le registre de l'ambiguïté afin de le décontenancer.

— À cause de moi ?

— L'autre nuit, pendant que vous preniez froid, moi j'ai frôlé l'accident. Que je vous explique, pendant que Célestine nous prépare de quoi nous rafraîchir. Suis-je sotte, vu votre état, c'est plutôt de quelque chose de chaud dont vous auriez besoin. Donc, pour en revenir à cette nuit fatale, je ne voyais plus rien avec la pluie. Heureusement que j'ai un bon sens de l'orientation, sinon je me serais perdue et Dieu sait où je serais rendue à cette heure. La roue de ma voiture a dû rouler dans une méchante ornière, les paysans saccagent tout avec leurs maudites charrettes.

Xavier ne voyait toujours pas le rapport avec l'embauche d'un nouveau serviteur. Elle eut conscience de sa perplexité.

— Un peu de patience, que diable… Célestine a été obligée de demander au charron de Plouay de venir réparer mon carrosse. Un drôle de rustre, soit dit en passant, j'espère que son fils n'a pas hérité de lui !

— Son fils ?

— Mais laissez-moi parler, enfin ! Je suis à vous expliquer que c'est le fils du charron que j'ai pris à mon service. Vous ne pouvez pas savoir comme il est laid !

Cosquéric ne parvenait plus à la situer… Ou elle était la plus parfaite bécasse ou elle se payait encore sa fiole dans les grandes dimensions.

— Vous savez… la beauté et la laideur… hasarda-t-il. Bien malin celui qui fait la différence sans se tromper.

— Quand même… Un crapaud c'est laid, une rose c'est beau. Vous n'en disconviendrez pas, j'espère. Toujours est-il que mon pauvre Fernand – Fernand, c'est son nom –, il a une plaque couleur lie-de-vin qui lui envahit toute la joue.

— Un nævus…

— Vous avez dit ?

— Un nævus, c'est le nom savant des taches de naissance. C'est un terme nouveau, il n'y a pas long-temps qu'il a fait son entrée dans le domaine de la médecine. Parfois ces particularités ont la couleur du vin, parfois d'autre chose.

Et toc ! se rengorgea-t-il.

— En tout cas, c'est franchement laid. S'il passe dans les parages, vous le constaterez de visu.

— Ce ne doit pas être très agréable d'être exhibé comme une bête curieuse.

— Oh, il n'a pas l'air si malheureux. De toute façon, ici il sera tranquille, à l'abri des regards indiscrets.

Célestine apporta un plateau, avec les mêmes théière, tasses et soucoupes que l'autre jour. Cette fois, c'est elle qui assura le service.

Tout en buvotant, Mathilde et Xavier se jau-geaient en silence. Pour l'instant, si chacun tenait bien son rôle, aucun n'était en mesure de déchiffrer la partition de l'adversaire. Ce fut Xavier qui rompit le premier. Il reposa sa tasse un peu brusquement.

— Je ne vais pas vous importuner plus longtemps…

— Mais…

— Tutt tutt, je vois bien que vous ne me supportez que par pure politesse, ce dont je vous sais gré. Mais je sens moi aussi de nouveau la migraine me gagner.

— Je vous assure que…

— Pour vous remercier de m'avoir reçu de si bonne grâce, je me suis permis de vous apporter un petit cadeau.

Le châtelain sortit l'écrin de sa poche, en lissa le velours. Mathilde n'avait pas vu le coup venir. Déstabilisée à son tour, elle saisit le présent d'un air circonspect. Elle hésitait à en ouvrir le couvercle. Il la dévisageait, ravi d'avoir repris la main.

— Je ne sais si je dois…

— Je vous en prie.

Le piège parfait… Ou elle refusait le cadeau et congédiait le galant, ou elle l'acceptait et s'engageait dans une voie tendancieuse. Elle actionna le fermoir. Cette fois, sa surprise ne fut pas feinte. La parure et les boucles d'oreilles luisaient de mille feux.

— Vous êtes fou…

— Ne vous méprenez pas sur mes intentions. Ce n'est pas le prélude d'une demande en mariage, bien que l'idée ne soit pas pour me déplaire. Ces bijoux ont appartenu à ma défunte mère, qui elle-même les tenait de la sienne. Je vous les offre en toute amitié, entre voisins qui s'apprécient et sont appelés à se revoir. Du moins, je l'espère.

— Alors, si c'est uniquement par amitié…

16

Restée seule, Mathilde mit un certain temps à rassembler ses idées. Elle aurait cru avoir rêvé si sous ses yeux ne scintillaient la rivière et les boucles d'oreilles sur leur lit de satin. Devait-elle interpréter cette délicate attention comme une déclaration que le bellâtre verbaliserait à la première occasion ? Il ne donnait pas l'impression d'être follement épris, elle ne lui avait manifesté en retour aucune tendresse particulière. Un souvenir de famille… Auquel cas de tels bijoux auraient dû revêtir à ses yeux une valeur sacrée. Non, quelque chose clochait dans cette histoire. Soucieuse d'en avoir le cœur net, la châtelaine ordonna à Fernand d'atteler le cabriolet.

Le nouveau valet prenait ses marques. La charge de travail était considérable certes, mais libéré de la tenaille parentale, il se sentait des bouffées de bonheur. Si elle paraissait exigeante, la patronne n'était pas non plus un dragon. Restait Célestine… La pauvre s'évertuait à se poser en chef, déployant une attitude sévère, affichant une mine pincée qui frisait le comique. Elle ne ferait pas longtemps illusion.

Sur la place centrale de Plouay, un joaillier tenait boutique. En fait, Ludovic Estienne vendait également des montres et des pendules. C'était un homme encore jeune, dont l'apparence insignifiante cachait un individu pour le moins particulier. Il affirmait avoir travaillé à Paris avant de s'installer en Bretagne. Un exil aussi lointain ne manquait pas d'interroger – il était plus probable que de louches transactions l'aient contraint à changer d'air afin de se faire oublier.

Mathilde amarra son cheval à l'un des anneaux fichés dans les interstices du mur de pierre. La clochette au-dessus de la porte provoqua un bruit d'enfer. Elle crut l'échoppe vide jusqu'à ce que s'élève une voix de derrière le comptoir. Le bijoutier lui demanda ce qui lui valait l'honneur d'une personne de son rang dans sa modeste boutique.

— J'aurais besoin de votre avis…

— À quel sujet, *duchesse*?

— J'ai retrouvé d'anciens bijoux de famille en faisant un peu de rangement suite au décès de mes parents. Je me demandais s'ils présentaient une quelconque valeur.

Le commerçant se leva, vivement intéressé.

— Montrez, je vous prie.

Mathilde lui tendit l'écrin.

— La boîte est belle, apprécia-t-il. Si son contenu est à l'avenant…

Il l'ouvrit délicatement. Poussa un petit sifflement. La châtelaine se dit que son voisin ne s'était pas moqué d'elle.

— Permettez, je vais vérifier.

Il disparut dans l'arrière-boutique. S'installa un long silence. Mathilde était sur des charbons ardents. Si la valeur des bijoux était confirmée, un minimum d'honnêteté l'obligerait à les restituer à leur propriétaire. Ou à convoler en sa compagnie, une éventualité toujours hors de question. Soudain s'éleva un ricanement. Le bonhomme réapparut. Entre ses doigts oscillait la rivière de diamants, comme au bout d'une vulgaire longueur de ficelle.

— De la pacotille. Du faux, rien que du faux! Excusez-moi de vous décevoir, mais le collier de vos ancêtres ne vaut pas tripette!

— Et les boucles d'oreilles?

— Pareil! Du toc.

— Pourtant, ils ont l'air…

— L'air, oui. Mais c'est tout ce qu'ils ont. À la rigueur, vous pourriez les porter pour faire illusion. Mais attention à ne pas tomber sur un connaisseur. Votre honneur et votre réputation ne s'en remettraient pas.

— À vrai dire, je m'en doutais, tenta-t-elle de sauver la face. Si ces bijoux avaient présenté une réelle fortune, mes parents ne les auraient pas remisés dans un grenier plein de poussière. Je vous dois quelque chose?

— Le plaisir de votre visite me suffit amplement, belle dame, répondit-il en esquissant une légère révérence. À votre service, au cas où vous auriez d'autres pièces à me faire évaluer.

Mathilde rumina son indignation tout au long du retour. Cosquéric avait tenté de l'abuser avec de la pacotille, car lui savait certainement que ses breloques n'avaient aucune valeur. Non seulement grossière, la manigance était méprisante. Elle hésitait sur la riposte. Faire un crochet jusqu'au château du goujat et lui jeter lesdits bijoux à travers la figure n'était pas pour lui déplaire, mais c'était une réaction aussi vile que la tromperie dont elle avait failli être victime. Il valait mieux lui laisser l'illusion de s'être offert une châtelaine pour un si bas prix, et le descendre en flammes au moment opportun. Elle rentra chez elle. De toute évidence, elle n'aurait pas longtemps à patienter.

Xavier attendit trois jours avant de revenir à la charge. Lui aussi réfléchissait : si la châtelaine avait découvert le pot aux roses, elle serait déjà venue lui faire un esclandre. Non, tout laissait supposer que pour l'instant, elle ne s'était rendu compte de rien.

Ce fut Fernand qui prévint sa maîtresse.

— Il y a un attelage qui approche, Madame.

Elle sourit, le remercia. Se posta sur le perron afin de recevoir le visiteur, car il n'était plus question de le faire entrer. Cette fois, Xavier se présenta avec un énorme bouquet de roses rouges, apparemment sûr d'être autorisé à pousser ses avances.

— Ah ! Mon Dieu, monsieur de Cosquéric... se lamenta Mathilde en se tordant les mains.

— Qu'est-ce qu'il vous arrive, ma chère ?

— Une chose si épouvantable que je n'ose vous en informer. Les magnifiques bijoux que vous m'avez offerts...

Ça y est, elle est au courant, se dit Xavier.

— Imprudente que je suis, je les ai portés hier pour rendre visite à une amie. J'avais tellement envie de les lui montrer, ne serait-ce que pour la rendre malade de jalousie. Si vous saviez...

— Je ne demande que ça. Je vous écoute.

— Je n'étais pas sortie de la forêt que je me suis fait agresser.

— Mais par qui donc?

— Des maraudeurs, pardi! Ils étaient deux, et masqués, vous pensez bien. J'ai cru mourir de peur.

— Qu'est-ce qu'ils vous ont fait?

— Rien, sinon me dépouiller de mes bijoux.

Xavier n'était pas mécontent de la tournure des événements. Sa supercherie ne risquait plus d'être découverte.

— Ce n'étaient que des babioles...

— De grande valeur, le coupa-t-elle.

— Certes, bien que ne nous soit jamais venue l'idée de les faire estimer. Mais le plus important, c'est que vous n'ayez pas été blessée. Ces brigands-là auraient pu vous violenter. Je vous avais prévenue de faire attention. Un jour, il vous arrivera quelque malheur.

— Je crois bien que c'est fait... soupira-t-elle.

— Allez, ce n'est pas grave. Je vous en offrirai d'autres, de plus jolis.

— Ah non, monsieur de Cosquéric! Vous venez de le dire vous-même. Je suis bien trop tête en l'air pour posséder des parures d'une telle valeur. Je n'oserais plus jamais les porter.

— Ne décevez pas la sympathie qui me pousse vers vous.

— Non, n'insistez pas. Je ne mérite pas votre amitié. Je serais morte de honte à chaque fois que je vous reverrais. Je préfère que nous en restions là.

— Je vous assure que je ne vous en veux aucunement.

— Vous dites cela pour me consoler et c'est bien la preuve de votre immense générosité. Mais la rancune est un poison à retardement. Elle s'introduit en vous à votre insu et corrompt insidieusement les cœurs les plus magnanimes. Ces bijoux étaient des souvenirs de famille auxquels vous teniez, ma présence vous rappellerait sans cesse que je suis responsable de vous en avoir privé. Un jour, vous ne pourriez vous empêcher de m'en adresser le reproche, et vous auriez bien raison. De grâce, ne ternissez pas l'image de noblesse que j'entends garder de vous…

— Et mes fleurs ?

— Je ne suis pas digne non plus de les recevoir.

De son mouchoir roulé en boule, elle se tamponna le coin des paupières.

— Adieu, monsieur de Cosquéric.

C'était d'une grandiloquence magnifiquement interprétée et que la châtelaine conclut par une volte-face et une sortie de scène magistrales.

Le châtelain resta planté comme un benêt au milieu de la cour, son bouquet toujours à la main. Du pignon de la bâtisse, Célestine avait suivi la scène. Elle n'avait rien compris à cette histoire de bijoux offerts, puis volés, d'autres bijoux que le galant entendait offrir à sa maîtresse et que celle-ci refusait. Une chose était certaine cependant, la marquise venait de congédier le visiteur une bonne fois pour toutes. Elle s'avança.

— Si Monsieur veut bien m'accompagner jusqu'à sa voiture…

— Oui, ça va. J'ai compris ! se rebiffa-t-il.

Puis il fourra les roses entre les mains de la servante.

— Tenez. Faites-en ce que bon vous semble.

17

Fernand Chardon prisait sa nouvelle vie. Lui qui se croyait condamné au célibat, il allait enfin rencontrer une compagne. Ce fut Célestine qui lui en fournit l'opportunité, bien malgré elle. Bien qu'encore jeune, la servante était déjà pataude. Fière d'avoir rabaissé son caquet à Xavier de Cosquéric, Mathilde se mit en tête de réorganiser son cadre de vie. Tout d'abord nettoyer la bâtisse de fond en comble. Les suspensions n'avaient pas connu le chiffon depuis une éternité, forcément elles brillaient moins : elle ordonna à sa servante de s'en charger. Une corvée que celle-ci détestait : elle était sujette au vertige, les plafonds étaient fort hauts, et donc les lustres difficiles à atteindre... Tirant grise mine, elle maugréa, mais sa maîtresse feignit de ne rien entendre. Soupirant et haussant les épaules, elle partit chercher l'escabeau dans la remise au fond des communs.

Tout se passa bien pour la première suspension. Célestine se sentit soulagée au moment de s'attaquer

à la suivante. C'est alors que les choses se gâtèrent...
Un faux mouvement, le réflexe de contrebalancer
dans l'autre sens, elle bascula en arrière et s'effondra
comme une masse. Les rondeurs de sa corpulence
amortirent la chute. Par chance, la tête ne porta pas
sur le carrelage, mais une girandole multicolore vire-
volta dans sa tête pendant de longues minutes. Le
moment de stupeur passé, son premier réflexe fut
de se relever. Une violente douleur lui bloqua le dos,
tandis que son bras droit ne répondait plus.

Mathilde mettait de l'ordre dans ses papiers
– c'était son père qui s'en occupait de son vivant,
il était loin d'être un spécialiste. Soudain lui pro-
vinrent des gémissements du rez-de-chaussée. Elle
vérifia un dernier document avant de se résoudre à
descendre. Sa servante était assise au pied de l'escabeau. Mathilde poussa un soupir excédé.

— Qu'est-ce qu'il t'arrive encore, ma pauvre fille?

Célestine déglutit de travers, leva les yeux vers le
plafond.

— Je suis tombée...

— Je m'en doute, mais tu n'as pas l'air si mal en
point. Tu n'as rien de cassé, j'espère?

— C'est mon épaule. Je n'arrive plus à la bouger.

— Si j'avais besoin de ça... Je vais appeler
Fernand pour t'aider à te relever et tu vas te reposer.
Dans une heure ou deux, ça ira mieux.

— Pour ça non, Madame. C'est les os qui sont
plus à leur place.

— Bon. Si je comprends bien, il n'y a plus qu'à
prévenir le médecin.

— Les médecins ne connaissent rien à ces affaires-
là, protesta la servante en geignant de plus belle.
C'est la mère Roumier qu'il faut aller chercher.

Mathilde fronça les sourcils.

— Tu sais où elle habite?

Célestine hocha la tête en grimaçant.

— Dites à Fernand de venir, je vais lui expliquer.

En fait, Léonie avait hérité des pouvoirs de sa mère, rebouteuse elle-même, et trop percluse maintenant pour manipuler des patients souvent trop corpulents. Fernand alla frapper à leur chaumière.

La fille Roumier n'était pas une beauté de premier choix. Une tignasse brune et drue, une mâchoire carrée qui annonçait un tempérament affirmé, la jeune femme affichait une force de caractère impressionnante. Elle accompagnait sa mère pour les accouchements. Chaque naissance l'émerveillait, mais les douleurs des femmes en gésine, le petit être sanguinolent et tout gluant, l'angoisse de savoir si celui-ci avait la force de respirer, autant d'images qui lui ôtaient l'envie de convoler. Et d'enfanter.

Le valet du château lui parut profondément différent des hommes qu'elle avait côtoyés jusque-là. Une seconde de flottement, que Fernand interpréta comme une manifestation de dégoût alors que le regard de la jeune femme n'était rien d'autre que curieux. Quand elle apprit qu'on la demandait au château, elle crut tout d'abord ne pas avoir bien compris. Fernand la rassura:

— C'est pour la servante. Elle est tombée de l'escabeau. Elle a dû se démettre quelque chose.

Déjà il tournait les talons, persuadés qu'elle le suivrait.

Peu encline à gérer les tracasseries de sa valetaille, Mathilde était remontée à l'étage, après s'être assurée que sa servante avait eu la force de rejoindre sa cuisine. Fernand et Léonie la trouvèrent assise sur une chaise, trempée de sueur, et souffrant apparemment le martyre. La jeune rebouteuse ne maîtrisait pas encore les savoirs transmis par la mère. À travers la blouse et la combinaison, elle palpa les muscles aux endroits indiqués par Célestine, qui se mordait les lèvres pour ne pas se plaindre.

— Il va falloir me montrer…

La domestique jeta un coup d'œil noir en direction de son collègue. Celui-ci comprit le message, il sortit de la cuisine sans un mot. Se tint toutefois à l'écoute dans la cour au cas où la rebouteuse aurait besoin de ses services.

Léonie était de solide constitution. À courir dans les bois, à grimper aux arbres comme une sauvage, elle avait acquis autant de force que beaucoup d'hommes, sans en développer pour autant la carrure. Au prix d'une empoignade homérique, elle remit en place l'épaule déboîtée. Elle rejoignit Fernand. C'était la première fois qu'il lui était donné d'observer une tache de vin aussi étendue sur le visage.

— Vous permettez?

Elle scruta la peau violacée, l'effleura du bout des doigts. Lui, était horriblement gêné.

— C'est laid, n'est-ce pas?

Elle plissa les lèvres.

— Pourquoi? Non, pas plus qu'autre chose…

C'était bien la première fois que la disgrâce de Fernand n'indisposait pas une jeune femme. Du coup, elle trouva grâce à ses yeux.

— Madame de Viremont m'a chargé de vous remettre cette enveloppe.

Léonie la fourra dans sa poche sans en vérifier la somme.

— Vous souhaitez que je vous raccompagne ?

Elle sourit. Elle était en mesure de retrouver son chemin sans l'aide de personne, mais la compagnie du jeune valet n'était pas pour lui déplaire. Elle accepta d'effectuer un bout de route avec lui.

Aussi taiseux l'un que l'autre, Fernand et Léonie ne trouvèrent d'autres sujets que d'échanger sur le temps, de papoter sur leurs fonctions respectives. Arrivée à mi-trajet, la jeune femme s'arrêta.

— Maintenant, ça ira. Je vous remercie, mais je suppose que vous avez mieux à faire.

Tous deux cherchaient la façon de se signifier que ce ne serait pas idiot de se revoir… Ce fut elle qui dénicha l'astuce.

— Je repasserai au château dans quelques jours afin de vérifier où en sera notre blessée. Si vous avez encore besoin de mes services, vous savez où me trouver.

— Je n'y manquerai pas… marmonna-t-il avant de rebrousser chemin.

18

Xavier de Cosquéric ne savait que penser. Bien que tirée par les cheveux, cette histoire de maraudeurs s'inscrivait dans le domaine du plausible. La Viremont ne serait pas la première écervelée à se faire détrousser au détour des allées forestières. En revanche, elle avait profité de sa prétendue mésaventure pour lui ôter ses dernières illusions... Avec quel dédain avait-elle refusé son magnifique bouquet de roses! Mais que faire? Renoncer? Un nouveau revers le plongerait dans un ridicule irréversible. Il n'aurait plus qu'à se cantonner dans son château, ou à émigrer sous d'autres cieux. Quelle folle prétention d'avoir cru accessible l'orgueilleuse châtelaine, d'avoir seulement imaginé qu'elle prêterait une quelconque attention à ses pathétiques avances, sinon qu'elle lui accorderait ses faveurs...

Une pareille déroute aurait dû l'assagir pour quelque temps. Sans doute se serait-il résigné si le destin ne s'en était mêlé...

Un vrai temps de chien, une pluie aussi drue que vache qui pisse, un vent à décorner les bœufs, Xavier de Cosquéric sirotait un cordial, confortablement installé dans un fauteuil devant un bon feu, dans les flammes duquel se tordait l'orgueilleuse châtelaine. Il se régalait de son martyre, ignorait ses supplications – elle regrettait, maintenant elle voulait bien, mais lui n'était plus disposé.

Soudain tinta la cloche extérieure au-dessus du perron. Le vent sans doute... Cela recommença, le châtelain s'extirpa de son fauteuil. Devant la porte se tenait une silhouette enveloppée dans une immense cape, la capuche relevée. L'ingrate aurait-elle fait amende honorable? Il essuya la buée, colla le nez au carreau, non, ce n'était pas la châtelaine.

Cosquéric se décida à ouvrir. Une jeune femme transie de froid malgré l'étoffe épaisse qui lui couvrait les épaules. Que faisait-elle dehors, à cette heure, sous un pareil temps de chien? Venue de Plouay, elle se promenait en fin d'après-midi, expliqua-t-elle. Inconsciemment, elle s'était aventurée dans le sous-bois. De chemins étroits en sentes resserrées, elle s'était égarée pour de bon. Heureusement lui était apparue la masse noire du château à travers les frondaisons. Elle avait fait le tour de la bâtisse, avait remarqué la lueur à travers les fenêtres. Elle s'était permis de haler la chaînette de la cloche.

Trempée jusqu'aux os, l'inconnue peinait à respirer, de longs frissons la parcouraient par intermittence.

— Venez donc vous réchauffer...

Le châtelain la guida jusque devant la cheminée. En ce moment était-il animé d'intentions douteuses? Non sans doute, mais il ruminait toujours sa déconvenue et la jeune inconnue était touchante avec ses cheveux collés en boucles sur le front, avec son regard apeuré de biche traquée.

— Défaites-vous un peu.

Elle fronça les sourcils en affichant une mine offusquée. Une pudeur légitime, aussi rassurante puissent être la demeure et la courtoisie du propriétaire.

— Ôtez au moins votre cape, sinon vous allez attraper la crève. Je vais vous chercher une robe de chambre.

Lisette Martin n'était pas l'oie blanche que laissaient supposer son état pitoyable et ses manières de chien battu. Ce n'était pas non plus par hasard qu'elle s'était risquée de ce côté de l'étang. Depuis quelque temps, elle avait besoin de réalimenter son bas de laine. Elle avait repéré le château, un homme fortuné de toute évidence pour résider dans un pareil édifice. Elle plia sa cape et dégrafa sa robe. Étala le tout sur l'un des fauteuils qu'elle approcha du foyer. Xavier la trouva en ample jupon de dentelle et dans un bustier si serré que manquait d'en jaillir sa généreuse poitrine. Rougissante et gauche à souhait, elle affecta une pruderie de bon aloi en feignant de masquer ses appas. Il lui tendit la robe de chambre.

— Tenez. Je ferme les yeux. Vous me direz quand je pourrai les rouvrir.

La tiédeur ouatinée la revigora. Elle ne se hâta pas pour autant d'en lacer les brandebourgs. Il lui proposa une boisson chaude qu'elle accepta sans manière. Il se rendit dans les cuisines, en profita pour vérifier que ses serviteurs n'avaient rien entendu. Son service terminé, il arrivait à Boniface de rendre visite à une souillon dans son galetas, à seulement quelques encablures. Quant à Hortense, un grand bol de tisane la plongeait dans un sommeil dont ne l'aurait tirée le tonnerre le plus tonitruant.

Xavier rapporta un bol de bouillon fumant, sa visiteuse paraissait avoir récupéré. Le regard langoureux dont elle le remercia atténua l'amertume du châtelain. Tandis qu'elle buvotait, il s'enhardit à lui proposer de lui frictionner les épaules afin de réactiver sa circulation. En tout bien tout honneur, ajouta-t-il.

— Vous savez, je suis très douillette… minauda-t-elle.

Les doigts de Cosquéric ne mirent pas longtemps à s'aventurer plus bas que ne l'autorisait la décence. Elle poussa un petit cri charmant, mais ne se déroba ni quand il la guida vers la banquette ni quand il remonta délicatement le feston de son jupon.

Lisette se prêta à l'étreinte sans davantage de manières, tout en conservant la tête froide. Au moment crucial, elle le repoussa avec une vigueur insoupçonnée qui manqua de le faire basculer en arrière.

Changement de décor.

— Monsieur! s'horrifia-t-elle en rabattant ses dentelles. Vous avez perdu la tête! Qu'est-ce que vous avez fait!

Interloqué, se rajustant tant bien que mal, Xavier écarquillait de grands yeux ahuris.

— Mais rien de plus que me réjouir de ce que vous m'avez accordé!

— Comment ça! Vous avez abusé de ma faiblesse et de mon désarroi.

Elle se releva; se planta face à lui, les poings sur les hanches.

— Ne croyez pas vous en tirer à si bon compte, monsieur de Cosquéric. D'ici peu, soyez assuré que vous entendrez parler de moi.

Elle réenfila sa robe, attrapa sa cape encore gorgée d'eau, dans laquelle elle se drapa avec une dignité offusquée avant de s'éclipser par où elle était entrée.

Achevé pour de bon, Xavier de Cosquéric s'affala dans son fauteuil. Après avoir été ridiculisé par la châtelaine, voilà qu'il s'était fait prendre dans un piège redoutable, ourdi avec une maestria stupéfiante par une catin en droit maintenant de le contraindre à cracher au bassinet. Et dont la parole prévaudrait sur celle d'un marquis qui, comme ses pairs aristocrates, n'était plus en odeur de sainteté depuis cette fâcheuse Révolution. La mort dans l'âme, les idées ténébreuses, il ne lui restait plus qu'à monter se coucher.

Le lendemain, le châtelain se réveilla la tête à l'envers. Boniface s'enquit de son emploi du temps. Il se fit vertement rabrouer. Témoin de la scène, Hortense se garda bien d'en rajouter. Il était rare que le maître soit mal luné, mais il valait mieux alors ne pas se trouver en travers de son chemin.

Le reste de la semaine s'écoula sans nouvelles de la mystérieuse inconnue. Xavier commença à se sentir soulagé. Patatras! Quelques jours plus tard, un matin, son serviteur l'avertissait qu'une jeune femme demandait à être reçue. Son premier réflexe fut de prétexter qu'il s'était absenté pour la journée, mais ce n'eût été que différer un face-à-face inévitable.

— Dites-lui de patienter…

— Je la fais entrer dans le salon?

— Non, non. Je la recevrai quand je l'aurai décidé.

Il soufflait un vent monté de l'enfer. S'il s'agissait de la femme redoutée, peut-être se découragerait-elle de son propre chef…

Douces illusions, au regard furibond qu'elle lui décocha, Xavier comprit qu'il n'était pas dans les intentions de la visiteuse de se laisser amadouer. Aucun uniforme en vue, elle ne s'était pas fait accompagner par la maréchaussée – ce n'était déjà pas si mal. Après tout, pourquoi ne pas feindre de ne pas la reconnaître ?

— Madame ? Vous avez demandé à être reçue. En quoi puis-je vous être utile ?

Le stratagème ne la déstabilisa que quelques secondes.

— À réparer les conséquences de l'agression que vous avez perpétrée à mon égard l'autre nuit.

Aïe… Elle n'avait pas changé de discours. Boniface et Hortense devaient se tenir à l'écoute au coin de la bâtisse. Il valait mieux les garder à l'écart de cet imbroglio.

— Entrez donc, nous serons plus à l'aise pour discuter.

Elle afficha une mine courroucée.

— Qui me dit que vous n'allez pas en profiter pour recommencer ?

Xavier resta époustouflé par une malhonnêteté aussi manifeste.

Ils se retrouvèrent dans le salon, que la plaignante parcourut d'un œil circonspect. Elle prit l'initiative de s'asseoir avec un aplomb qui ne trahissait pas une malheureuse en perdition. Elle attaqua aussitôt.

— Je suppose que vous avez pris le temps de réfléchir à vos agissements, monsieur de Cosquéric ?

Elle avait insisté sur son identité, d'un ton lourd de menace. Il cilla des paupières, eut du mal à placer sa voix.

— J'avoue ne rien comprendre à vos récriminations. Sinon que nous avons partagé un moment de plaisir. Je vous remercie d'ailleurs de vous être prêtée à un jeu somme toute bien innocent.

— Vous maniez l'art de maquiller la vérité, comme vos ancêtres du temps où ils détenaient le pouvoir abusif que vous avez légitimement perdu. Quelle ignominie de laisser entendre que je me serais prêtée aux fantasmes que vous m'avez fait subir avec une brutalité innommable ! Que vous l'admettiez ou non, vous m'avez forcée, Monsieur, ce qui en soi est déjà un crime abominable…

Elle marqua une pause, feignit de chercher les mots. Soupira.

— Je suis enceinte, et je n'ai pas l'intention d'en assumer seule les conséquences.

Elle laissa à la nouvelle le temps de s'installer. Elle traquait le regard de son suborneur avec un air de provocation qui lui fit froid dans le dos.

— Je suis une honnête femme, Monsieur. J'ai toujours été fidèle à mon cher époux. Soit dit en passant, l'emploi respectable qu'il occupe lui a permis de tisser un réseau de relations dont il n'hésitera pas à se servir au cas où je serais contrainte de lui faire état de votre forfait. J'attends de vous que vous vous comportiez en gentilhomme, monsieur *de* Cosquéric.

Du chantage, se dit Xavier, de bas étage certes, mais qui ne lui autorisait aucune échappatoire.

— Qu'est-ce que vous voulez ?

— C'est mon honneur qui est en jeu…

— Votre honneur… Vous n'aurez qu'à dire à votre mari que vous êtes enceinte de lui.

— Le pauvre… S'il me prodigue toute la tendresse que toute épouse est en droit d'espérer, il n'est plus en âge de me combler d'autre façon. Pour autant, je n'ai jamais trahi sa confiance. En l'occurrence, n'ayant rien à me reprocher, je ne vois pas pourquoi je devrais lui mentir de façon aussi éhontée.

La petite garce avait tout prévu.

— Venez-en au fait. Je n'ai pas que ça à faire.

— Vous m'avez acculée dans une impasse pour m'extirper de laquelle il ne me reste qu'une seule issue. Je dois me débarrasser au plus vite de votre infâme semence.

— Si je comprends bien, vous désirez vous faire avorter ?

— Vous ne me laissez pas d'autre choix.

Xavier se sentit vaguement soulagé.

— C'est en effet une sage décision. Vous connaissez quelqu'un qui pourrait s'occuper de vous ?

— Je me suis renseignée. Pas très loin d'ici, il existe une femme qui pratique ce genre d'intervention. Une certaine Léonie Roumier. Le problème c'est qu'elle se fait payer grassement, surtout si on lui demande de garder le silence. Si l'affaire s'ébruitait, je serais obligée de raconter la vérité. Mon époux vous traînerait devant le tribunal, de gré ou de force. Je vous ai dit, il a le bras long.

— Combien ?

Sur le visage de Lisette Martin se dessina un sourire radieux. La somme était conséquente, mais le châtelain avait tellement hâte de mettre un terme à une situation aussi odieuse qu'il puisa dans la cassette où il serrait ses économies.

19

D'avoir réglé la facture, Xavier de Cosquéric était en droit de se sentir quitte. Sans être vraiment innocent, il s'était fait manipuler par une intrigante de haut vol. Il doutait de plus en plus de la fiabilité d'une femme assez éhontée pour lui accorder ses faveurs dans le seul but de le faire chanter. Une sacrée calculatrice dont il était à craindre qu'elle n'en reste pas là. Mine de rien, il demanda à Boniface s'il connaissait une commère du nom de Léonie Roumier.

— Vaguement. En réalité c'était sa mère qui officiait. Elle aurait passé le relais à sa fille.

— Elle sait soulager les malheureuses qui se sont fait engrosser ?

— Cela va de soi.

— Tu sais où elle habite ?

— Ça se pourrait. Pourquoi ? Vous avez besoin de ses services ?

— À quoi penses-tu, Boniface ? Non, mais tu te souviens de la jeune femme qui désirait me parler l'autre jour ?

Le domestique acquiesça.

— Même qu'elle n'avait pas froid aux yeux…

— Figure-toi qu'elle a une amie qui s'est fait avoir par un voyou. Elle est venue frapper à ma porte parce qu'elle était persuadée qu'un châtelain, c'est forcément riche.

— Vous avez accepté de l'aider ?

— Dans la mesure de mes moyens.

— Si je peux me permettre, attention à ne pas vous faire rouler, Monsieur ! Si vous commencez, il y aura une flopée de misérables à essayer d'abuser de votre générosité.

— Une fois n'est pas coutume. Tu vas me rendre un service. Tu te rends chez la Roumier, et tu lui demandes discrètement si une cliente a eu recours à ses services ces derniers jours. J'ai justement besoin de vérifier si mon argent a été bien employé et si je ne me suis pas fait rouler.

— Les commères sont tenues au secret. Elle ne voudra jamais me dire.

— Tu ne lui demandes pas de qui il s'agirait, juste savoir si elle a pratiqué un avortement il n'y a pas longtemps.

Xavier lui tendit une petite bourse en tissu.

— Tu lui donneras ça en te gardant bien de dire de qui ça vient. Il y a là de quoi la décider à te fournir le renseignement.

Boniface s'acquitta de sa mission sur-le-champ. De par sa fonction, la mère de Léonie connaissait tous les habitants de la forêt de Pont-Calleck – il est vrai qu'ils n'étaient pas si nombreux. Un peu moins souffrante, elle prenait le soleil devant sa chaumière.

— Tiens, le valet des Cosquéric…

Pour qui voulait passer incognito, c'était mal engagé. Boniface hésita à présenter sa requête. Mais après tout, il ne lui appartenait pas de décider à la place de son maître. La vieille hocha la tête sans répondre, puis elle appela Léonie. En échange de la bourse, elles avouèrent n'avoir « soulagé » aucune femme depuis plusieurs mois. Boniface rapporta illico la nouvelle au châtelain. Celui-ci tenait enfin un argument de nature à se défendre…

Les craintes de Cosquéric étaient fondées, Lisette revint rôder dans le secteur à la tombée de la nuit de ce même jour. Elle se posta dans la cour à l'abri des regards indiscrets le temps que les serviteurs aient libéré la place. Elle attendit que le maître des lieux rejoigne son fauteuil devant la cheminée. Alors elle vint frapper discrètement à la fenêtre.

Xavier ne fut pas autrement surpris. Il fit entrer la misérable. Ne lui laissa pas le temps de prendre ses marques.

— Vous avez utilisé comme convenu l'argent que je vous ai donné ?

La seconde d'hésitation trahit sa duplicité.

— Oui, dès le lendemain où nous nous sommes rencontrés. Mais il y a un problème… soupira-t-elle. La Roumier s'est montrée plus gourmande que je ne le prévoyais.

— Je vous avais pourtant accordé une somme importante. Arrangez-vous avec elle, moi je ne veux plus en entendre parler.

— Si je ne lui règle pas ce qu'elle exige, elle m'a menacée de s'adresser à mon époux afin de lui réclamer le solde. Je serais alors obligée de lui raconter la vérité. Toute la vérité…

— Vous êtes certaine d'avoir su tenir votre langue?

Elle jura sur ce qu'elle avait de plus cher n'avoir rien dit à personne, promit de ne plus jamais faire appel à sa générosité. Xavier comprit qu'il lui serait difficile de se débarrasser d'une telle gourgandine. Il insista bien que ce serait la dernière fois.

— Vous comprenez toutefois que je n'entrepose pas autant de liquidités dans mon château, à la merci des cambrioleurs. Il me faut passer demain chez mon banquier afin qu'il prélève dans mon coffre la somme que vous me réclamez. Il est hors de question également de revenir ici. Ma voisine dans le château d'en face finirait par se douter de quelque chose. C'est une vraie langue de vipère. Pour le coup, votre secret ne serait pas long à faire le tour de la région.

— Comment on fait alors?

Xavier lui indiqua un lieu-dit à l'entrée de la forêt, à la croisée de chemins.

— Retrouvez-moi là-bas à dix heures. Ne soyez ni en avance ni en retard, je n'aurais pas la patience de vous attendre.

Xavier était bien décidé à s'extraire de la souricière dans laquelle cette inconnue entendait l'assujettir. Il devança l'heure convenue afin de s'assurer de la situation, de crainte de l'une de ces entourloupes dont elle paraissait avoir le secret.

Lisette fut ponctuelle. Dissimulé sous le couvert, Xavier eut loisir d'observer la comédienne en coulisse. Une fieffée coquine, le visage volontaire, les sourcils froncés, d'une dureté accentuée par les ombres de la nuit sous la pâle clarté de la lune. D'un rapide coup d'œil, elle inspecta d'un bord et de l'autre les chemins qui se rejoignaient. Puis elle se retira elle aussi dans le sous-bois.

Xavier émergea un peu plus haut. Puis il se dirigea franchement vers l'endroit convenu. La jeune femme se présenta au milieu de la croisée.

— Vous avez l'argent ? demanda-t-elle sans ambages, avec une agressivité qui trahissait son angoisse de s'être mise à la merci de l'homme dont elle s'était fait un ennemi.

— J'ai tenu ma parole, j'espère que vous tiendrez la vôtre, répondit Xavier.

— Je n'en ai qu'une, mentit-elle délicieusement. N'oubliez pas que si nous en sommes réduits à une situation aussi lamentable, c'est à cause de votre bestialité, et que je vous ai épargné des conséquences bien plus dramatiques en m'abstenant de prévenir la maréchaussée.

— Allons, ma chère… Vous y auriez vous-même laissé des plumes. Mais finissons-en.

Il lui tendit la bourse. Elle s'en empara avidement et entreprit de la fourrer dans sa poche.

— Ah non ! J'exige que vous recomptiez en ma présence, afin d'éviter tout malentendu.

Elle lui tourna le dos afin de s'exécuter. La blancheur de son cou se dessinait dans l'obscurité. Elle n'eut pas le temps de se dérober quand le cordon de cuir lui servit de collier.

C'était bien sûr le premier crime du châtelain. En fermant les yeux et en haletant, il serra le garrot de toutes ses forces. La jeune femme était robuste, elle se débattait comme une forcenée en tentant de se libérer, mais ses ongles étaient trop fragiles, ses doigts pas assez puissants. De sa gorge cisaillée n'émanèrent bientôt que des borborygmes. Xavier tenait bon, un genou au creux des reins. Peu à peu, les soubresauts se firent moins violents. Puis la malheureuse se tétanisa, ses bras retombèrent le long du corps, ses doigts se raidirent. Des saccades la parcoururent avant que les muscles ne se relâchent définitivement.

Xavier attendit encore une longue minute avant de lâcher la prise. Puis il étendit le corps désarticulé au milieu du chemin, l'empoigna aux chevilles et le traîna sous le couvert où l'attendaient le pic et la pelle apportés dans l'après-midi.

20

Lisette Martin n'avait jamais été mariée. C'était une pure aventurière qui vivait aux crochets des proies repérées au gré de ses pérégrinations. De telles exactions ne s'opéraient pas sans risques, il convenait de sélectionner soigneusement ses victimes, un art où elle était devenue experte. Des mâles imbus de virilité et susceptibles d'un chantage en règle, soit au niveau familial, soit de par leur profession ou leur notoriété. Des célibataires pour la plupart, mais son tableau de chasse affichait également quelques mal mariés à la merci d'épouses impitoyables. Autant de pigeons que la Lisette se chargeait de consoler avant de leur mettre le croupion à nu et de les plumer.

Il était bien rare que ses proies ne cèdent pas dès les premières menaces. Mais elle avait appris également à moduler la traque au cas où le gibier se montrait en mesure de contre-attaquer, savoir le fatiguer avant de sonner l'hallali et lui assener alors le coup de grâce. Jusque-là, la méthode avait fonctionné. Avec Xavier de Cosquéric, sans doute s'était-elle montrée trop téméraire… De l'avoir sous-estimé, elle venait de payer le prix fort.

Le châtelain resta abasourdi un long moment dans l'obscurité du sous-bois, assis à même la mousse humide près du cadavre. Il n'aurait jamais cru avoir le courage d'aller jusqu'au bout, de devenir tout bonnement un assassin. Si le dénouement était inéluctable, il commençait à en mesurer les conséquences. Une chouette hulula au loin, le cri sinistre lui glaça les sangs, il ne devait pas traîner. Il dégagea les feuilles mortes.

Au premier coup, le pic heurta une pierre, le tintement épouvantable le fit trembler. Le silence revenu, il se remit à l'ouvrage. La terre meuble était tissée de racines enchevêtrées dans lesquelles le fer de l'outil avait du mal à se frayer un passage. Plus d'une heure fut nécessaire pour que l'excavation soit suffisamment profonde, et qu'il puisse y basculer la dépouille. Sans perdre de temps, il repoussa la terre grasse dans le trou. Il tassa le tertre, le recouvrit de mousse et de feuilles. De quelques lourdes pierres, il dissimula complètement la sépulture. Puis il récupéra ses outils et s'éloigna au plus vite. Alors seulement son angoisse se dissipa.

S'il y a un bon Dieu pour les ivrognes, celui-ci sait aussi se montrer indulgent pour les criminels. Xavier réintégra ses pénates sans croiser âme qui vive. Il rangea les outils dans la remise. Il aperçut alors une silhouette dans un recoin, de laquelle dépassait le canon tremblant d'un fusil. La voix qui lui intima de ne pas bouger était celle de son serviteur.

— Ne t'inquiète pas, Boniface, ce n'est que moi !

— Monsieur ? Mais qu'est-ce que vous fabriquez ? Pour un peu, je vous tirais dessus comme sur un goupil.

— Je n'arrivais pas à dormir. Je suis sorti marcher un peu. Mais maintenant, je tombe de sommeil, je retourne me coucher. Tu ferais bien d'en faire autant.

La voix du châtelain sonnait faux, le valet hésita.

— Vous êtes sûr de ne pas avoir d'ennuis, Monsieur ?

— Je t'assure que tout va bien. Tu n'as aucun souci à te faire à mon sujet.

Comment dormir après une soirée aussi mouvementée ? Au lieu d'être soulagé, le châtelain éprouvait la sensation désagréable d'avoir accumulé une nuée de dangers imminents. Ses articulations douloureuses gardaient les séquelles de la lutte farouche, dans la jointure de ses phalanges restait imprimé le cordon de cuir, aussi profondément que dans la gorge de la malheureuse.

De retour de son expédition nocturne, Cosquéric était passé par l'accès aux cuisines. Dans le couloir, il avait abandonné ses lourdes chaussures maculées de boue. Quand il descendit, Hortense était en train de les nettoyer. De la même façon que Boniface s'en était étonné, elle se demandait ce que son maître avait fabriqué pendant la nuit. Fine mouche, elle s'inquiéta de savoir s'il n'était pas trop fatigué. Xavier lui grommela de se mêler de ses affaires. Il prit aussitôt conscience de l'étrangeté de son comportement. S'il venait à l'idée de la maréchaussée de fouiner au château, allez donc savoir ce que ces deux-là lui raconteraient… Ils se souviendraient de la visite de la jeune femme, ils en feraient état tout naturellement.

— Je dors mal depuis quelque temps, se rattrapa-t-il.

— Il faudrait prendre un grand bol de tisane avant de vous coucher. Je veux bien me charger de vous en préparer, je connais les plantes les plus efficaces, ainsi la...

— Je vous remercie, Hortense. C'est une très bonne idée. Pour l'heure, je vais faire un tour dans le parc. Cette nuit, il m'a semblé apercevoir une harde de sangliers. Ces bestioles-là sont capables de causer des dégâts considérables.

Xavier sentait croître son angoisse au fil des heures. Les images l'assaillaient, plus sordides les unes que les autres. Le corps s'affaissait contre lui. La robe se retroussait quand il traînait le cadavre dans le sous-bois. La fosse, il se rappela le mal qu'il avait eu à fouir le sol spongieux... Avait-il creusé assez profond, dissimulé la tombe assez soigneusement ? Les bêtes en maraude avaient le chic pour flairer la chair fraîche. Elles déterreraient une proie aussi providentielle, la traîneraient au milieu du chemin afin de la déchiqueter. Peut-être n'était-il pas trop tard pour éviter une pareille catastrophe.

Xavier se précipita dans le couloir des cuisines. Il héla sa servante.

— Qu'est-ce que tu as fait de mes chaussures ?

Interloquée, Hortense ne répondit pas tout de suite.

— Alors ! Où tu les as mises ?

— Mais où je les range d'habitude. Dans le placard sous l'escalier. Monsieur repart encore se promener ?

— Oui, non... Oui... J'ai besoin d'exercice.

— Vous reviendrez pour déjeuner ?

— Sans doute, oui… Je ne sais pas… Tu verras bien.

Il se chaussa, enfila sa gabardine. Rien de bizarre jusque-là. Mais quand Hortense le vit se diriger vers la remise aux outils et en sortir avec une pioche et une pelle, enfiler l'allée à la sortie de la cour, elle craignit que son maître ne soit en train de perdre la raison. Ou alors il taisait quelque chose d'encore plus grave…

À grandes enjambées, Xavier de Cosquéric marchait comme un automate, un outil dans chaque main, le front bas, les yeux rivés sur le chemin. Il parvint à la croisée. Aucune trace du corps. De jour, les repères étaient différents, les trouées sous les frondaisons se ressemblaient, il ne reconnaissait plus les lieux. Il s'obligea à respirer calmement. Une image lui revint, celle d'un grand bouleau, dont le tronc blanc se dessinait dans l'obscurité. Il l'identifia parmi les autres arbres. Ne pas commettre d'erreur, surtout ne laisser aucune trace de son passage. La clairière où il avait inhumé le corps, il poussa un soupir de soulagement, rien ne paraissait avoir été dérangé. Bien malin qui devinerait que le sol avait été creusé. Il égalisa les feuilles toutefois, en rajouta de pleines poignées. Voilà, tout était en ordre. Il n'avait plus d'inquiétude à se faire de ce côté-là.

Mais le destin n'accorde ses indulgences qu'avec parcimonie. Le châtelain émergeait du sous-bois quand il aperçut deux silhouettes, un homme et une femme, des inconnus. Aussi prudent se montra-t-il, le froissement des buissons alerta les deux promeneurs, des jeunes gens, qui devisaient en amoureux. Xavier abandonna ses outils dans le fossé.

Léonie Roumier et Fernand Chardon avaient convenu de se revoir. Celui-ci avait prévenu sa patronne qu'il retournait chercher quelques effets chez ses parents à Plouay. Il va sans dire que l'accoucheuse connaissait le châtelain.

— Monsieur de Cosquéric! Que nous vaut l'honneur de vous rencontrer?

Xavier était au supplice.

— Rien, je cherchais des champignons.

— En plein hiver! s'étonna Léonie.

Xavier recouvra un semblant de sang-froid.

— En réalité, je me suis isolé pour me soulager. Voilà!

Fernand avisa alors la pioche et la pelle.

— C'est à vous?

De nouveau pris au piège, le châtelain sentit le sang lui monter au visage, il se remit à bafouiller.

— Non... Que ferais-je avec des outils dans la forêt?

Habituée aux dérobades et aux simagrées de ses pratiques, Léonie était de plus en plus intriguée.

— Avec une pioche et une pelle, on peut faire beaucoup de choses dans une forêt... se hasarda-t-elle avec un ton suspicieux.

Xavier s'efforça de ne pas broncher, avec l'impression désagréable d'être mis à nu. Soudain lui vint à l'esprit une évidence terrible. La commère avait affirmé à Boniface n'avoir pratiqué aucun avortement ces derniers temps. C'étaient des interventions clandestines, sur lesquelles les autorités fermaient les yeux, mais de là à s'en vanter...

Et si la jeune intrigante n'avait pas menti, si elle avait eu recours aux services de l'accoucheuse? Celle-ci parvient à lui tirer les vers du nez. De fil en aiguille, la malheureuse avoue par qui elle s'est fait engrosser.

Xavier perdait pied.

— Puisque je vous dis que ces outils ne sont pas à moi, bougonna-t-il en évitant de croiser les regards des deux promeneurs.

Chardon les récupéra.

— Ils sont encore en parfait état. Ce serait dommage de les laisser perdre. Je vais les rapporter au château.

— Au château ? s'alarma Xavier. Quel château ?

— Il n'y en a pas trente-six dans la région, reprit Fernand. Au château de madame de Viremont, puisque c'est là-bas que je travaille. Elle vient de m'embaucher.

Xavier blêmit. Tout se liguait contre lui. Ces deux-là fricotaient ensemble. Avant peu, la châtelaine serait mise au courant du rôle pitoyable qu'il avait joué dans cette triste histoire. Personne n'ayant plus de nouvelles de la jeune femme, il ne serait pas trop difficile d'en déduire la façon radicale dont il avait réglé le problème.

Le châtelain remonta sur le chemin. Il avait les mains maculées de terre. Léonie le remarqua, Xavier les dissimula aussitôt derrière son dos, comme un gamin pris en faute.

— Il faut que je rentre, si vous n'y voyez pas d'inconvénients. J'ai un rendez-vous à honorer.

— Mais vous n'avez pas de comptes à nous rendre, monsieur de Cosquéric, glissa insidieusement Léonie.

Fernand ne connaissait pas encore le châtelain. Mais lui aussi était intrigué par un comportement aussi singulier.

— Je présenterai vos civilités à madame de Viremont, si vous le souhaitez…

Il sait lui aussi, pensa Xavier. Au lieu de répondre, il s'éloigna comme un voleur.

— Il est toujours comme ça ? demanda Fernand à son amie.

— Je ne sais pas, mais il a tout l'air de quelqu'un qui a fait un mauvais coup.

21

Léonie et Fernand s'en retournèrent, pensifs. Ils avaient le sentiment d'avoir accédé à un terrible secret, dont ils auraient bien aimé connaître l'exacte teneur. La sage-femme se rappela alors l'étrange visite que sa mère et elle avaient reçue quelques jours auparavant.

— Tu connais le domestique de votre voisin? demanda-t-elle à brûle-pourpoint.

Il la dévisagea, intrigué.

— Je l'ai juste entraperçu de l'autre côté de l'étang à quelques reprises. Pourquoi?

Elle lui demanda de le lui décrire. Le portrait correspondait dans les grandes lignes.

— Il voulait savoir si une malheureuse avait eu recours à mes services ces derniers temps.

— Si tu lui avais fait passer son bébé?

Elle hocha la tête.

— Maintenant je pense que c'est le châtelain qui l'avait mandaté pour se renseigner…

— Et pourquoi donc? Il n'est pas marié et à ma connaissance, il n'a pas de fille susceptible de se faire engrosser…

— Réfléchis un peu.

Fernand haussa les épaules.

— Ton Xavier de Cosquéric aurait eu une aventure avec une fille du coin que cela n'aurait rien d'étonnant. Elle se retrouve enceinte contre son gré, elle n'a pas envie de garder l'enfant.

— Excuse-moi, mais je ne vois toujours pas en quoi cela pourrait te concerner, puisque tu n'as reçu aucune visite de ce genre.

Léonie soupira.

— C'est vrai… Il y a un détail qui m'échappe, et pourtant je suis certaine qu'on a mis le doigt sur un truc pas très clair.

Elle avait ralenti le pas, elle réfléchissait. S'arrêta tout net.

— Cette fois, je crois avoir compris.

Elle lui dressa, point par point, le drame comme il avait dû se dérouler : la rouerie d'une jeune femme soucieuse de se faire un peu de blé aux dépens du sieur Cosquéric, le chantage qu'elle exerce sur lui en lui laissant croire qu'elle est enceinte, le refus du châtelain qui préfère l'éliminer que de céder à ses menaces.

— Et il l'enterre dans le bois près duquel nous l'avons surpris avec ses outils de terrassier, conclut Fernand.

— Je ne vois pas d'autre explication.

Ils se taisaient, abasourdis par l'atroce vérité qui s'imposait à eux comme un nez au milieu du visage.

— Le châtelain serait donc un assassin… murmura Chardon.

— Ça m'en a tout l'air.

— Qu'est-ce qu'on fait ? On prévient les gendarmes ?

— Nous ne sommes que des manants, mon pauvre ami. Notre parole ne vaudrait pas grand-chose contre celle d'un aristo. D'ici qu'ils nous accusent d'avoir fait le coup… C'est un risque que je n'ai pas envie de courir. D'autant plus que pour l'instant, nous ne sommes sûrs de rien. Le mieux, ce serait d'en parler à ta maîtresse, avant qu'elle ne découvre que nous lui avons caché des événements aussi graves. Tu m'as dit que madame de Viremont est une femme qui a la tête sur les épaules. Elle, elle saura ce qu'il faut faire.

— Je n'ai pas envie de passer pour un crétin. Avant de lui en parler, il faut retourner voir ce qu'il en est. S'assurer qu'on n'est pas en train de se monter le bourrichon.

Ils rebroussèrent chemin, ne mirent pas long-temps à repérer dans le sous-bois l'endroit où Cosquéric avait enseveli l'intrigante. La terre remuée correspondait à la surface d'une sépulture. Il n'était pas nécessaire de creuser pour confirmer le bien-fondé de leurs soupçons.

Mathilde dévisageait son nouvel employé avec de grands yeux tout ronds. Au fil des mots, la terrible révélation devenait si ahurissante qu'elle se demandait s'il ne divaguait pas : après tout elle ne le connaissait pas encore vraiment.

— Dans la forêt ? Le châtelain de Cosquéric aurait enterré quelqu'un dans le sous-bois…

— De toute évidence une jeune femme.

Fernand rapporta alors l'interprétation de Léonie, de plus en plus évidente à mesure qu'il en développait les fondements. Abasourdie, Mathilde secouait la tête. Au bout de quelques secondes, un sourire narquois se dessina sur ses lèvres.

— Le salaud… Et dire qu'il avait l'audace de me faire la cour, de m'offrir des bijoux de pacotille et des fleurs alors qu'il fricotait avec une petite grue à qui il avait l'intention de régler son compte.

— Ce n'est pas tout, reprit le domestique. Ce matin, Célestine est passée au bourg pour faire ses courses. Elle n'est pas très causante, mais j'ai cru comprendre qu'une disparition avait été signalée, une jeune femme. Une certaine Lisette Martin.

— Pourquoi tu ne m'en as pas parlé depuis le début ?

— Je viens juste de faire le rapprochement.

— Il y a combien de temps qu'elle aurait disparu ?

— Célestine ne m'a rien dit de plus, mais à mon avis, ça devrait correspondre.

Dans la tête de la châtelaine, ce n'était pas loin d'atteindre l'ébullition.

— Tu sais ce que je vais faire, mon brave Fernand ? Je vais lui rendre une petite visite, à mon charmant voisin. De savoir qu'il a été découvert, il doit être dans ses petits souliers.

— Méfiez-vous, Madame. Il ne s'agirait pas qu'il vous fasse du mal, à vous aussi.

— Ne t'inquiète pas. Maintenant que je suis prévenue, je me tiendrai sur mes gardes et je saurais me défendre.

Xavier de Cosquéric était en effet dans tous ses états. À plusieurs reprises, il avait frôlé l'apoplexie, pensé au suicide. Arpentant le salon, il avait beau examiner la situation, il aboutissait à la conclusion de s'être fourré dans un sacré merdier. La seule solution était de faire disparaître le corps une bonne fois pour toutes, avant que les deux autres fouines n'aillent vérifier ce qu'il fabriquait dans le sous-bois. Il s'apprêtait à récupérer de nouveaux outils quand les sabots d'un cheval retentirent sur l'allée empierrée. Il reconnut tout de suite la voiture. Et le cocher. Comme si cela ne suffisait pas, sa voisine lui rendait visite.

L'attelage se rangea dans la cour. Le châtelain avait du mal à fixer ses idées, incapable de se composer une attitude « normale », et ce d'autant plus que la jeune visiteuse scrutait son visage avec une insistance suspicieuse qui finit de le décontenancer.

— Je croyais que nous ne devions plus nous revoir, proféra-t-il d'une voix glaciale.

— C'était en effet dans mes intentions, et je ne me serais pas permis de vous importuner si je n'avais une bonne raison.

La gorge nouée, il déglutit avec peine.

— Diable… Vous m'inquiétez.

— Vous avez en effet tout lieu d'être inquiet. Je ne sais si vous avez entendu parler de la disparition d'une jeune femme ?

— Non… Pourquoi devrais-je être au courant ?

— Comment vous dire… Figurez-vous que l'autre jour, une inconnue s'est présentée à mon domicile. Elle avait l'air de savoir ce qu'elle voulait.

Mathilde tentait un coup d'esbroufe. Elle avait visé juste, Xavier se taisait, mais une sueur froide lui perlait le long de l'échine.

— Et alors ? parvint-il à bafouiller.

— Elle croyait être rendue chez vous. Sans doute s'était-elle trompée de château. Je lui ai signifié son erreur et je me suis permis de lui demander ce qu'elle vous voulait. Elle m'a répondu qu'elle rendait visite à un ami de longue date avec qui elle avait eu une aventure à l'adolescence. Vous, en l'occurrence, puisqu'elle m'a cité votre nom. Ça vous rappelle quelque chose?

— Rien du tout. Je ne vois vraiment pas de quoi vous parlez.

— La suite n'est pourtant pas difficile à imaginer. Je n'avais aucune raison de lui refuser un renseignement aussi anodin. Je lui ai indiqué le chemin pour contourner l'étang et parvenir à bon port. J'ai bien fait, n'est-ce pas, puisque c'était une amie? J'espère que vous avez été ravi de la revoir tant d'années après.

Le châtelain augurait qu'elle lui interprétait une nouvelle comédie.

— Je n'ai reçu personne qui corresponde à la fable que vous me débitez.

— C'est bizarre, elle avait l'air décidée. À moins que vous préfériez ne pas en parler. Ce ne sont peut-être que de mauvais souvenirs, un amour de jeunesse qui aurait mal tourné. Dites-moi si je suis indiscrète.

— Je vous assure qu'il n'en est rien. Vous vous faites des idées. À force de vivre seule, vous devez avoir des hallucinations.

— Pourtant je jurerais l'avoir aperçue chez vous. Pour être franche, j'en étais à me demander s'il ne s'agissait pas de la jeune femme qui aurait disparu... C'est pour lever un doute aussi affreux que je me suis déplacée.

Il était de plus en plus fébrile, et il en était conscient. Elle aussi...

— Vous racontez n'importe quoi! Vous n'oseriez pas insinuer que je serais pour quelque chose dans une disparition dont je n'ai même pas entendu parler.

— Non bien sûr, mais il circule tellement d'histoires bizarres dans le secteur depuis quelque temps.

Elle marqua une courte pause. Passa du coq à l'âne.

— Je ne sais si vous êtes au courant, mais mon nouveau domestique s'est trouvé une petite amie.

Le châtelain ne comprenait plus rien. Il haussa les épaules.

— J'ai autre chose à faire que de prêter l'oreille à ce genre de potins.

— Si je vous en parle, c'est parce qu'il m'a dit vous avoir rencontré ce matin dans l'une des allées de la forêt. Il était en compagnie de sa conquête. Vous la connaissiez ?

— Jamais vue…

— Vous savez qui c'est ? Je vous le donne en mille. L'accoucheuse qui officie dans le secteur. La même qui pratique les avortements quand de pauvres filles se font avoir par des gaillards sans scrupule. Il paraît que cela arrive plus souvent qu'on ne le pense et que les salauds sont parfois des hommes au-dessus de tout soupçon.

Xavier n'en pouvait plus. Tout se mit à tourner autour de lui en une folle farandole.

— Vous ne vous sentez pas bien, mon cher ? jubila Mathilde.

— Je suis fatigué, réussit-il à proférer avant de s'éclipser en chancelant.

Cosquéric était anéanti. Renseignée par les deux témoins qui l'avaient vu sortir du sous-bois, la marquise s'acharnait sur lui, avec une hargne difficile à expliquer. Et de toute évidence, elle n'avait pas l'intention de s'arrêter en si bon chemin. Elle allait le dénoncer, déballer ses soupçons à la maréchaussée. Son domestique et la sorcière qui l'accompagnait se feraient un plaisir de guider les gendarmes sur les lieux du crime. Le corps de la malheureuse serait découvert ; lui se ferait ramasser et passerait le reste de ses jours à l'ombre, s'il n'était pas guillotiné. Cette perspective épouvantable lui glaça les sangs. Tourneboulé dans l'horreur, il comprit très vite que son ultime chance était d'effacer la preuve indubitable. Exhumer le cadavre et l'escamoter… En le brûlant, par exemple.

Mathilde de Viremont triomphait. Elle était en passe de terrasser ce minable hobereau qui s'était cru assez finaud pour la berner. Jusqu'où irait-elle ? L'écraserait-elle définitivement comme un impudent moustique ? Pour l'instant, elle ne s'était pas fixé de limites, agissant en stratège satisfait d'enregistrer les victoires et d'étoffer son palmarès.

La prochaine étape se dessinait déjà avec évidence. Parce qu'il n'était pas difficile d'imaginer la façon dont allait réagir le châtelain.

Inquiet de l'expédition de sa patronne, Fernand Chardon se sentit soulagé quand il entendit grincer les roues cerclées du cabriolet. Il l'aida à descendre, se permit de lui demander comment s'était passée son entrevue avec le voisin.

— Le mieux du monde, Fernand. Tu avais vu juste, Cosquéric est une crapule de première envergure.

— Qu'est-ce que vous comptez faire, Madame ?

— S'il n'a pas avoué explicitement, il a compris qu'il était démasqué. Il va tout mettre en œuvre pour brouiller les pistes, et je sais comment il va s'y prendre. J'aurai encore besoin de tes services.

Mathilde exposa à son domestique la suite des opérations.

— Il va déterrer le corps au plus vite et le faire disparaître, mais il n'est pas assez sot pour procéder de jour. Il va attendre la nuit tombée pour opérer sans témoin. Sauf que des témoins, il y en aura au moins un.

Fernand commençait à comprendre.

— Qu'est-ce que je fais s'il découvre que je suis en train de l'épier ?

— Mais je ne te demande pas de te cacher, Fernand ! Au contraire même, je veux que tu le prennes en flagrant délit et qu'il en soit pleinement conscient !

— Il risque de s'en prendre à moi pour me réduire au silence.

— Tu as raison. Rien n'est plus dangereux qu'une bête blessée. Mais tu es de taille à te défendre s'il t'attaque. De toute façon, si tu le sens sur le point de t'agresser, tu te défiles et tu ne restes pas traîner en chemin.

Elle avait ficelé son plan avec une malice qui frisait au sadisme, avide de découvrir la réaction de sa proie quand il lui serait interdit de nier son acte criminel.

22

De façon à se poster avant l'arrivée de l'ennemi, Fernand prit la route au crépuscule. Au cas où Cosquéric se montrerait menaçant, il avait prévu un solide *penn-bazh,* – un épais bâton noueux comme en possédaient alors tous les paysans, et qui ne leur servait pas que pour la marche. Célestine lui avait préparé également un casse-croûte et il avait emporté une bonne bouteille de cidre, histoire de tuer le temps si son client tardait à se présenter.

C'était une soirée paisible, où le vent lui-même s'était endormi de bonne heure. La campagne four-millait de mille vies, le soleil s'obstinait toutefois à percer les frondaisons avant de céder la place aux pénombres nocturnes. Fernand se glissa parmi les fourrés en lisière, et s'adossa contre le tronc d'un châtaignier, après avoir pris soin de vérifier qu'il n'y aurait pas de fourmis à lui remonter dans les chausses. Il n'avait plus qu'à patienter.

En fait, il n'eut pas à attendre bien longtemps, juste que l'obscurité ait noyé le paysage. Ce fut d'abord un crissement de pas. À travers les buissons et les multiples rejets, il discerna la silhouette du châtelain. Tout dans son attitude trahissait l'animal traqué, ses regards incessants de tous côtés, son corps voûté comme si son premier souci était de passer inaperçu, le col de sa veste relevé et un béret enfoncé jusqu'aux oreilles afin de laisser croire qu'il n'était qu'un simple paysan. Il portait une pelle et une pioche neuve. Il ne bifurqua dans le sous-bois qu'au dernier moment, après s'être assuré qu'il n'y avait personne dans le chemin, qu'il n'était pas suivi.

Chardon s'obligea à respirer lentement. Elle était bien gentille, sa maîtresse, mais elle ne lui avait pas confié le rôle le plus confortable! Il n'était pas très loin de la sépulture improvisée, bientôt lui parvinrent les raclements caractéristiques des outils de terrassement. Le châtelain s'était attelé à sa macabre besogne. Fernand se releva pour se positionner plus près de l'allée, à l'aplomb de l'endroit d'où devrait déboucher le sinistre individu. La terre était encore meuble, l'excavation ne dura pas bien longtemps.

En espion avisé, Fernand avait pris le temps d'analyser la situation. Il s'était bien sûr demandé ce que le châtelain ferait du corps. De toute évidence, il allait de son intérêt de lui trouver une seconde cachette à distance respectable de la première. Le sous-bois était touffu, enchevêtré de ronces et de viornes par endroits. S'y faufiler en transportant un cadavre serait mission impossible. Si la tâche lui était incombée, Fernand se serait rapproché de l'orée. Peut-être même aurait-il carrément emprunté l'allée, sur laquelle il était fort improbable de faire une mauvaise rencontre à une heure où tout le monde dormait.

Les fourrés s'agitèrent. Fernand avait vu juste. La silhouette du châtelain se dessina à travers les taillis. Vision sordide, il portait la dépouille de la défunte, sur laquelle il avait posé ses outils. Il émergea du couvert, visiblement épuisé – sans doute mort de trouille également

Chardon ne lui laissa le temps ni de souffler ni de reprendre ses esprits. Il sortit à son tour du sous-bois, de manière à se positionner dans le dos de Cosquéric.

— Tiens donc! Quelle heureuse surprise! Décidément, vous aimez vous promener, même en pleine nuit à une heure si avancée!

De saisissement, le châtelain laissa tomber son fardeau dans le fossé dont il s'apprêtait à remonter. Il fit face à l'importun qu'il n'avait pas encore identifié. Quand il réalisa qu'il s'agissait du domestique de la Viremont, il sut que celui-ci ne se trouvait pas là par hasard.

Fernand n'était pas aussi fiérot que le laissait supposer son entrée en matière.

— Qu'est-ce que vous faites là? demanda Cosquéric d'une voix effrayée.

— Vous ne croyez pas que ce serait plutôt à moi de vous poser la question?

— C'est votre maîtresse qui vous a chargé de me surveiller?

— Non, je me promenais, comme vous. Vous devez être sujet à des insomnies. C'est le lot des gens qui n'ont pas la conscience tranquille.

Fernand marqua une pause. L'autre ne répondait pas.

— C'est la jeune femme qui a disparu les jours derniers, n'est-ce pas?

— Peu importe. Ça ne regarde pas un valet de votre espèce.

— J'en conviens, mais je connais par contre quelqu'une qui sera fort intéressée de vérifier que ses soupçons étaient fondés.

Le châtelain s'avança en direction de son tourmenteur. Celui-ci souleva son *penn-bazh* et fit mine de le soupeser. Cosquéric recula de deux pas. Comprenant qu'il ne serait pas de taille face à un adversaire aussi rudement armé, il tenta une parade désespérée.

— Il est possible de s'arranger, l'ami. Je ne roule pas sur l'or, mais j'ai cependant de quoi te proposer un marché dont tu n'auras pas à te plaindre.

— Madame de Viremont me paye suffisamment pour que je puisse me dispenser d'un argent gagné de façon aussi répugnante.

— Comme tu y vas ! Sais-tu seulement ce qui s'est passé ?

— J'en ai une vague idée. Surtout que votre domestique a rendu une petite visite à quelqu'un que je connais personnellement. Une avorteuse, vous voyez de qui il s'agit ?

Chardon parvenait à conserver son sang-froid. Quant à son vis-à-vis… Cosquéric tremblait et une grimace affreuse lui déformait le visage par intermittence. De temps à autre, ses yeux se posaient sur le cadavre qui gisait toujours dans le fossé. Il lui semblait que la jeune femme tressaillait par moments, comme si elle suivait la conversation et qu'elle s'apprêtait à raconter les sévices qu'elle avait subis.

— Vous l'avez violée, n'est-ce pas ? Et elle a essayé de vous faire chanter en vous disant qu'elle était enceinte. Que ce soit vrai ou non, peu importe, vous lui avez réglé son compte avant de l'enterrer à côté. Comment vous y êtes-vous pris ? Vous l'avez assommée ? Égorgée ? Poignardée ? Étranglée ? Oui, c'est ça, un cordon autour du cou, c'est plus propre et ça laisse moins de traces ?

Le châtelain recevait les mots comme autant de coups de poing. Pour finir, il remonta du fossé. Vaincu, il céda à la panique et détala sans demander son reste.

Fernand estima avoir rempli au mieux la mission dont sa maîtresse l'avait chargé. Il inspecta la scène, décida de laisser le corps où il était tombé, prit la peine cependant d'embarquer les outils.

La dépouille mutilée de Lisette Martin fut découverte au petit jour, par des chasseurs. Ils s'empressèrent d'alerter la maréchaussée. Les gendarmes ne furent pas longs à reconstituer le cours des événements. Tout au plus ne devinèrent-ils pas le vrai dénouement. De toute évidence, la malheureuse avait été victime d'un maraudeur qui l'avait étranglée et ensevelie dans le sous-bois. Le corps, maculé de terre, en témoignait, comme il paraissait évident que pendant la dernière nuit, des bêtes l'avaient déterré, traîné dans le fossé à l'orée du bois et commencé à le dévorer.

Fernand Chardon rapporta le résultat de son intervention à sa maîtresse. Quand il lui raconta la fuite du châtelain, elle éclata de rire.

— Je suppose que vous allez le dénoncer, maintenant que vous possédez toutes les preuves de sa culpabilité ?

— Mais non, Fernand. J'estime qu'il a été suffisamment puni comme cela. Et puis, cette jeune femme ne devait pas être elle-même d'une moralité à toute épreuve. Si tu veux mon avis, elle l'avait bien cherché, et elle n'en était pas à son coup d'essai.

L'enquête ne donna rien de plus – aux yeux de la maréchaussée, la victime ne méritait pas davantage. Ce n'était pas en effet la première sombre histoire à laquelle elle était mêlée – il était étonnant qu'elle n'ait pas eu d'ennuis auparavant.

Xavier de Cosquéric se terra dans son château. Il passa des heures affreuses, s'attendant à se faire appréhender d'une minute à l'autre. Ses domestiques le pensaient souffrant, il ne faisait rien pour les détromper, sinon refuser que sa bonne aille quérir le médecin. Au bout de quelques jours, ne voyant rien venir, il en déduisit que la châtelaine ne l'avait pas dénoncé. S'il s'en trouva soulagé, il fut également mortifié de s'être mis à la merci d'une pareille peste, lesté d'une dette aussi conséquente.

23

Vingt ans s'écoulèrent, naquirent les triplées. Célestine avait été assignée à s'occuper des « jumelles », une tâche dont elle s'acquittait avec une assiduité exemplaire. La servante n'avait remarqué la grossesse de sa maîtresse que les tout derniers mois. Bien sûr, elle s'était demandé ce que fabriquait le robuste jeune homme au château et encore plus pourquoi il avait subitement tiré sa révérence, et n'avait plus jamais donné de ses nouvelles. Elle s'en était inquiétée près de Fernand Chardon ; il s'était montré muet comme une tombe. Tout au plus lui avait-il lâché que le jeune homme était parti parce qu'il n'avait plus rien à faire au château. Ce qui n'était pas faux.

Célestine se demanda bien entendu comment une femme aussi intègre avait pu se retrouver enceinte… Elle ne lui avait jamais connu de galant, la châtelaine n'était pas du genre à s'être égarée en une étreinte passagère, et pourtant son ventre s'arrondissait…

Restait l'hypothèse improbable qu'elle se soit fait abuser par quelque voyou en rut.

Bonne fille et servante docile, Célestine entoura sa maîtresse d'une sollicitude indéfectible. Mathilde sentait que la pauvre brûlait de lui poser la question fatale. Un soir, au huitième mois, elle lui confia que cela lui était arrivé en pleine prière, dans son boudoir, une flamme descendue du ciel s'était infiltrée dans ses entrailles. Croyante inconditionnelle, Tine tomba à genoux en joignant les mains.

— Comme notre bonne mère à tous ! J'aurais dû m'en douter…

La marquise avait parlé sans réfléchir, ne pouvant imaginer sa servante quand même aussi naïve. Au lieu de se dédire, elle en fut amusée.

— Pourquoi tu aurais dû t'en douter, Tine ?

— Parce que vous êtes aussi sainte que la Vierge Marie et que vous méritiez un pareil miracle. Sûr que vous allez mettre au monde un nouveau petit Jésus…

Mon Dieu… pensa Mathilde.

Dès qu'il eut vent de la naissance, Xavier de Cosquéric se montra moins naïf. Cette fois, il était fixé sur la présence du bel inconnu et sur la raison de sa disparition.

Vingt ans qu'il traînait le boulet de son forfait ; il possédait désormais de quoi tenir tête à Mathilde de Viremont.

Mathilde avait donc prénommé ses « jumelles » Anne et Lise. Léonie ne savait comment appeler sa petiote. Il revint à Fernand de trouver la solution. Lui, se sentait mortifié de la savoir coupée de son milieu d'origine… Afin de lui garder un lien avec sa naissance, il eut l'idée de condenser les prénoms des deux sœurs : Lysiane.

Léonie la déclara en bonne et due forme à la mairie de Plouay ; la secrétaire ne se mit pas en peine d'en savoir davantage. De la même façon, le curé ne posa pas de questions insidieuses quand il s'agit de la baptiser.

Officialisée civilement et religieusement, la situation se stabilisa. Mais il était évident qu'elle générerait, tôt ou tard, des événements encore plus compliqués.

Livre II

Les trois sœurs

24

Cinq ans s'écoulèrent. Mathilde de Viremont paraissait en avoir vécu le double. Physiquement, la décrépitude n'était pas encore trop criante : bien longtemps avant la naissance, elle avait déjà commencé à se dessécher, pareille à ces plantes souffreteuses, oubliées sur l'appui d'une fenêtre, dans un corridor sans soleil. Généralement, un heureux événement enclenche le processus de la tendresse maternelle, même chez les caractères les plus revêches. Chez la châtelaine ce fut l'inverse. Elle s'énervait de tout, de rien, pestait après la pluie, le soleil dont les rayons l'aveuglaient, le vent qui lui provoquait des migraines épouvantables. Elle vilipendait ces satanés objets qui prenaient un malin plaisir à se dissimuler. Autant de dérobades hypocrites afin de fuir la vérité. Quelle folie de s'être fourvoyée dans un tel traquenard ! Une lubie de femelle frustrée, un pur fantasme, mais qui l'avait ravalée au rang de meurtrière, comme son voisin après qui elle s'était acharnée, alors que lui, avait une raison légitime de passer à l'acte.

Des nuits exécrables, tenue éveillée par des insomnies dont elle sortait lessivée. Si par miracle, abrutie de fatigue, Mathilde parvenait à s'assoupir, aussitôt l'assaillaient des cauchemars affreux. Plus rare lui était le bonheur éphémère de rêves souriants, où elle berçait un petit héritier de la grâce duquel tout le monde la félicitait. Reprendre pied dans la réalité s'avérait alors encore plus atroce. Pour un peu, afin de supplier son Dieu de lui pardonner, elle se serait flagellée à la manière des pénitents, dont une gravure l'avait horrifiée, découverte dans la bibliothèque familiale quand elle était enfant.

Qu'importent ses regrets tardifs, la châtelaine se trouvait flanquée de deux gamines dont elle se serait bien dispensée. Quelques semaines après la naissance, elle avait intimé à ses domestiques de leur aménager une chambre commune dans l'aile la plus éloignée. Elle avait convoqué le curé de Plouay pour qu'il baptise les petiotes. Il avait rechigné à se déplacer, mais les De Viremont avaient toujours été de généreux donateurs…

Chez Léonie et Fernand, l'ambiance était beaucoup plus sereine. Lysiane était un bébé délicieux, qui n'apportait que bonheur et satisfaction. Elle fit très tôt toutes ses nuits, marcha à l'aube de son premier anniversaire, sut rester seule au logis pendant que la sage-femme parcourait la campagne et que son compagnon vaquait au château des De Viremont.

La gamine avait bien sûr pour consigne de ne pas s'approcher dudit château. Elle s'en étonna ; quand elle fut en âge, Léonie lui expliqua que vivaient là-bas des gens qui pourraient lui faire du mal.

— Mais pourquoi ? Moi, je ne leur ai rien fait…

Difficile à expliquer, encore plus à comprendre.

— C'est comme ça, c'est tout !

La pirouette classique des adultes à court d'arguments. Lysiane avait soupiré.

— Et l'autre château ?

— Pareil. Tu n'as rien à faire là-bas non plus.

Fernand suivait l'échange d'une oreille attentive. De temps à autre, il opinait du chef en soupirant. Depuis le début, il savait inévitables de tels ennuis : tôt ou tard Léonie serait amenée à rendre des comptes pour son abomination.

Les « jumelles » n'étaient pas soumises à de pareilles restrictions. De toute façon, elles ne les auraient pas respectées. Elles ressemblaient à leur mère au même âge, quand cette dernière en faisait voir de toutes les couleurs à la malheureuse Célestine. Mais à l'époque, la brave servante était plus svelte, tandis qu'aujourd'hui sa corpulence ne lui permettait plus de pister les péronnelles. Capricieuses inlassables, elles développaient déjà une forme de perversité. Jamais une once de pitié pour celle qui se mettait en quatre à leur service, qui se dispensait de les trahir quand elles commettaient les pires bêtises. Soit dit en passant, Mathilde l'aurait envoyée paître en lui rappelant que s'occuper des deux pestes faisait partie de ses fonctions, qu'il était malvenu de se plaindre…

Anne et Lise exploraient donc le secteur, en quête d'une nouvelle turpitude, et l'imagination ne leur faisait pas défaut quand il s'agissait de l'utiliser à mauvais escient…

Fernand Chardon intriguait les deux pisseuses. D'abord d'être taiseux de nature et d'éluder leurs questions, ne serait-ce que de peur d'une réponse malencontreuse qui les mettrait sur la piste du secret. Elles avaient remarqué qu'il s'éclipsait à échéance régulière, avec des manières de malfaiteur, comme s'il craignait d'être suivi. Elles bassinèrent Célestine, qui répondit d'un haussement d'épaules. Le meilleur moyen d'aiguiser leur curiosité. Elles décidèrent de le suivre à distance.

À vrai dire, les demoiselles furent déçues : à leurs yeux de fouines ne se dévoila qu'une misérable chaumière. Elles aperçurent Léonie Roumier, en déduisirent que le larbin de leur mère venait lui rendre visite pour des raisons indéfinissables, mais forcément malhonnêtes.

Nouveau sujet d'interrogation : qui était cette bonne femme toujours vêtue de sombre, aux allures louches ? Léonie eut droit à son tour à une surveillance en règle, qui n'éclaira pas davantage les espionnes.

Leur intérêt pour le couple retomba assez vite. Plus intrigante fut la rencontre que leur valurent leurs interminables déambulations.

On dit qu'une étroite destinée unit les jumelles au point qu'elles s'inquiètent sans cesse l'une de l'autre et ne se séparent qu'en cas d'extrême nécessité. Ces deux-ci adoraient pourtant jouer à cache-cache. Ce jour-là, Anne se tapit dans un endroit indécelable. Lise la chercha, s'impatienta, puis s'angoissa au bout de quelques minutes infructueuses. Il se mit à pleuvoir – le signal habituel pour interrompre la partie.

— Bon, ça y est. Tu peux venir ? On va rentrer avant d'être trempées.

Pas de réponse. Lise s'aventura dans le chemin creux où avait disparu sa sœur. Elle réitéra son appel, mais l'autre faisait la sourde oreille.

Lise s'apprêtait à faire demi-tour quand apparut une silhouette dont la pluie fine diaprait déjà les vêtements.

— C'est pas trop tôt!

Lysiane eut aussitôt l'impression de se trouver face à un miroir. Elle crut à une hallucination, se frotta les yeux. Se souvenant des recommandations de ses parents, elle fut sur le point de faire demi-tour. Lise pensait avoir affaire à sa sœur.

— Mais où t'as encore été te fourrer? T'as vu ta joue?

De ses doigts tremblants, Lysiane effleura la tache de vin.

— Tu t'es tellement goinfrée de mûres que tu t'en es mis partout. Tu vas être obligée de te débarbouiller dès qu'on sera rentrées au château.

Lysiane comprit que la fillette faisait partie de ces gens du château contre lesquels on l'avait mise en garde. Elle détala en levant des gerbes d'eau dans les flaques oubliées par la pluie.

25

— Tu te crois maligne?

Anne ouvrit de grands yeux éberlués.

— Je peux savoir de quoi tu parles?

Lise secoua la tête d'un air excédé.

— Arrête ta comédie! Il y a deux minutes, là, quand tu t'étais peinturluré le museau!

— Mais qu'est-ce que tu racontes? Il y a deux minutes, j'étais en train de me soulager et avant, j'étais cachée, même que tu es passée à un mètre de moi, sans me remarquer.

— N'importe quoi! Puisque je te dis que tu étais là en face de moi, comme maintenant. Je t'ai d'ailleurs fait remarquer que tu t'étais taché toute la joue et alors tu as filé, je ne sais pas pourquoi. Ce n'est plus la peine de mentir, on a fini de jouer et tu n'es pas drôle.

Croyant que sa sœur lui montait l'une de ces menteries dont elles avaient l'habitude, Anne renonça à la convaincre.

— Libre à toi de te faire saucer, moi je rentre me mettre à l'abri.

Lise la suivit en ronchonnant… Elle n'avait pas rêvé!

L'incident fut vite oublié. Sans doute l'aurait-il été définitivement si la même scène ne s'était pas reproduite quelques jours plus tard, en sens inverse cette fois. Lise était restée traînailler en chemin, à observer une fourmilière, dont les pensionnaires sillonnaient le sentier en bataillons serrés. Occupée à rêvasser, Anne ne prit conscience de l'absence de sa sœur que quelques minutes plus tard. Elle se retourna, plus de Lise. Qu'importe… Elle marmonna quelque amabilité. Haussa les épaules et se décida à continuer.

Alors que le chemin était entouré de landes inextricables et encaissé entre des talus couverts de ronces, Anne aperçut soudain Lise au loin devant elle. Sans faire de bruit, elle la rattrapa, lui fondit sur les épaules en criant.

Lysiane poussa un cri de surprise, fit volte-face. Resta interloquée quelques secondes.

— Je ne comprends pas comment tu as eu le temps de te changer, dit Anne en la détaillant de la tête aux pieds. Mais qu'est-ce que tu as sur la joue?

La protégée de Léonie Roumier restait toujours sans voix. Elle reconnut la petite inconnue de l'autre jour. Mais pourquoi celle-ci lui interprétait-elle la même surprise? Elle recula lentement en dissimulant sa disgrâce de la main. Ses parents avaient raison, elle devait se méfier d'une fillette aussi bizarre, et qui de surcroît lui ressemblait à s'y méprendre. Cette fois encore, elle préféra s'éclipser.

Léonie voyait bien que « sa » fille n'était pas dans son assiette. Elle la somma de se confier. Lysiane n'était pas de tempérament rebelle, jamais dissimulatrice. Elle fit part de la curieuse rencontre.

— Par deux fois, elle m'a demandé ce que j'avais sur la joue.

Léonie sentit ses épaules s'affaisser. Elle hésita, mais la gamine était encore trop jeune pour accéder à une pareille vérité.

— Qu'est-ce que tu lui as répondu ?

— Rien. Je ne t'ai pas dit, mais elle me ressemblait drôlement !

Avec une hypocrisie consommée, Léonie s'appliqua à la convaincre qu'elle avait rêvé.

— Je vois bien que tu es fatiguée depuis quelque temps, ma chérie. Tu as dû être victime de ce qu'on appelle une hallucination. Moi-même, ça m'est arrivé à deux ou trois reprises de croire reconnaître quelqu'un alors que c'était quelqu'un d'autre.

La voix de la sage-femme sonnait faux. Lysiane fronçait les sourcils, perplexe, subodorant un terrible secret. Elle planta son regard limpide dans les yeux de sa mère ; celle-ci détourna les siens.

— Pourquoi tu ne veux pas me dire ?

— Te dire quoi ? Une autre fille qui te ressemblerait au point que tu aurais cru que c'était toi. Réfléchis un peu, ça ne tient pas debout.

La conversation en resta là. Il va sans dire que Lysiane n'y trouva pas son compte.

Les jumelles ne restèrent pas fâchées bien longtemps. Elles prirent le temps de s'accorder sur leur mésaventure. Se jurèrent l'une à l'autre, avec autant de sincérité, ne pas avoir menti, ce qui ne fit qu'accroître le mystère.

Dans une forêt aussi profonde stagnent toujours des relents de sorcellerie. En tendant l'oreille, on entend des craquements de feuilles sèches et de branches mortes, le froissement de buissons dérangés par des êtres invisibles. C'était une douce frayeur, les deux fillettes en frémissaient, mais pour rien au monde elles ne se seraient privées. Elles se défiaient d'avoir l'audace d'affronter les monstres tapis dans les ténèbres des frondaisons, dont elles s'inventaient les silhouettes trapues et velues. En l'occurrence, elles s'imaginèrent avoir été abusées par une force surnaturelle, qui leur avait inventé un sosie de leur âge. Restait le mystère de la tache sur son visage…

Anne et Lise étaient assez futées pour avoir conscience du manque de tendresse de leur mère. Loin d'en souffrir, elles s'en réjouissaient en lui imposant leur présence, surtout quand la châtelaine affichait sa mine des mauvais jours. Intriguées par l'apparition, elles aussi soupçonnaient un secret qu'on leur dissimulait. Elles allèrent frapper à la porte de la chambre maternelle, à une heure où celle-ci se reposait.

— Serai-je donc jamais tranquille ? soupira une voix excédée.

— On a besoin de vous parler, annonça Lise – toutes deux vouvoyaient la châtelaine.

— Ça ne peut pas attendre ?

— Non, c'est important, précisa Anne.

— Et urgent, ajouta sa sœur.

Mathilde les reçut sur le palier après avoir refermé la porte de sa chambre.

— Je vous écoute…

S'ensuivit un babillage incompréhensible.

— Ça suffit!

Mathilde imprima son index sur la poitrine de la plus proche.

— Toi!

Anne prit une profonde inspiration.

— C'est Lise. Elle prétend avoir vu dans la forêt une petite fille qui nous ressemble, sauf qu'elle a une vilaine tache sur la joue, comme si elle s'était barbouillée avec des mûres.

La mère se tourna vers Lise en levant des sourcils interrogatifs.

— Non, c'est Anne qui a prétendu ce qu'elle vient de dire, se défaussa celle-ci. La tache était comme celle de Fernand.

— Quand vous aurez fini de jouer aux parfaites idiotes pour vous rendre intéressantes…

— On vous assure que c'est vrai! se récrièrent-elles d'une seule voix.

— Une fille de votre âge, et qui vous ressemblerait? Vous ne croyez pas que cela me suffit de vous avoir toutes les deux? Filez avant que je me fâche.

Les jumelles s'adressèrent à Célestine dans sa cuisine, qui pour toute réponse, se signa, persuadée depuis sa plus tendre enfance que dans la forêt rôdaient des esprits maléfiques, toujours à jeter quelque sortilège sur les promeneurs égarés.

Fernand Chardon écoutait dans le couloir. Le soir, il s'ouvrit de son inquiétude à Léonie.

— Ça nous pendait au bout du nez.

Léonie tirait grise mine, acculée dans l'impasse où elle les avait entraînés.

— Si madame Viremont découvre le pot aux roses, tu vas finir en prison… ajouta-t-il.

— Si longtemps après, elle n'osera plus rien faire.

— Alors là, tu la connais mal ! Ce que la châtelaine déteste par-dessus tout, c'est de se faire rouler dans la farine.

— Il ne faut pas qu'elle sache, un point c'est tout. Lysiane est heureuse avec nous. D'après ce que tu m'as dit, ses deux sœurs sont de fieffées coquines. Si elle était contrainte de vivre au château, elle n'aurait pas la force de caractère de se défendre. De toute façon, ta patronne ne supporterait pas une troisième enfant.

Fernand s'était lié d'affection, lui aussi, pour la protégée de sa compagne.

— Lysiane va devoir faire plus attention, éviter à tout prix les demoiselles du château.

— Elle commence à se douter de quelque chose. On ne peut quand même pas lui interdire de sortir.

— Et si on lui avouait la vérité ?

Léonie secoua la tête d'un air désespéré.

— Elle n'a que sept ans. Comment pourrait-elle comprendre une révélation aussi ahurissante ?

— Parce que toi aussi tu trouves maintenant que c'est complètement ahurissant ? Tu ne crois pas que c'est un peu tard ?

— Je ne sais pas… On pourrait lui expliquer que des ressemblances aussi singulières ne sont pas impossibles.

— Trois fillettes construites sur un modèle identique. Cela fait beaucoup de coïncidences…

C'était pourtant la seule échappatoire possible. Lysiane feignit de s'en contenter ; à défaut de comprendre, elle promit d'éviter que pareille rencontre ne se reproduise.

Mathilde avait pris le temps de réfléchir aux « divagations » de ses deux fillettes. Elle les savait capables d'échafauder des scénarios invraisemblables, auxquels elles finissaient par croire dur comme fer. Comme cette histoire de tache de vin dont leur mystérieuse rencontre aurait été affligée. Il n'était pas difficile de comprendre ce qui leur avait inspiré cette idée saugrenue. Le doute s'installa néanmoins dans l'esprit de la châtelaine. Elle se décida à s'en ouvrir à son domestique.

Fernand Chardon n'était pas au courant que les deux fillettes avaient fait état de la curieuse rencontre à leur mère. Pour commencer, la châtelaine lui demanda s'il n'avait jamais songé à fonder une vraie famille.

— Avec Léonie, nous constituons déjà une famille, même si nous ne sommes pas mariés.

— Oui, bien sûr… Mais ce n'est pas ce que je veux dire… Une vraie famille, c'est quand on a des enfants. Moi aussi, j'ai éprouvé le besoin d'assurer ma descendance…

Fernand se retint de lui faire remarquer que cela ne s'était pas passé comme elle l'avait souhaité.

— De toute façon, Léonie et moi, nous ne sommes plus en âge, essaya-t-il de couper court.

— Vous avez peut-être peur d'avoir une fille qui présenterait une disgrâce semblable à la vôtre…

Cette fois, l'attaque était plus explicite.

— Je ne suis pas allé à l'école, je ne suis pas très savant, mais il me semble que la tache que j'ai sur le visage ne se transmet pas des parents aux enfants.

— Ah bon ! Moi j'aurais parié l'inverse.

Encaisser en courbant l'échine ne ferait qu'accroître la suspicion de la châtelaine.

— Pourquoi vous me demandez tout ça, Madame?

Mathilde hésita à s'égarer à son tour dans le ridicule.

— Figurez-vous que mes gamines affirment avoir rencontré une fillette de leur âge, qui présenterait la même particularité physique que vous.

Fernand parvint à afficher la plus parfaite surprise.

— Les enfants ont parfois de ces idées… Ils ne savent plus quoi inventer pour qu'on s'occupe d'eux.

— Rassurez-moi, Fernand. Vous n'auriez pas une fillette dont vous nous auriez caché l'existence?

— Si Léonie et moi nous avions eu une petiote, nous aurions été si fiers que je vous en aurais fait part.

Il soupira d'un air catastrophé tout à fait convaincant.

— Eh non, Madame… Il sera dit que nous finirons seuls les jours qu'il nous reste à vivre.

Elle le dévisagea encore quelques secondes, puis épousseta sa robe. Pour cette fois, il l'avait échappé belle.

26

Ragaillardi de détenir un tel atout, le marquis recouvra un peu d'allant. Notamment celui de surveiller la pimbêche de l'autre côté de l'étang. Hélas, Mathilde se cloîtrait comme religieuse au couvent. Xavier était assez fin psychologue pour avoir reconstitué l'ensemble du scénario. L'embauche d'un étalon dans l'intention d'offrir un héritier à la lignée des Viremont. L'élimination du vaillant géniteur, une fois sa mission accomplie. Le domestique l'inhume dans les bois dès le lendemain matin. La grossesse de la châtelaine. Et en point d'orgue, la naissance de deux fillettes au lieu du petit mâle désiré. Un dénouement jubilatoire, dont la simple évocation le mettait d'humeur joyeuse pour la journée.

Xavier ne put résister au plaisir de venir rôder dans les environs du château. S'il ne se payait pas encore l'audace de narguer la châtelaine directement, il espérait la rencontrer au détour d'une allée. Ce serait l'occasion de s'enquérir de sa santé avec un air de ne pas y toucher. De s'inquiéter innocemment du charmant jeune homme aperçu à plusieurs reprises dans le parc et qui avait disparu comme par enchantement. Un jour, il croisa le chemin des jumelles.

Les fillettes avaient alors sept ans. Elles dévisagèrent l'inconnu avec l'aplomb qui les caractérisait. Il leur adressa un sourire, poussa l'amabilité jusqu'à les saluer. Elles échangèrent un regard étonné en fronçant les sourcils : que leur voulait ce vieux beau habillé comme un épouvantail ?

Xavier se fendit d'une légère courbette.

— Je ne vous connais pas, mesdemoiselles. Vos parents doivent être nouvellement installés dans la région ?

Elles se tinrent sur le qui-vive.

— Vous n'avez pas peur de faire de mauvaises rencontres dans la forêt ? Je me suis laissé dire qu'il y avait des hordes de brigands à traîner dans le secteur.

Anne se décida.

— Avant de vous rencontrer, nous n'avions vu personne qui ressemblait à des brigands.

— De toute façon, on court vite, très vite, renchérit la sœur.

Sacrées friponnes ! Elles avaient la langue bien pendue. Cosquéric encaissa sans sourciller, mais la partie était mal engagée.

— Sans doute, mais ce sont de sacrés filous, et ils sont armés jusqu'aux dents. Ils vous attraperaient et ils ne vous rendraient à vos parents qu'en échange d'une importante somme d'argent. Car je suppose que vos parents doivent être fortunés ?

Tombant dans le panneau, Lise se rengorgea.

— Notre mère est la marquise de Viremont.

— C'est vrai ? La dame qui habite au château ? feignit de s'étonner le châtelain.

— Oui, même qu'elle s'appelle Mathilde. Vous la connaissez ?

— Pas personnellement. Nous avons dû nous croiser une fois ou deux. Et votre père ? Comment il s'appelle, votre papa ?

C'était bien sûr la question qu'il préparait depuis le début. Cette fois les jumelles conservèrent le silence.

— Il ne faut pas avoir honte de parler de votre papa ! Vous pouvez me faire confiance, quoi qu'il ait fait, je saurais garder le secret.

Anne eut alors une idée de génie, empruntée il est vrai dans un livre de chevalerie trouvé dans la bibliothèque.

— Au cas où vous ne le sauriez pas, notre père est un grand seigneur. Il fait des croisades dans des pays lointains.

— Ah ! C'est intéressant… Comme j'aimerais le rencontrer ! Vous ne savez pas quand il reviendra ?

— Il revient souvent, mais il repart aussitôt.

— Je comprends. C'est un monsieur très occupé.

Ils ne se trouvaient pas très loin de la propriété des Cosquéric. C'était une belle journée ensoleillée. En cet après-midi, il faisait un peu chaud.

— Je suppose que vous avez soif, mesdemoiselles ?

Nouveau regard afin de s'assurer de leur avis réciproque.

— Ce serait pour moi un grand honneur si les filles d'un seigneur aussi prestigieux acceptaient un rafraîchissement, insista Cosquéric.

— On peut savoir qui vous êtes pour vous croire le droit de nous inviter ?

— Oui, qui nous dit que vous n'allez pas abuser de notre innocence ?

Xavier n'eut d'autre choix que de décliner son identité. Mathilde avait mis ses péronnelles en garde contre le châtelain. Lise ne put résister au plaisir de clouer le bec à ce prétentieux qui se permettait de les attirer chez lui.

— Notre mère nous a appris à nous méfier des gens qui parlent trop bien.

— De moi, je vous assure que vous n'avez rien à craindre. Je m'ennuie tout seul dans ma trop grande demeure. Quel bonheur pour vos parents d'avoir des filles aussi délicieuses ! J'en ai toujours rêvé, mais le destin a refusé de m'accorder ce plaisir.

Xavier commençait à les agacer avec son discours ronflant. Anne se tourna vers sa sœur.

— Tu as oublié qu'on a promis de ne pas rester traîner en chemin ?

— Tu as raison, il est temps de rentrer.

Elles plantèrent Xavier au milieu de l'allée forestière, impressionné par la maturité des gamines et leur sens de l'à-propos. Allaient-elles faire état à leur mère de l'invitation qu'il leur avait formulée ? Ce ne serait pas pour lui déplaire…

Les jumelles s'arrêtèrent dès qu'elles furent hors de vue. Elles auguraient la réaction de la mère si elle apprenait qu'elles avaient composé avec l'ennemi. Au risque d'être punies, c'était une occasion magnifique de la faire enrager…

Mathilde de Viremont avait donc institué des rapports particuliers avec ses filles. Si elle avait encore du mal à les supporter, elle entendait toutefois faire d'elles des demoiselles bien éduquées. À cet effet, elle avait engagé un précepteur pour leur enseigner les rudiments de la langue française, les bases élémentaires de l'arithmétique, les notions incontournables de l'histoire de leur patrie et quelques repères de la configuration géographique du pays.

Les premières années, Célestine avait été chargée de leur faire prendre leurs repas. La servante n'était pas au fait des manières aristocratiques, les gamines prenaient des mauvaises habitudes, dont la mère se rendait compte lorsqu'elle passait vérifier comment elles se tenaient à table. Il était temps d'y remédier, si elle voulait les marier à des jeunes gens de leur condition sociale. Et éviter surtout qu'elles ne lui restent sur les bras.

La châtelaine condescendit donc à inviter les fillettes à sa table. À vrai dire, elle ne les avait jamais impressionnées, ayant renoncé il est vrai à leur imposer quelque forme d'autorité. Les jours où les frangines étaient d'attaque, elles se concertaient pour faire tourner la mère en bourrique. Elles procédaient avec discrétion toutefois, comme on ne retire du feu la casserole de lait qu'à l'ultime seconde, ou encore qu'on provoque le chien à la chaîne, en se tenant à l'extrême limite de sa portée. Leur gamme de turpitudes variait selon leur humeur, ce pouvait être des rots à peine perceptibles, ou un doigt fourré subrepticement dans la narine, voire dans l'oreille ; les coudes sur la table faisaient évidemment partie du répertoire – un classique du manque de savoir-vivre.

Ce soir-là, les jumelles s'étaient accordées pour évoquer le châtelain.

Il revenait à Lise d'ouvrir le bal.

— Il ne serait pas un peu bizarre, le monsieur qui habite de l'autre côté de l'étang ?

Mathilde avait appris à ses dépens à se méfier de cette apparente ingénuité, mais toute information concernant son voisin l'intéressait.

— Le châtelain ?

— Ben oui... répondit Anne en haussant les épaules, histoire de souligner l'idiotie de la question.

— Pourquoi vous me demandez ça ? – La précaution habituelle de la châtelaine avant de se hasarder en terrain délicat. – Vous l'avez rencontré ?

— Non, non. On l'a aperçu, c'est tout.

— Et alors ?

— Il parlait tout seul en faisant des grands gestes.

— On aurait dit qu'il était maboule, compléta Lise.

— Il s'est adressé à vous ?

— Non, il ne nous a même pas vues.

— Je vous défends, vous m'entendez ? Je vous défends de le laisser vous approcher !

— Pourquoi ? s'étonna Anne.

— Parce que... parce que... C'est un drôle de bonhomme et qu'il serait capable de vous faire du mal.

— S'il est dangereux, pourquoi il se promène en toute liberté ? demanda Lise avec une lueur ironique au fond des prunelles.

— Il a tué quelqu'un ? renchérit sa sœur.

Mathilde hésita une seconde de trop à répondre.

— Si ? C'est un vrai criminel ? s'exclama de nouveau Lise, aussi excitée que si on leur avait annoncé que leur voisin était un magicien.

La châtelaine préféra faire machine arrière.

— Il a été mêlé à de drôles d'histoires, mais c'était il y a longtemps. En tout cas, fuyez-le farouchement s'il essaie de vous aborder, et vous venez m'en parler tout de suite. Promis ?

Elles hochèrent la tête avec véhémence, promirent avec une sincérité à l'abri de tout soupçon.

27

Il ne se passa pas trois jours que les deux sœurs retournaient rôder autour du château de Xavier de Cosquéric. Non seulement elles ne prirent aucune précaution pour se dissimuler, mais elles s'arrangèrent pour se faire remarquer. Ce fut la servante, qui s'étonna de voir les deux fillettes, les menottes accrochées à la grille, lorgnant ostensiblement de l'autre côté. Hortense les connaissait pour les avoir déjà rencontrées ; elle s'attendait à les voir détaler.

— Qu'est-ce que vous voulez ?

— Nous ? Rien. On se promène.

— Il est beau, votre château…

— Ce n'est pas le mien, mais celui de monsieur de Cosquéric, rectifia la domestique. Il ne serait pas enchanté de votre curiosité.

— Monsieur de Cosquéric ? Mais on le connaît ! s'exclama Anne.

— Oui, ajouta Lise. Même que l'autre jour il nous a invitées à venir nous désaltérer.

La femme les dévisagea d'un œil encore plus suspicieux.

— C'est bizarre, il ne m'en a rien dit…

Passa à ce moment l'homme à tout faire. Sa collègue le héla.

— Tu es au courant que Monsieur a invité ces demoiselles ?

Boniface haussa les épaules avec une moue éloquente, il avait autre chose à faire que de s'occuper des lubies de son seigneur.

Xavier prenait le frais sur la terrasse. Il gardait sa longue-vue à portée de main, au cas où sa voisine pointerait le nez en dehors de son antre. Se demandant avec qui sa servante devisait, il se décida à se déplacer. À la vue des fillettes, son cœur palpita de joie.

— Ouvrez-leur donc la grille, Hortense ! Où avez-vous la tête ?

Elle s'exécuta en ronchonnant.

— Mesdemoiselles de Viremont… Si je m'attendais. Vous avez eu pitié du vieux solitaire que je suis ?

Il était trop drôle ; elles jubilaient dans leur for intérieur.

— Que me vaut l'honneur d'une si charmante visite ?

— On a beaucoup marché, on a soif.

— On s'est souvenues de votre invitation…

— Si elle tient toujours…

— Et comment ! s'exclama le châtelain. Venez. Hortense va vous servir un rafraîchissement.

Il adressa un regard impérieux à sa bonne, avec un coup de menton en avant. Elle secoua la tête et traîna les pieds en direction des cuisines, tandis que Cosquéric conduisait ses invitées sur la terrasse en façade.

— C'est vrai que d'ici, on voit bien notre château, fit remarquer Anne, en se plantant face à l'étang, les mains aux hanches, imitée par sa sœur.

Xavier ne put retenir un léger tressaillement.

— Pourquoi cette remarque, si je peux me permettre ?

— C'est notre mère. Elle est toujours à se faire des idées.

— Elle est persuadée que vous passez votre temps à l'espionner.

Le châtelain déglutit péniblement.

— Comme si je n'avais que ça à faire… Mais ne restons pas là. Je suppose que vous n'avez pas avisé madame votre mère de votre visite ?

— Nous nous en sommes bien gardées !

— Elle nous arracherait les yeux.

Les petites péronnelles paraissaient au courant de bien plus de choses qu'il ne le soupçonnait… Hortense avait déjà disposé un pichet d'eau fraîche et deux grands verres sur la table basse du salon.

— Votre mère a donc une si piètre opinion de moi ?

Elles soupirèrent de conserve en échangeant un clin d'œil. Finis les ronds-de-jambe, le moment était venu d'ouvrir le bal.

— Vous ne croyez pas si bien dire… attaqua Anne.

— Elle s'est mis en tête que vous auriez trempé dans… comment elle a dit ? demanda Lise.

— Une histoire louche, répondit Anne.

Cosquéric se raidit, s'essuya machinalement les lèvres.

— C'est vrai qu'elle raconte des fois n'importe quoi…

— Elle avait pourtant l'air sûre d'elle.

— Elle vous a confié à quoi elle faisait allusion ? s'inquiéta Cosquéric.

— On lui a demandé, mais elle n'a pas voulu nous dire.

— C'est un peu pour ça qu'on est venues vous voir.

— Moi, je ne trouve pas que vous ressemblez à un… criminel.

— Moi non plus. Mais il ne faut pas se fier aux apparences.

Elles guettaient la réaction du châtelain. Ses mains tremblaient, son regard était devenu fuyant.

— Elle a dit « criminel » ?

— Ça, oui ! On n'a pas rêvé.

— J'espère que vous ne l'avez pas crue ?

— C'est notre mère, quand même… fit Anne.

— La marquise *de* Viremont, renchérit Lise avec véhémence.

— Elle a parfois tendance à divaguer, mais pourquoi inventerait-elle des horreurs sur votre compte ?

— Il n'y a jamais de fumée sans feu… conclut Lise d'un ton doctoral en verve avec les proverbes ce jour-là.

Cosquéric était au supplice, alors que ses inquisitrices n'étaient que des enfants. Il essaya de sauver la face en leur servant de quoi se désaltérer.

— J'espère que vous n'allez pas nous empoisonner, gloussa Anne.

Quelques gouttes s'égarèrent à côté du verre.

— Vous direz… vous direz à votre mère qu'avant de me critiquer, elle ferait mieux de regarder midi à sa porte.

Elles échangèrent un nouveau regard, sincèrement intriguées cette fois.

— Que vient faire l'heure là-dedans ? s'étonna Anne.

— C'est une expression, expliqua Xavier. Quand on veut dire du mal des autres, il faut soi-même n'avoir rien à se reprocher.

Elles faisaient preuve d'une vivacité surprenante. Le châtelain commençait à deviner qu'il était en train de se faire mener en bateau.

— Parce que notre très chère mère aurait, elle aussi, des choses à se reprocher ? demanda Lise.

Il hocha la tête d'un air entendu.

— Ça se pourrait… Ça se pourrait…

— Ce serait trop vous demander d'éclairer notre lanterne ?

— C'est une expression, se crut obligée de préciser la sœur avec toujours autant d'ironie.

— Vous n'aurez qu'à lui poser la question… répondit Cosquéric en ébauchant un sourire narquois, se croyant sorti du mauvais pas.

— Nous n'y manquerons pas… dit Anne.

— Si l'occasion se présente, compléta Lise. Elle sera enchantée de découvrir ce que vous pensez d'elle.

Excédé par des sous-entendus aussi fallacieux, le marquis mit fin à l'entretien en se levant. Telles des moustiques remontés de l'étang les soirs d'orage, les demoiselles avaient agacé leur proie jusqu'à l'extrême limite. Il n'y avait plus qu'à la laisser macérer…

28

Lysiane tarabustait Fernand à propos de la vie au château de la marquise. Il restait évasif, mais il n'était pas assez bon comédien pour faire illusion.

« Elle n'a pas d'enfants, la châtelaine ? » était la question qui revenait le plus.

S'enfoncer dans le mensonge aurait été une mesquinerie indigne d'une gamine aussi droite. Qu'en serait-il de sa confiance le jour où elle s'en rendrait compte ? Un dénouement inéluctable… Un soir où la fillette soupirait à fendre l'âme, Léonie se décida à lever un coin du voile.

— Elle a deux fillettes, à peu près de ton âge.

— J'en étais sûre ! s'exclama Lysiane. C'est l'une d'entre elles que j'ai rencontrée les jours derniers ?

— Sans doute, mais il vaut mieux les éviter, elle et sa sœur.

— Pourquoi ? Elle n'avait pas l'air méchante…

Fernand et Léonie étaient au supplice.

— Ma pauvre chérie, il faut comprendre que nous n'appartenons pas au même monde.

— Elles sont riches et moi je suis pauvre… C'est ça, n'est-ce pas?

— D'une certaine façon, et puis ton père travaille au château. La dame qui le paie ne serait pas contente si elle apprenait que tu fréquentes ses filles.

— Alors, c'est une mauvaise femme! décréta Lysiane.

Fernand haussa les épaules, mais que répliquer?

— Elle n'est pas comme nous, c'est vrai, conclut Léonie. Mais cela ne nous donne pas le droit de la juger.

Accaparé au château le plus clair de son temps, Fernand n'était que rarement au logis. Entre Léonie et sa fille se tissaient des liens indéfectibles. Lysiane aidait sa mère de son mieux. À mesure que la gamine grandissait, Léonie prenait conscience de la priver des privilèges inhérents à sa naissance. À l'époque de ce récit, l'école commençait tout juste à être obligatoire. N'y ayant jamais mis les pieds, Léonie n'éprouvait pas le besoin d'y inscrire sa fille. En contrepartie, elle s'appliquait à transmettre son maigre savoir à la fillette. Elle lui avait appris à compter, à lire de façon courante, et à écrire convenablement.

Il arrivait à Lysiane d'accompagner la rebouteuse lors de ses visites. Celle-ci officiait parfois dans des familles aisées, où il existait des adeptes de la médecine « parallèle ». La tache de vin intriguait; les clients posaient des questions, la petiote suscitait la pitié. Il se trouva une femme charitable pour s'intéresser à elle.

Les Brugou avaient une fille de l'âge de Lysiane. Louise se rendait à l'école tenue par des religieuses – elle était bonne élève. Une mauvaise chute d'un arbuste, elle se démit le coude droit. Appelée sur-le-champ, Léonie remboîta l'articulation avec sa dextérité habituelle. Nouvelle visite quelques jours plus tard afin de remédier à d'éventuelles séquelles. Lysiane l'accompagna encore cette fois. Pas de problème, tout était en place.

À l'issue de la « consultation », Geneviève, la mère, s'inquiéta de l'éducation de Lysiane. Apprenant qu'elle n'était pas scolarisée, elle lui proposa de bénéficier de l'aide de sa fille.

— En partageant avec toi ce qu'elle sait, Louise consolidera ses connaissances.

Sur le visage de Lysiane s'épanouit un large sourire, mais elle n'eut pas l'audace de supplier sa mère.

— C'est que nous n'avons pas beaucoup… bredouilla Léonie.

— Il n'est pas question d'argent, la coupa madame Brugou.

Lysiane était émue aux larmes.

— Ça te dirait ? lui demanda Léonie.

Elle acquiesça en hochant la tête.

L'expérience se révéla concluante. Lysiane se rendait chez les Brugou à échéance régulière. Elle progressait à une vitesse stupéfiante, comprenait tout du premier coup et il lui arrivait d'expliquer à sa camarade les points sur lesquels butait celle-ci.

Fière des progrès de sa protégée, Léonie recouvrait bonne conscience. Lysiane était curieuse de tout, de ces enfants pour qui chaque livre est un puits de connaissances. Bien sûr, ses parents n'avaient pas les moyens de lui acheter les ouvrages nécessaires, mais Louise prit l'habitude de lui en emprunter à la bibliothèque de l'école.

La fillette s'intéressait aux mystères de la nature. Le monde des insectes la passionnait. Elle était capable d'observer une fourmilière pendant des heures, s'efforçant de déterminer quel mode de fonctionnement régissait la colonie ouvrière, comment s'organisaient les allées et venues, car ce ne pouvait être le fait d'un hasard anarchique.

Dans le même ordre d'idée, elle s'interrogeait sur le fonctionnement de l'organisme. Bien sûr, l'accoucheuse s'efforçait de la renseigner, mais ses explications empiriques ne suffisaient pas. Louise sollicita l'une des religieuses – dont beaucoup faisaient également office d'infirmières – qui accepta de lui prêter un manuel où étaient exposés quelques rudiments de physiologie.

Lysiane découvrit enfin l'explication à sa tache de vin. Ce n'était pas un mal héréditaire : rien ne prouvait donc que Fernand soit son père biologique. Ses lectures lui permirent d'éclairer la rebouteuse sur ses pratiques, la mécanique articulaire, les fractures et le miracle des reconstructions osseuses, l'origine des éruptions cutanées que Léonie soignait en imposant les mains et en marmonnant des formules magiques. Celle-ci opinait du chef, mortifiée de l'ignorance dans laquelle elle avait toujours baigné.

Quant à Fernand, il avait tout loisir de vérifier les différences entre les fillettes restées au château de Viremont et celle élevée par Léonie. Il en arrivait à pardonner à sa compagne de l'avoir soustraite à l'influence de ses sœurs.

29

Après les avoir royalement ignorées lors de leur prime enfance, Mathilde de Viremont était de plus en plus intriguée par le comportement de ses loupiotes. Elle s'exaspérait de ne pouvoir décrypter le cheminement de leur réflexion, s'irritait de leurs dérobades incessantes, de leur complicité ironique à son encontre. Leurs allusions fielleuses au sujet de Xavier de Cosquéric l'inquiétaient au premier chef: si l'occasion se présentait, celui-ci ne se priverait pas de les dresser contre elle. Anne et Lise s'éclipsaient de la propriété de plus en plus souvent, pour ne revenir que des heures plus tard. Quand Mathilde leur demandait où elles étaient *encore* passées, elles prenaient l'air d'agnelles irréprochables.

— On se promenait…

— Où donc? insistait la châtelaine.

Et cette manie insupportable de répondre par une autre question…

— Pourquoi? Vous aviez besoin de nous?

De guerre lasse, la châtelaine intima à sa bonne de les suivre discrètement.

Rude mission pour une matrone aussi pataude… Bien entendu, elle fut repérée dès la première filature. Les fillettes savaient qui en était l'instigatrice. Avec quelle malice décidèrent-elles de profiter de la situation…

Appliquée à tenir au mieux son rôle d'espionne, la pauvre Célestine transportait sa corpulence d'un buisson à l'autre, tentait en vain de se dissimuler. Les jumelles l'ignoraient, s'arrêtaient, s'asseyaient sur une bille de bois, ou sur un rocher moussu, devisaient avec un naturel du meilleur aloi. Accroupie, immobile, la domestique se retenait de toussoter. Au bout de quelques minutes, elles détalaient à toutes jambes, et bifurquaient dans le premier chemin. Pour se tapir un peu plus loin. Célestine déboulait en trottinant, essoufflée et en nage. Elle restait plantée au milieu du carrefour, rajustait son chignon. Selon leur humeur, les fuyardes reprenaient le jeu en émergeant du sous-bois à une centaine de mètres plus loin, ou rejoignaient le château par un itinéraire détourné. Dans tous les cas, elles ne manquaient pas d'accueillir la malheureuse en lui demandant où elle était encore passée. Madame la réclamait depuis un bon bout de temps et elle n'avait pas l'air contente du tout! Célestine se précipitait au rapport.

Au début, les jumelles crurent sincères les inquiétudes de leur mère. Mais une sollicitude aussi tardive n'était pas logique… Alors elles examinèrent la situation. Le manège avait démarré suite à la conversation à propos du Cosquéric. De toute évidence, chacun des châtelains trimbalait une pleine besace de griefs. Elles trouvèrent plaisant de les monter l'un contre l'autre comme des coqs de combat. Elles se laissèrent suivre par *la grosse dondon* jusqu'à l'autre côté de l'étang. Devant la grille du château, elles firent volte-face, affichant la crainte d'avoir été suivies. Célestine eut juste le temps de se dérober sur le bas-côté. Cette fois, Madame serait contente. Elle s'empressa de lui rapporter l'information.

En réalité, c'était un secret de polichinelle pour Mathilde de Viremont. Les allusions de ses gamines au sujet de son farouche ennemi, leur air de ne pas y toucher, leurs regards insidieux, tout trahissait leur désobéissance. Sauf que maintenant, la châtelaine était en mesure de leur réclamer des comptes.

— Qu'est-ce que vous fabriquiez là-bas ?

— On avait envie de voir à quoi ressemble un criminel.

— Vous ne vous êtes pas permis de lui parler, j'espère !

— C'est lui qui nous a abordées.

— Il nous a même invitées à prendre un rafraîchissement.

— Vous avez refusé, au moins !

Elles échangèrent l'un de ces regards naïfs dont elles avaient le secret.

— Vous ne nous avez pas habituées à de pareilles impolitesses.

— C'eût été de la grossièreté.

Mathilde se laissa tomber dans le fauteuil, anéantie.

— Mais où avez-vous la tête ? Je vous l'avais interdit !

— Il s'est montré très gentil.

— Il n'a pas l'air dangereux.

— Il vous a parlé de moi ? s'inquiéta la châtelaine.

Nouveaux sourires narquois. Moment de silence calculé avec un hochement de tête entendu et une grimace éloquente.

— Alors ? insista Mathilde.

— Oh, il n'a pas dit grand-chose…

— Mais il avait l'air gêné…

— Mais quoi ! Parlez enfin !

Anne porta l'estocade.

— Qu'avant de critiquer les autres, il valait mieux regarder midi à sa porte.

— C'est une expression, précisa Lise.

Mathilde encaissa, les mâchoires crispées.

— Il n'a rien dit d'autre ?

Les jumelles s'interrogèrent du regard, comme si elles faisaient l'effort de se souvenir. Puis elles secouèrent lentement la tête.

— Non, rien d'autre. On peut aller jouer, maintenant ?

— À moins que vous n'ayez encore des questions à nous poser au sujet de ce que nous aurait dit monsieur de Cosquéric.

La châtelaine s'était figée, mais dans sa tête, cela bouillonnait de plus en plus fort. « Le salaud. S'il croit pouvoir monter les gamines contre moi… »

— Non, non, vous pouvez disposer.

Mathilde de Viremont fulminait. Cosquéric n'était ni plus ni moins qu'un criminel ! Que ne l'avait-elle dénoncé au moment opportun ! Maintenant, il était trop tard. Pas question pour autant de le laisser manœuvrer impunément : avant tout, vérifier le fondement de ses allusions. Voilà plusieurs années qu'ils n'avaient pas été confrontés directement, mais elle conservait le souvenir d'un individu velléitaire. Elle avait en réserve de quoi lui clouer le bec. C'est cela! Lui flanquer la frousse en lui signifiant de vive voix qu'elle était au courant de son forfait. Le rouge aux joues et le feu dans les yeux, la châtelaine ordonna à Fernand d'atteler au plus vite.

Xavier de Cosquéric prenait le frais sur la terrasse. Il se réjouissait de la tournure des événements. Les jumelles étaient de sacrées pestes, dont il convenait de se méfier certes, mais des armes redoutables en contrepartie, à condition de les utiliser à bon escient. Il fut surpris de voir débouler Boniface au pignon de sa demeure. Il avait l'air ahuri, mais comme c'était de naissance…

— Vous avez de la visite, Monsieur.

Le châtelain pensa aux deux fillettes.

— Dites-leur de patienter, j'arrive.

— C'est qu'elle est seule.

— Qui donc?

Quand il apprit de qui il s'agissait, Xavier comprit que les événements se précipitaient. Avant tout, ne pas commettre d'impair. Il se leva calmement et lissa son habit. Mathilde ne lui laissa pas le temps de se préparer davantage. Elle déboucha au coin de la bâtisse et marcha résolument vers lui.

— Ma chère… Si je m'attendais! Que me vaut…

— Je peux savoir ce que vous fricotez avec mes filles?

La châtelaine était dans une telle excitation qu'elle bafouillait. Xavier comprit le parti à en tirer. Il aspira une profonde goulée. Parvint à poser sa voix.

— Rien de répréhensible. Soit dit en passant, vous avez des fillettes charmantes, et qui savent se tenir.

— De quel droit vous êtes-vous permis de les inviter ?

— Simple courtoisie, due au plus pur des hasards. J'ai croisé leur chemin, il faisait horriblement chaud, les pauvrettes étaient assoiffées. Je n'ai fait qu'agir par charité, comme se doit n'importe quel gentilhomme. Si cela peut vous rassurer, elles ont d'ailleurs refusé, mais elles sont revenues de leur propre chef, ne me laissant d'autre choix que de les accueillir.

Estomaquée, Mathilde ne parvenait à réprimer le tremblement de ses mains.

— Je me demande quelles horreurs vous leur avez racontées sur mon compte…

Xavier esquissa une moue éloquente.

— Je ne vois pas à quoi vous faites allusion, ma chère.

Le calme du châtelain finit de la mettre hors d'elle.

— De toute façon, il n'est pas question qu'elles fréquentent un assassin !

Cette fois, Cosquéric accusa le coup, bien que la sachant au courant du drame. Mathilde insista, au cas où il n'aurait pas compris.

— Lisette Martin ? Vous n'allez pas me dire que vous avez oublié ?

— Oublié quoi ?

— Je sais que vous l'aviez enterrée dans le bois après lui avoir réglé son compte. À l'époque, je ne vous ai pas dénoncé, mais il n'est sans doute pas trop tard pour dévoiler la vérité à qui de droit. Parce que c'est vous qui l'avez éliminée, n'est-ce pas ?

— Comme vous y allez… Et pourquoi donc ?

— Parce qu'elle vous faisait chanter après que vous l'aviez violée !

— Première nouvelle.

Tout en s'efforçant de rester impassible, Xavier avait trouvé la parade pour contre-attaquer.

— Au fait, vos fillettes se posent des questions au sujet de leur père. Elles ne s'en sont pas inquiétées auprès de vous, puisque vous êtes leur mère?

Le ton insidieux désarçonna Mathilde.

— C'est vrai qu'on finirait par se demander si elles n'ont pas été conçues avec la semence du Saint-Esprit, insista Cosquéric. Pour ma part…

— Je ne vois pas en quoi cela vous regarde.

— Pas davantage en effet que cette Lisette Martin que j'aurais soi-disant assassinée. Je ne suis pas du genre curieux, mais je ne vous ai jamais connu de compagnon.

Il marqua une pause.

— À moins que ce ne soit ce beau jeune homme que j'ai vu rôder à plusieurs reprises dans votre propriété. J'ai craint un moment qu'il ne s'agisse d'un maraudeur en quête d'un mauvais coup. Je serais d'ailleurs intervenu si je ne savais que vous êtes en mesure de vous défendre.

Mathilde encaissait; au courant pour le géniteur, il jouait comme le chat avec la souris.

— C'est curieux d'avoir disparu subitement alors qu'il paraissait très à l'aise. On l'aurait même cru en terrain conquis.

— C'était un individu qui cherchait du travail, bredouilla-t-elle. Il était venu proposer ses services, mais il ne faisait pas l'affaire, alors je l'ai congédié.

— Comme par hasard pile poil neuf mois avant la naissance de vos deux fillettes. Des esprits tordus imagineraient que vous ne l'aviez engagé que pour assurer votre dépendance. Et puis, sa mission

191

remplie, terminé, on se débarrasse de lui, et on demande à son homme de main de l'ensevelir dans le bois voisin.

Il prenait le dessus ; elle blêmissait.

— Vous racontez n'importe quoi…

— J'imagine, je vous dis, mais je suis enclin à examiner toute autre hypothèse, à condition toutefois que ce ne soit pas pure billevesée. Si le père n'est pas le jeune homme dont nous venons de parler, pourquoi cacher de qui il s'agit ?

— Parce que je n'ai pas de comptes à vous rendre !

— Moi non plus, ma chère voisine. Aussi serait-il préférable pour nous deux d'en rester là. Si vous permettez, j'ai quelques affaires à traiter. De la paperasserie à mettre en ordre…

Mortifiée de s'être jetée dans la gueule du loup, Mathilde de Viremont comprit qu'il allait de son intérêt de battre en retraite.

30

Mathilde de Viremont se confina dans sa chambre jusqu'au soir, au grand dam de sa servante. Elle s'obligeait à réfléchir posément. Sept ans s'étaient écoulés depuis cette sinistre aventure. Si les remords ne l'avaient pas torturée outre mesure, la châtelaine avait toujours éprouvé l'angoisse que ressurgisse le passé. En s'attaquant de front à son charmant voisin, n'avait-elle pas réenclenché le fatal engrenage? Le gredin possédait une longueur d'avance. Lui, ne risquait plus d'être accusé, toute preuve ayant disparu. En revanche, les ossements du beau Francis étaient toujours ensevelis dans le sous-bois. Le châtelain avait vu Fernand évacuer le corps dans sa brouette; il était assez retors pour essayer de localiser la sépulture. Un risque inacceptable. Mathilde convoqua son domestique. Lui déballa sans ambages les allégations de leur voisin. Elle s'appliqua bien sûr à lui faire porter le chapeau.

— Je vous avais pourtant demandé de prendre toutes les précautions nécessaires...

Fernand esquissa une grimace désolée.

— Je vous assure, Madame, que j'ai fait de mon mieux.

— Il faut croire que ce n'était pas suffisant, puisque vous avez été vu. Enfin… Il n'est peut-être pas trop tard pour rattraper le coup.

Chardon leva les yeux, redoutant de comprendre.

— Vous vous souvenez de l'endroit précis où vous l'avez enseveli ?

— Je crois, oui. J'avais pris mes repères, au cas où… Un vieux chêne et un bloc de rochers, des pierres entassées par-dessus.

— Eh bien, vous savez ce qu'il vous reste à faire. Et cette fois, de grâce, brûlez tout et dispersez les cendres, qu'on n'en parle plus.

Xavier de Cosquéric passa une nuit délicieuse. Il se réjouissait d'avoir cloué le bec à la dinde qui s'était payé l'outrecuidance de venir glouglouter jusque chez lui. Elle croyait détenir les armes pour le terrasser, mais sa témérité se retournait contre elle. Il se souvenait de sa propre mortification quand il avait exhumé le corps de sa maître-chanteuse. L'impasse terrible dans laquelle il s'était trouvé acculé, son souci immédiat d'effacer la preuve tangible. La châtelaine allait certainement réagir de la même façon. L'occasion était trop belle de pousser son avantage et d'engranger de nouvelles munitions.

Les mâchoires crispées, Fernand Chardon fermait les paupières à chaque coup de pioche. Les vibrations se répercutaient dans tout son corps. Autant qu'il s'en souvenait, pressé d'en finir à l'époque, il n'avait pas creusé bien profond. Les premiers ossements ne tardèrent pas à apparaître, le crâne d'abord, une vision affreuse. Horrifié, il marqua une pause, s'essuya le front d'un revers de manche. Il s'apprêtait à se remettre à l'ouvrage quand retentit une voix dans son dos.

Le châtelain avait effectué un long détour pour pénétrer dans le bois. Des ruses de sioux, dont il s'était amusé comme un gamin, sauf que cette fois, c'était un jeu grandeur nature. Soudain lui parvinrent des coups sourds, ponctués d'éclats métalliques plus aigus. Il remercia le Tout-Puissant de lui offrir pareille opportunité. Il s'approcha à pas feutrés. Bientôt se dessina la silhouette du domestique à travers les fourrés.

Cosquéric retardait le moment propice pour confondre le misérable qui lui avait donné la leçon en pareille circonstance. Chardon s'accroupit, et commença à extraire les ossements avec des gestes empreints de religiosité.

— Diable, mon ami. Vous avez entrepris de défricher la forêt ?

Fernand poussa un cri terrible et laissa tomber son outil.

— À moins que vous ne cherchiez des truffes, mais il me semble que ce n'est pas la région.

— Je ne creuse pas, bafouilla Chardon. En réalité, je rebouche les trous des sangliers. Je ne sais pas comment c'est chez vous, mais ici ils font des dégâts considérables…

Xavier jubilait, un sourire triomphant aux lèvres.

— Tant qu'ils ne s'attaquent pas à ma pelouse, ils peuvent creuser tous les trous qu'ils veulent dans la forêt. Cela ne me dérange pas.

Il avait bien entendu repéré le crâne avec ses mâchoires d'os et ses orbites béantes.

— Dites donc! Vous avez fait une singulière trouvaille par la même occasion.

— Une charogne que des ancêtres ont dû enterrer afin de s'en débarrasser et avant qu'elle n'attire les loups.

— Les restes d'un animal, si je vous suis?

— Vraisemblablement. Un gros chien sans doute, ou un blaireau, répondit Fernand en se plaçant en écran devant la fosse.

Le châtelain était à son affaire.

— C'est pas pour dire, mais elle avait une drôle de gueule, votre bestiole!

Il contourna le domestique.

— Votre carcasse, là, on dirait plutôt celle d'un bipède... Vous ne trouvez pas?

Il était inutile de finasser plus longtemps.

— Ce sont des trouvailles courantes dans le sous-sol des bois, répondit Fernand. Parfois il s'agit de la dépouille d'un homme, parfois d'une jeune femme étranglée par le salaud qui avait abusé d'elle.

Le duel s'effectuait à fleurets mouchetés.

— La nature des hommes est en effet imprévisible, convint Cosquéric. Les aléas de la vie les amènent à commettre des actes qui outrepassent leur volonté.

Soulagé du changement de ton, Chardon hocha la tête à son tour.

— Tant qu'ils ne sont pas obligés de rendre des comptes en se dénonçant les uns les autres...

— Vous avez raison, mon brave. Il est préférable de vivre en bonne intelligence au lieu de se tirer dans les pattes.

La châtelaine n'allait pas apprécier, mais Fernand n'eut d'autre choix que de lui rapporter l'« incident ».

« Il continuera donc à m'emmerder jusque chez moi », marmonna-t-elle en plantant ses ongles dans ses paumes.

31

Lysiane était plus futée que ses deux sœurs. Dans les ouvrages de vulgarisation médicale, elle s'intéressa particulièrement aux chapitres traitant de la conception. Ainsi découvrit-elle que les femmes pouvaient accoucher en même temps de deux enfants identiques en tous points. Or la châtelaine avait justement deux filles du même âge. Qu'elles soient jumelles tombait donc sous le sens, comme il était évident que Lysiane les avait rencontrées à tour de rôle, mais, qu'abusée par leur ressemblance, elle avait cru qu'il s'agissait de la même. Fatiguée de se heurter au mur du silence, elle décida de vérifier par ses propres moyens. Elle s'aventura aux abords de la propriété, n'eut pas à patienter bien longtemps. Bientôt retentirent les cris des jumelles et elles apparurent dans le chemin.

D'instinct, Anne et Lise développaient la propension de se fondre dans une image identique jusque dans la vêture. Stupéfaite d'une ressemblance aussi parfaite, Lysiane retint un cri. Elles se chamaillaient pour une grenouille qui avait sauté devant elles au milieu du chemin, se disputant la primeur de l'avoir aperçue, se reprochant l'une l'autre de l'avoir laissée filer dans les hautes herbes du fossé.

Lysiane s'en revint lentement vers la chaumière familiale. Pensive. Les livres n'avaient pas menti, en revanche ses parents adoptifs… La sage-femme revenait d'un accouchement. Une grossesse compliquée, une délivrance encore plus douloureuse, la parturiente avait souffert pendant des heures, c'était miracle, qu'exsangue et à bout de forces, elle n'ait pas rendu l'âme. Léonie paraissait épuisée elle aussi.

— Ah! tu es là… Tu m'attendais?

— Non. Je viens d'arriver. J'étais partie me promener. J'aurais quelque chose à te demander.

— Ça ne peut pas attendre? Je suis fatiguée…

Lysiane craignit que sa mère ne se défile une fois de plus.

— Je n'ai pas trente-six questions à te poser.

Léonie soupira, mais elle l'aimait bien, sa gamine.

— Laisse-moi au moins le temps de souffler un peu et de faire un brin de toilette.

— Tu veux que je te prépare quelque chose de chaud?

— Tu es gentille. Viens.

Lysiane demanda à l'accoucheuse s'il lui était déjà arrivé de mettre au monde des jumeaux. Aussitôt celle-ci se tint sur ses gardes.

— Pourquoi tu me demandes ça?

— Juste comme ça. Pour vérifier ce que j'ai lu dans les livres que me prête Louise Brugou.

Léonie savait que la question n'était pas innocente.

— Cela m'est arrivé une fois ou deux en effet.

— Il y a longtemps?

— Longtemps… Je ne sais plus… Quelques années en tout cas.

— Ce ne serait pas avec la châtelaine ?

— Toi, tu es allée fouiner où on t'avait interdit.

— Je n'ai pas fait exprès, je me suis égarée. J'ai aperçu les filles du château. Elles se ressemblent comme deux gouttes d'eau. Elles sont jumelles, n'est-ce pas ?

— En effet, mais ce n'est pas moi qui les ai mises au monde, mentit effrontément Léonie. Madame de Viremont n'aurait jamais voulu d'une miséreuse de mon espèce pour l'aider à accoucher.

Lysiane hochait la tête d'un air perplexe. À chaque fois qu'elle se contemplait dans une glace, elle croyait se trouver face à l'une des mystérieuses apparitions. Mais Léonie n'était pas quitte.

— Une maman peut avoir plus de deux bébés dans son ventre ?

Les mors du piège se refermaient. Sa fille parvenait à l'orée de la vérité, mais il était hors de question de lui avouer le forfait qui lui valait d'être séparée de ses sœurs. Léonie se résigna à biaiser une fois de plus.

— Il paraît que oui, mais moi je n'y crois pas trop. En tout cas, ça ne m'est jamais arrivé, bougonna-t-elle. Laisse-moi maintenant, j'ai à faire.

Lysiane se sentait attirée malgré elle par les filles de la châtelaine – les fameux liens de la gémellité paraissaient s'appliquer également aux triplées. Elle retourna les épier. Il lui fut donné d'apercevoir Mathilde. Elle s'étonna de son apparente dureté qui ne correspondait en rien au portrait qu'elle se dressait d'une mère. Léonie n'était pas non plus un parangon de tendresse, mais elle savait étreindre sa fille aux moments opportuns, quand celle-ci avait besoin de sécher ses larmes. Lysiane essaya d'en savoir davantage auprès de Fernand, qui fondait à chaque fois qu'à califourchon sur ses genoux, elle lui agaçait le bout du nez. À la première occasion, elle lui demanda si la châtelaine n'était pas trop sévère avec lui.

— Madame de Viremont ? Non… Mais c'est une aristocrate. Une marquise.

— Et alors ? s'indigna la fillette.

— Ces gens-là ont besoin de conserver leurs distances avec les misérables comme moi. C'est elle qui commande. Le château est vaste, le parc immense, elle est là pour prendre les décisions qui s'imposent et moi pour les appliquer.

— Tu sais qui est le papa de ses deux filles ? demanda Lysiane à brûle-pourpoint.

Fernand accusa le coup. Ses paupières cillèrent comme s'il avait un moucheron dans chaque œil.

— Toi, tu es trop curieuse…

— C'est vrai, tu ne me parles jamais de leur père…

Fernand cherchait une justification de nature à apaiser la curiosité légitime de sa gamine.

— C'est peut-être qu'il n'est pas souvent au château.

— Ah ! Il voyage beaucoup ?

— Oui, c'est cela, c'est un grand voyageur.

La discussion en resta là. Lysiane avait deviné la vérité.

Quelques semaines s'écoulèrent. Lysiane respectait sa promesse, mais elle manquait d'air, d'espace. Ses sœurs n'étaient pas soumises aux mêmes limitations. Elles, étaient attirées par la chaumière près de laquelle elles avaient rencontré la mystérieuse apparition. Il était inévitable que les chemins des trois se recroisent. Cette fois, les jumelles étaient ensemble. Avant qu'elles n'aient le temps de lui demander qui elle était, Lysiane fila à la vitesse de l'éclair.

Les frangines en restèrent estomaquées. C'était vrai enfin! Elles ne lui voulaient aucun mal, elles n'avaient jamais eu un geste menaçant à son encontre. Seul un être maléfique avait le pouvoir de disparaître aussi subitement, elles décidèrent de lui tendre un piège afin de l'obliger à s'expliquer.

32

Au creux d'une vaste fondrière avait été construite une cabane en planches. Sans doute le repaire d'un braconnier – il en sévissait un certain nombre dans la forêt de Pont-Calleck. Anne et Lise prisaient tout particulièrement la cachette, noyée maintenant dans la végétation. Tour à tour c'était l'antre de deux sorcières pustuleuses, le palais d'un duo de princesses parées de bijoux étincelants, aux pieds desquelles se prosternaient des damoiseaux aussi beaux que ridicules. Elles avaient à leur service une souillon aux trois quarts idiote et dont les traits étaient à s'y méprendre ceux de leur mère ; elles l'avilissaient des tâches les plus humiliantes, et la punissaient sévèrement si elle avait seulement l'audace de rechigner. Quand elles avaient investi le lieu, elles l'avaient rafistolé, équipé de deux épars, l'un à l'intérieur pour s'y isoler des monstres qui peuplaient la forêt, l'autre au-dehors afin d'empêcher lesdits monstres d'y pénétrer en leur absence – du pur bricolage, mais qui tenait bon. Ce serait la geôle de la petite sorcière qui se payait le culot de leur ressembler. Elles la tortureraient jusqu'à la faire parler et quand elle aurait vidé son sac, elles la laisseraient mourir de faim et de soif, puis se dessécher jusqu'à ne plus être qu'une enveloppe vidée de toute sa chair.

Les ingénieuses coquines avaient remarqué que la jeune inconnue empruntait toujours le même chemin. Elles mirent au point un jeu de piste de nature à l'attirer à la cabane. Elles récoltèrent des galets blancs dans le lit du Scorff. Sur la face la plus plate, elles dessinèrent, par frottement, une flèche blanche. Elles les déposèrent à intervalles réguliers tout le long du parcours.

Le stratagème fonctionna. Lysiane remarqua le premier galet, puis le second, et ainsi de suite jusqu'à parvenir à la prison qui lui était dévolue. Les jumelles avaient eu soin d'en laisser la porte entrouverte. Tout naturellement, sa curiosité éveillée, Lysiane en franchit le seuil. Aussitôt, les sœurs bloquèrent l'entrée en calant l'épaisse barre de bois dans les logements prévus à cet effet.

Lysiane comprit aussitôt qu'elle était tombée dans un piège, comme elle devina à qui elle devait de se trouver enfermée. Respectant la consigne de ne pas leur adresser la parole, elle garda le silence quand celles-ci lui intimèrent d'annoncer qui elle était.

Les petites pestes n'avaient pas mesuré les conséquences de leur projet. Le silence de leur proie les effraya. Au lieu de la libérer – ce qui leur vaudrait de se faire démasquer –, elles l'abandonnèrent à son triste sort. Les scrupules ne les étouffaient pas, les remords commencèrent cependant à les tourmenter avant d'être revenues au château. Mais près de qui épancher leur forfait sinon à leur mère? Avec toute l'emphase qui s'imposait, elles lui annoncèrent avoir capturé la sylphide qui hantait la forêt – un terme glané dans un livre de contes, et dont elles ignoraient qu'en réalité il désignait une jeune fille gracieuse et plutôt bienveillante.

Mathilde soupira… Elle en avait par-dessus la tête de leurs jérémiades incessantes.

— Nous vous assurons que vous devriez venir voir.

— Oui, mère. Elle nous ressemble un peu, sauf qu'elle est vraiment affreuse avec son visage couvert de sang sur tout le côté droit.

— Elle est solidement enfermée.

— Vous n'avez rien à craindre, mère, vous…

— Fichez-moi la paix !

Du couloir, Fernand assistait à la conversation. Lui, comprit aussitôt que cette fois elles ne mentaient pas. Il dévoila négligemment sa présence.

— Vous tombez bien, Fernand. Je ne sais trop ce que mes idiotes ont entrepris de me montrer, mais elles n'auront de cesse qu'on aille voir. Accompagnez-les donc…

Fernand Chardon feignit d'entrer dans le jeu. Chemin faisant, il leur demanda de raconter. D'une parole à l'autre, la pauvre Lysiane devenait un être aussi fabuleux qu'impitoyable, qui enflammait les arbres d'un coup de baguette magique, transformait les minuscules oiseaux en dragons aux ailes immenses et couvertes d'écailles, aux serres acérées. Il hochait la tête d'un air entendu, leur laissant croire qu'il les prenait au sérieux.

— Vous l'avez déjà vue, n'est-ce pas ?

— Ça se pourrait… répondit Fernand d'un ton sentencieux. Mais vous avez raison, il convient vraiment de faire attention.

Ils approchaient de la cabane.

— Restez là, et cachez-vous. Si je ne me trompe pas, c'est une sorcière, et elle sait forcément que c'est vous qui l'avez enfermée. Si elle vous voit, allez savoir en quoi elle est capable de vous métamorphoser.

Soulagées que quelqu'un porte crédit à leurs affabulations, mais effrayées en contrepartie, elles se dissimulèrent de leur mieux. Fernand s'approcha, prévint Lysiane à voix basse qu'il allait la libérer. Il ôta l'épar et pénétra dans la cabane en hurlant à la sorcière de décamper.

— Elles ne t'ont pas fait de mal, au moins ? demanda-t-il à voix basse.

Lysiane le rassura sur le même ton.

— Tu vas me coller au plus près. Tu te fais toute petite et tu files te cacher. Tu attends qu'elles soient parties et tu rentres au plus vite à la maison.

Le plan fonctionna à merveille. La place vide, Fernand appela les jumelles.

— Vous n'avez plus rien à craindre. C'est bien ce que je pensais, la sorcière avait disparu avant que nous arrivions.

Les jumelles jetèrent un coup d'œil apeuré dans la cabane.

— Vous l'avez vue ?

— Ces êtres possèdent la capacité de se rendre invisibles quand bon leur chante, aussi bien que de passer à travers les murs les plus épais. Vous pensez bien que ce ne sont pas de misérables planches qui auraient pu la retenir. Je serais de vous, je me garderais bien de continuer à l'embêter.

Elles secouaient la tête, loin d'être convaincues. Alors Fernand apposa la touche finale.

— Vous m'avez bien dit que la sorcière vous ressemblait ?

— Oui et pas qu'un peu…

— Hormis la tache qui lui ornait le visage.

— Évidemment… fit Fernand. Les sorcières de cette espèce ont pour habitude de prendre l'aspect des gens qu'elles entreprennent de tourmenter. Ce sont les plus redoutables.

Il hésita.

— Un dernier conseil, évitez d'en parler à votre mère. Elle serait capable de croire que vous êtes devenues folles et de vous mettre en pension.

— En pension ?

Fernand fut obligé d'expliquer ce que cela signifiait. Il en dressa un état épouvantable, de nature à les dissuader de se vanter de leur exploit. De toute façon, la châtelaine avait déjà oublié cette nouvelle incartade, et elle ne réclama pas de compte rendu.

33

Tous les trois se taisaient. Autour de la chaumière, le vent soufflait en rafales et de temps à autre une volée de pluie cinglait les vitres. Lysiane était effondrée.

— Je n'aurai plus le droit de me promener?

— Pas seule, en tout cas, répondit Fernand.

— Tu vois bien ce qu'il t'est arrivé cet après-midi, dit Léonie.

— Pour cette fois, je suis parvenu à rattraper le coup, mais la châtelaine va finir par se douter de quelque chose.

— Si elle découvre ton existence, nous ne pourrons plus te garder.

— Mais qu'est-ce que j'ai fait de mal…

— Rien. Ce qui se passe n'est pas de ta faute, la rassura Fernand en décochant un regard mauvais à sa compagne. Non, ce n'est pas de *ta* faute…

— Ne t'inquiète pas, tu ne seras pas prisonnière, non plus. Je t'accompagnerai aussi souvent que tu le souhaiteras. Nous irons cueillir des fleurs, ramasser des noisettes et des châtaignes, tremper les pieds dans la rivière.

Il était temps pour Fernand de retourner au château. Il serra la petiote entre ses bras ; elle se raidit et se dégagea de l'étreinte. Se réfugia dans sa chambre.

Si Lysiane n'était pas prisonnière au sens littéral, c'était tout comme. Elle qui adorait flâner dans la campagne environnante, soliloquer sans personne à s'en étonner, s'arrêter où bon lui semblait, observer la vie secrète de la nature à laquelle elle appartenait au même titre que les bestioles qui grouillaient en tous sens.

Elle s'appliquait à supporter la situation. Elle cantonnait son espace de liberté aux abords immédiats. Restait assise des heures à côté de la porte, figée, les yeux perdus dans le vague. Plusieurs semaines s'écoulèrent, sans d'autres événements notoires. Elle perdait l'appétit, le goût de vivre tout simplement.

Léonie Roumier était appelée à s'absenter à échéance régulière. Selon sa patientèle, elle amenait sa fille, mais ce n'était pas toujours possible. À chaque fois que Lysiane restait seule au logis, elle avait droit au sempiternel chapelet de recommandations : ne pas s'éloigner, rentrer au plus vite si quelqu'un s'approchait, ne pas répondre si on frappait à la porte. La gamine hochait la tête en silence, soupirait quand la coupe était pleine. À force de ruminer elle en arrivait à exécrer sa geôlière.

Consciente de l'incongruité du traitement, Léonie en souffrait autant que sa prisonnière.

Vaguement angoissées, Anne et Lise évitaient de rôder sur le territoire ensorcelé. Elles n'étaient pas toutefois assez naïves pour porter un crédit aveugle aux propos d'un domestique, mais une forêt si mystérieuse pouvait en effet héberger des créatures dangereuses.

La situation resta en l'état plusieurs semaines. Lysiane s'étiolait de plus en plus. Au mieux, elle ne répondait plus que du bout des lèvres, ou encore d'un hochement de tête ou d'un signe de dénégation. La « séquestration » lui devenait insupportable. D'être punie à tort pour une faute dont on refusait de lui expliquer la teneur lui donnait l'envie de s'évader.

Un soir, Léonie Roumier fut sollicitée pour un accouchement. C'était au crépuscule, un temps de chien. Lysiane avait déjà décroché sa pèlerine.

— Non, tu restes là, lui dit la mère. Les Morvan ne sont pas des gens très commodes, ils n'apprécieraient pas que tu viennes fouiner chez eux, surtout en pareille circonstance. Je sais maintenant que je peux te faire confiance. Si dans une heure je ne suis pas revenue, fais-toi chauffer un peu de soupe et prends garde à ne pas te brûler.

Impassible, Lysiane raccrocha machinalement son vêtement à la patère. Se posa sur un banc où elle se pétrifia, les doigts entrelacés et posés sur ses genoux. Léonie prit la route.

Une heure s'écoula. Lysiane n'était plus que statue immobile dans la pénombre, elle paraissait dormir. Soudain, elle crut entendre frapper à la porte. Malgré les mises en garde, la curiosité la poussa à répondre. Personne, sinon une branche projetée contre la porte par le vent. Elle aspira une profonde bouffée, laissa la pluie lui fouetter le visage, ruisseler dans son cou. Au lieu de l'inciter à se mettre à l'abri, la violence de la tempête lui rappela de façon aiguë la vie dont elle était privée ; la maison dans son dos lui fit horreur. Une force inouïe l'investit, à laquelle elle n'eut plus la volonté de résister. Lentement, elle s'enfonça dans la nuit, la porte claqua derrière elle, comme pour lui interdire de rebrousser chemin.

La pauvre gamine respirait enfin. La pluie ne désarmait pas, elle n'en avait cure. Elle marchait au hasard, d'une sente à l'autre, n'éprouvant nullement le besoin de savoir où ses pas la portaient. Soudain les nuages se déchirèrent autour d'une clairière de lumière, l'averse se calma, les gouttes s'espacèrent. Le silence s'installa, sinon de brusques coulées d'eau comme si les arbres s'ébrouaient dans les dernières turbulences du vent.

Lysiane recouvra alors le sens de la réalité, sortit de l'ivresse qui lui avait fait tourner la tête. Émancipatrice, la forêt lui parut soudain hostile. Elle prit peur, hâta le pas, mais privée de repères, elle ne fit que s'égarer davantage. Elle pensa à Léonie : à cette heure, la pauvre devait être morte d'inquiétude. Elle s'obligea à se calmer, mais dans l'obscurité toutes les silhouettes étaient identiques. Elle scruta le ciel où les étoiles peinaient à s'allumer. Un moment lui vint l'idée de s'asseoir contre un tronc et d'attendre le jour, elle aurait alors davantage de chances de retrouver son chemin. Une effraie poussa son cri strident, elle frissonna, reprit son errance.

Combien de temps marcha-t-elle ainsi ? Elle était épuisée, les pieds endoloris. Et elle avait froid dans ses vêtements imbibés. Elle sanglotait, resserrait son col de ses doigts ankylosés, se culpabilisait à mort, marmonnait à sa mère de lui pardonner.

Soudain, elle discerna une masse sombre entre les frondaisons, à travers le rideau de pluie. Les toits d'un château, celui de ses sœurs, dont les parents lui avaient farouchement interdit de s'approcher, mais elle était trop faible pour dédaigner l'asile. Et puis, elle allait enfin savoir…

34

Léonie se pressait, le moral au plus bas. Pas seulement à cause de cette chierie de temps. L'accouchement s'était mal passé, le bébé avait cessé de respirer avant de franchir le seuil de la vie – la sage-femme avait été appelée trop tard. Elle avait dû dépecer le petit corps afin d'en soulager la mère, une boucherie atroce, une extrémité à laquelle jamais elle ne s'habituerait. En l'occurrence, c'était peut-être mieux ainsi, la parturiente n'avait que dix-huit ans, elle affirmait ignorer qui aurait été le père, un homme dans le noir, il l'avait à moitié étranglée avant de la violer. Sa version se tenait, elle ne serait pas la première. Ou alors, il s'agissait d'un notable qui l'avait grassement payée pour se taire, et dont elle craignait les représailles si elle dévoilait son identité. Qu'importe, au bout du compte… Les parents n'avaient même pas eu le tact de dissimuler leur soulagement. Au moment où Léonie prenait congé, ils avaient abondé le prix de son intervention, en échange de son silence.

La pluie tissait un rideau régulier, comme si le ciel se délestait d'un trop-plein accumulé depuis des mois. Léonie ne parvenait à se départir d'un mauvais pressentiment. Son absence avait été beaucoup plus longue que prévu. Pourvu que Lysiane n'en ait pas souffert… Les maraudeurs étaient fréquents dans la forêt, la chaumière isolée.

Ils savent que Fernand est au château, ils voient la mère s'éloigner, la gamine est seule, pourquoi ne pas en profiter pour jeter un coup d'œil? Pour lui faire un mauvais sort, les brigands aiment bien la chair fraîche…

À travers les fenêtres de la chaumière ne filtrait aucune lumière, mais la fillette était capable de s'isoler dans les ténèbres pendant des heures. La pauvrette… Léonie était mortifiée de lui imposer une telle existence, mais il était trop tard pour se morfondre. Elle pesa sur la poignée en évitant de la faire grincer au cas où, lasse d'attendre, Lysiane se serait couchée, et endormie. La mère s'avança dans le noir, entrouvrit la porte de la petite chambre. Elle se retint de respirer, pas un souffle. De toute évidence, la pièce était vide. Léonie s'en assura en allumant un bout de chandelle. Le lit n'avait pas été défait.

L'accoucheuse sentit une angoisse sourde l'envahir. Elle revint dans la salle, appela sa fille à voix basse, haussa le ton. Sortit comme une folle, se mit à hurler son nom. Le vent prit un malin plaisir à ne lui retourner qu'un écho.

À l'angoisse succéda la panique. La tempête ne faiblissait pas. Si la petiote était partie dans la nuit, à cette heure elle était certainement la proie des bêtes sauvages. Peut-être n'était-il pas trop tard… Léonie revint, attrapa sa pèlerine, se chaussa solidement. S'enfonça dans le chemin.

Ne sachant dans quelle direction orienter ses recherches, elle se mit à errer à son tour. Elle s'arrêtait pour appeler, tendre l'oreille. S'imposait à elle l'immensité de l'espace hostile, une sensation étrange qu'elle n'avait jamais éprouvée avec une telle intensité.

À ce rythme-là, Léonie fut bientôt à bout de souffle, le sang lui battait aux tempes, elle ne voyait plus rien. L'effleura alors l'espoir que la gamine était rentrée entretemps. Elle réussit à retrouver son chemin, reconnut le sentier de la chaumière.

— Tu es là, ma chérie ? Hein, dis-moi que tu es là !

Lysiane n'était pas revenue.

Désemparée, Léonie se dit qu'effrayée d'être seule, la fillette avait peut-être rejoint Fernand. Elle prit résolument la direction du château des Viremont.

La tempête se calmait. Elle marchait à grandes enjambées, mais sa jupe trempée lui collait aux cuisses, et ses bottines levaient des gerbes d'eau dans les flaques oubliées par l'orage.

Là aussi, tout était éteint. Fernand avait expliqué à Léonie qu'il logeait dans les communs à l'arrière. Elle se présenta devant la grille. Bien entendu, c'était fermé. Elle longea le mur d'enceinte pour accéder à la façade donnant sur l'étang, là où les bois servaient de délimitation naturelle.

Le ciel s'était débarrassé des nuages vidés de leurs humeurs. La lune éclairait d'une lueur pâlotte les baies vitrées, y allumant des reflets métalliques. Léonie contourna le pignon. Le cheval avait détecté sa présence, il renâcla. Plusieurs portes donnaient sur la cour. La visiteuse hésita, se glissa à la première, y colla son oreille, lui parvint un ronflement sonore. Elle pensa avoir eu la main heureuse, frappa doucement. Un grognement lui parvint, qui pouvait bien émaner de son bonhomme. Elle insista. Les bruits caractéristiques d'une personne tirée de son sommeil, la clef couina dans la serrure, la tête dans l'entrebâillement n'était pas celle de Fernand. Léonie reconnut Célestine, celle-ci avait les quinquets trop bouffis pour identifier la visiteuse.

— Qu'est-ce que vous voulez?

Hors de question pour Léonie de lui avouer qu'elle était à la recherche de sa fille.

— Fernand, je suis son amie. J'ai besoin de lui parler de toute urgence.

— Ça ne peut pas attendre demain? Il dort.

— Je vous en prie, Célestine, c'est vraiment important. C'est moi qui vous ai remis l'épaule en place. Vous ne vous souvenez pas?

D'entendre son nom radoucit la bonne femme. Elle se frotta vigoureusement les paupières et dévisagea la rebouteuse.

— Ça me revient, bougonna-t-elle. C'est vous aussi qui avez accouché Madame.

— Exactement. Vous seriez gentille de me dire où se trouve Fernand.

La bonne lui indiqua le fond de la cour.

— C'est là-bas qu'il dort. La deuxième porte. Dame, faudra frapper fort, il a le sommeil profond.

Léonie faillit lui rétorquer qu'elle était bien placée pour le savoir.

— Ne faites pas trop de bruit. Si vous réveillez les petites demoiselles, ce sera toute une histoire pour les recoucher.

Fernand mit en effet quelque temps à réagir. Quand il reconnut Léonie, il comprit qu'il se passait quelque chose d'anormal.

— Lysiane a disparu.

— Comment ça *disparu*?

Léonie raconta à voix basse ce qui lui valait d'être là.

— Tu as bien regardé partout?

— Dans la maison, tout autour. Je l'ai appelée à la ronde. Je t'assure qu'elle a vraiment disparu.

Célestine se demandait ce que venait faire la sage-femme au château à pareille heure. La discrétion ne l'étouffait pas, mais elle était trop éloignée pour entendre. Quand elle vit sortir son collègue en finissant de s'habiller, elle ne put se retenir de lui demander ce qu'il se passait.

— Rien qui te concerne, répliqua sèchement Fernand.

— Une fenêtre qui ne ferme plus, lui décocha à tout hasard Léonie. Avec cette cochonnerie de temps, le logis risque d'être inondé si on ne fait rien.

— Mais il ne pleut plus, fit remarquer Célestine.

— Ça peut recommencer.

— Ah! Si Madame demande où tu es passé, qu'est-ce que je lui dis?

Cette fois, Fernand ne répondit pas.

35

Contraint lui aussi à une trêve, Xavier de Cosquéric avait repris ses bonnes vieilles habitudes. La solitude lui pesait de plus en plus. Il jalousait sa diablesse de voisine. Elle, avait deux gamines pour égayer ses vieux jours. Au début, il s'était servi d'elles pour « taquiner » son ennemie, des friponnes à n'en point douter, mais auxquelles il se serait volontiers attaché. De ce côté-là, tout espoir était désormais interdit : la Viremont allait mettre un point d'honneur à ce que ses jumelles ne viennent plus rôder à proximité de sa propriété.

C'était le soir que le vieux solitaire ressentait le plus cruellement son amertume. Leur service terminé, Hortense et Boniface se retiraient dans les communs. Xavier sirotait un cordial dans la grande pièce, dans la cheminée crépitait un bon feu. Un souvenir le hantait tout particulièrement. La nuit où l'autre gourgandine était venue frapper à sa fenêtre en prétendant s'être égarée. Elle l'avait appâté en lui accordant ses faveurs, un moment loin d'être désagréable, malgré les déconvenues que lui avaient coûtées ces quelques minutes de plaisir.

Il arrivait à Cosquéric de rêver qu'une autre jeune noctambule se présente pour demander l'asile. Comme ce soir-là, une véritable tempête, qui sévissait sans discontinuer depuis le début de l'après-midi. Les bourrasques balayaient l'étang en contrebas, la pluie à l'horizontale cinglait les grandes baies vitrées. Il essuya le carreau de la buée qu'y déposait son souffle. Éclusa le ballon de cognac qu'il réchauffait au creux de sa paume, le pied passé entre le majeur et l'annulaire. Il revint à son fauteuil. Au moment de s'y laisser choir, il crut entendre un tapotement provenant de la fenêtre dont il venait de s'éloigner. C'était son troisième verre, l'alcool ravivait les souvenirs, lui inventait des hallucinations. Sauf que cela se reproduisit quelques secondes plus tard. Cette fois, il était sûr de ne pas avoir rêvé. Il posa son verre sur la table basse. Le ruissellement ne permettait pas d'y voir grand-chose. Il fut obligé d'ouvrir l'un des battants. Aussitôt le vent s'engouffra dans l'entrebâillement et une giclée de pluie l'aveugla. Il baissa les yeux. C'est alors qu'il aperçut la petite forme allongée sur la terrasse.

Le même scénario qu'un étrange pressentiment lui faisait ressasser quelques minutes auparavant. Il se pencha. Cette fois, il ne s'agissait pas d'une femme, mais d'une fillette. La pauvrette était allongée en chien de fusil. Il la retourna doucement, une des jumelles. Il la souleva avec délicatesse. Elle ronchonna, preuve qu'elle respirait encore. Elle était trempée de la tête aux pieds, inconsciente, visiblement épuisée. Il la déposa sur le tapis devant la cheminée. Puis, il revint sur la terrasse afin de chercher sa sœur, persuadé lui aussi qu'elles ne se quittaient jamais. Il eut beau fouiller, il ne trouva aucune trace de la seconde.

Cosquéric n'avait plus qu'à s'occuper de celle qui venait de lui échoir. Il avait dû se produire quelque drame chez la châtelaine pour que l'une de ses filles ait abouti de l'autre côté de l'étang, surtout par un temps pareil. Il ôta la nappe de la crédence voisine et entreprit d'y sécher la fillette. Elle tenta de se dérober, ouvrit de grands yeux, se demandant de toute évidence où elle se trouvait.

— N'aie pas peur, la rassura Xavier en lui épongeant les cheveux. Avec moi, tu es en sécurité. Tu es déjà venue ici, tu ne t'en souviens pas?

La malheureuse reprenait pied dans la réalité. Elle fronçait les sourcils, le corps raidi, toujours sur la défensive.

— Tu sais où est ta sœur?

Lysiane se mit à trembler.

— Ma sœur? Je ne comprends pas…

— C'est normal, tu es fatiguée. Je vais te chercher de quoi te couvrir pendant que tu mettras tes habits à sécher. Je vais te rapporter également une boisson chaude.

— Il faut prévenir ma mère. Elle doit se demander où je suis passée.

— Bien sûr. Mais avec le temps qu'il fait, il est préférable d'attendre demain, si tu n'y vois pas d'inconvénients.

— Je vais y aller moi-même. Ça va mieux, je suis capable de retrouver mon chemin.

— Tu n'y penses pas. Il faut contourner tout l'étang pour accéder au château de madame de Viremont.

Lysiane secoua la tête.

— Pourquoi devrais-je aller au château de madame de Viremont?

— Mais parce que c'est ta mère! Tu vois bien que tu es plus épuisée que tu ne veux l'admettre.

— C'est chez Léonie Roumier que je veux retourner.

Ce fut au tour de Xavier de Cosquéric de ne plus rien comprendre. Ces deux noms-là ne lui évoquaient pas que des souvenirs radieux, mais il ignorait qu'ils avaient une enfant.

Sous l'effet de la chaleur, Lysiane commençait à reprendre un aspect normal. Le tortillement des flammes lui dessinait des reliefs d'ombre et de lumière. Le châtelain la dévisageait avec circonspection, se demandant si la fillette n'avait pas perdu la raison. Ou alors des épreuves terribles l'avaient déboussolée.

— Qu'est-ce que tu as sur la joue? s'étonna-t-il soudain. Tu t'es blessée?

Lysiane se crispa en reculant la tête. Qui était donc ce monsieur qui s'évertuait à lui prodiguer sa compassion? Léonie lui avait seriné de se méfier des propriétaires des deux châteaux. Celui-ci ne paraissait pas méchant, mais bien que n'étant qu'une enfant, elle avait compris que sous l'apparente amabilité des hommes se dissimulaient parfois de mauvaises intentions. Des menteries qui plongeaient dans la détresse la plus noire les malheureuses au chevet desquelles était appelée sa mère.

Xavier comprit soudain que la petite ne divaguait pas. Elle n'était pas l'une des jumelles de la Viremont, et ce n'était pas une blessure qui lui marbrait le visage. Cette singularité capillaire, il l'avait déjà vue chez quelqu'un. En une seconde, sa mémoire raviva l'image : l'homme à tout faire de la châtelaine. Si elle était vraiment la fille de celui-là, la ressemblance avec les jumelles était tout simplement ahurissante. Non… ce ne pouvait être une simple coïncidence. Il existait forcément une autre explication…

Perplexe, Cosquéric observait la pauvrette toujours assise. Soudain un ample frisson parcourut son frêle corps, et son regard se voila pour se perdre dans le vague. Puis elle n'eut plus la force de tenir sa tête droite. Elle s'affaissa lentement sur le côté, comme une fleur fanée dont la tige était soudain trop faible. Sa respiration filtrait entre ses lèvres exsangues avec une raucité inquiétante. Il posa une main sur son front, elle était brûlante de fièvre.

« Me voilà bien… marmonna le châtelain. Manquerait plus qu'elle me claque entre les doigts. »

Il recouvrit la gamine de la veste qu'il avait abandonnée sur le fauteuil en rentrant de promenade. Peut-être qu'Hortense serait mieux avisée en pareille situation. De toute façon, il fallait prévenir la soi-disant mère : à ce qu'il se rappelait, elle était plus ou moins compétente dans le domaine de la médecine. Il laissa l'enfant devant le feu et gagna les communs afin de réquisitionner ses domestiques.

Ce ne fut pas une mince affaire de les réveiller. La bonne rouspéta qu'elle n'était plus en service et qu'elle avait besoin de se reposer. Boniface se montra plus avenant, du moins jusqu'à ce que son maître lui ordonne de se rendre chez la rebouteuse.

— Vous vous êtes blessé, Monsieur ?

— Nullement. Dites-lui de venir, un point c'est tout.

— Mais c'est qu'il pleut et pas qu'un peu… grommela le bougre.

— Et alors ? Vous n'en mourrez pas que je sache.

Boniface n'eut d'autre choix que de s'exécuter. Il partit dans la nuit, coiffé d'un épais bonnet, le col de sa gabardine relevé jusqu'aux oreilles.

36

Fernand et Léonie reprirent les recherches de conserve, sans davantage de succès. Sourde à leurs appels, la gamine s'était tout bonnement volatilisée. De guerre lasse, se résignant à la fatalité, ils décidèrent de patienter jusqu'au petit jour. Appréhendant le pire, ils avaient renoncé à se réconforter mutuellement. N'était-ce pas le dénouement logique de la folie commise par la sage-femme ?

On frappa à la porte, ils se levèrent d'un bloc, prêts à ouvrir les bras à la petite fugueuse. Apparut la silhouette d'un homme, inconnu au premier abord, empêtré dans ses vêtements dégoulinants, un bonnet lui dissimulant tout le haut du visage. Celui-ci s'adressa à Léonie.

— C'est monsieur de Cosquéric qui m'envoie. Il a dit qu'il fallait venir.

Elle sentit son cœur s'emballer.

— Vous avez retrouvé ma petiote ?

Une grimace ahurie se dessina sur le visage du domestique.

— Votre petiote? Quelle petiote?

— Votre maître ne vous a pas indiqué pour quelle raison il avait besoin de mes services?

Boniface haussa les épaules.

— Il a dit que vous deviez vous presser, rien de plus.

— Il s'est blessé, peut-être? Une mauvaise chute?

— Je ne crois pas, non… En tout cas, ça n'en avait pas l'air.

Une requête aussi stupéfiante, précisément cette nuit-là, était forcément en liaison avec la disparition de Lysiane.

— Il vaut mieux y aller, dit Fernand. Il a certainement découvert quelque chose.

Léonie était morte d'angoisse.

— J'aimerais que tu m'accompagnes.

Fernand soupira, redoutant la réaction de sa maîtresse au cas où elle constaterait son absence, mais il disposait encore de quelques heures avant le lever du jour.

Hortense avait mis une casserole d'eau à chauffer. D'un gant elle en frictionnait le front et les tempes de la fillette alors qu'un peu de fraîcheur aurait été plus indiquée pour faire tomber la fièvre. Xavier observait la scène. Dans son esprit allumé par les vapeurs de l'alcool, ça moulinait comme girouette en plein vent. La nature avait beau être encline à des facéties dépassant l'entendement, il était inconcevable d'imaginer un sosie aussi parfait dans le même secteur, d'âge identique de surcroît. Il hocha la tête en souriant. Sacrée pouliche, la Mathilde! Ce n'était pas deux pisseuses qu'elle avait pondues, mais trois! L'étalon engagé pour la saillir lui avait prodigué une semence ô combien prolifique. De nature toute-fois à n'engendrer que des femelles. Il imaginait la déconvenue de la « marquise » quand elle avait dû se rendre à l'évidence… Trois pisseuses au lieu du petit mâle espéré!

Par quel concours de circonstances, la pauvrette en face de lui avait-elle atterri chez la commère qui les avait mises au monde? Dans la mesure toutefois où c'était la Roumier, ce qui paraissait de plus en plus probable. Le mystère méritait d'être élucidé, l'énigme était plaisante, malgré la gravité de la conjoncture. À l'orée de la vérité, il juxtaposait les hypothèses les plus échevelées. La Viremont aurait-elle agi comme les paysans qui ne conservaient de la portée que les chiots en parfaite santé? Avait-elle ordonné à la sage-femme de se débarrasser de celle qui présentait un défaut de fabrique? C'eût été assez dans ses manières impitoyables de bourgeoise orgueilleuse… Ou alors, celle-ci avait-elle estimé qu'élever trois gamines était au-dessus de ses forces?

Boniface revint accompagné non seulement de la rebouteuse, mais également de son compagnon. Le domestique leur demanda de patienter le temps de prévenir son maître.

Léonie était tendue comme un ressort. Fernand lui tenait le bras, de crainte qu'elle ne se précipite avant d'y être invitée. L'émissaire de Cosquéric ne tarda pas.

— Monsieur va vous recevoir.

— Mais qu'est-ce qu'il nous veut, enfin? explosa Léonie.

Nouveau haussement d'épaules.

À la vue de sa petiote inanimée sur le divan, Léonie oublia toute retenue, elle se précipita et la serra de toutes ses forces en sanglotant. Quand elle eut recouvré en partie son calme, elle se tourna vers le châtelain.

— Qu'est-ce qu'elle fait ici?

Le ton était soupçonneux, presque agressif.

— Vous ne croyez pas que ce serait plutôt à moi de vous demander pour quelle raison une enfant aussi jeune se promenait seule dans la nuit, par un temps pareil?

Léonie changea de ton.

— J'ai été appelée pour un accouchement difficile. Je n'ai pas pu l'emmener, elle aura pris peur, elle se sera égarée en voulant me rejoindre.

Fut-ce la présence de sa mère, Lysiane entrouvrit les yeux, se blottit contre elle, sombra aussitôt dans un profond sommeil.

Xavier jugea le moment opportun d'exiger une explication.

— J'ai eu l'occasion de recevoir récemment les jumelles de madame de Viremont. C'est curieux comme votre fille leur ressemble. Vous n'êtes pas d'accord, monsieur Chardon, vous qui avez l'occasion de les fréquenter régulièrement?

— Moi je ne trouve pas… répondit gauchement celui-ci.

— Vous êtes bien le seul. Ma brave Hortense me faisait part de son étonnement quelques minutes avant votre arrivée.

La servante hocha vigoureusement la tête.

— J'en arriverais à me demander si votre petiote n'est pas la sœur des deux autres, insista Xavier.

— Elle a quand même cette tache, se permit Fernand. La même que moi, son père.

— Un détail, ricana Cosquéric.

Le châtelain se souvenait de sa mortification face à cet homme, le soir où, mandaté par sa maîtresse, celui-ci l'avait surpris à exhumer le corps de sa victime. L'occasion était trop belle de prendre sa revanche.

— Des triplées… C'est rare, paraît-il. Vous pouvez m'expliquer pourquoi celle-ci ne vit pas avec ses deux sœurs ?

Fernand était au supplice. Cette mise en accusation, il la redoutait depuis si longtemps.

— Madame de Viremont est au courant ?

Léonie jugea inutile de dissimuler plus longtemps une vérité aussi flagrante. Elle secoua la tête.

— Elle n'a jamais su. C'est moi et moi seule qui ai pris la décision.

— Pourquoi ?

— Je ne sais pas. Sur un coup de tête. Madame de Viremont avait perdu connaissance après avoir accouché des deux premières. Elle n'a pas su qu'elle portait un troisième bébé. Quand je me suis rendu compte de sa disgrâce, j'ai pensé que la petite dernière n'aurait pas été la bienvenue.

Cosquéric acquiesça volontiers.

— Vous avez raison. C'est une drôle de bonne femme… Mais quand même, dérober un enfant à sa mère est un acte hautement répréhensible, passible d'emprisonnement et certainement davantage, si la maréchaussée l'apprenait.

— Lysiane a toujours été heureuse avec nous. Certainement autant que si elle avait vécu au château de sa vraie mère.

— Vous avez pensé à la frustration de votre protégée le jour où la châtelaine tirera sa révérence ?

Léonie fronça les sourcils.

— Elle serait alors en droit d'hériter de sa mère au même titre que ses sœurs, expliqua le châtelain, sauf qu'elle ne portera pas leur nom et qu'il sera alors difficile de prouver quoi que ce soit.

C'était en effet un aspect du problème que les deux ravisseurs n'avaient pas envisagé. Vaincue, Léonie soupira.

— Vous allez nous dénoncer ?

— Rien ne presse. La châtelaine n'est pas encore à l'article de la mort. Par contre, votre gamine a besoin d'être soignée au plus vite. C'est dans le domaine de vos compétences, si je ne me trompe ?

Lysiane respirait plus librement, sa fièvre s'atténuait. Léonie l'enroula soigneusement dans une couverture pour qu'elle ne reprenne pas froid. Compatissante, la tempête observait une accalmie. Elle s'en retourna à sa chaumière tandis que Fernand regagnait le château des Viremont.

37

La relation entre les deux châtelains était donc vouée à ne connaître jamais de trêve. À chaque fois qu'ils étaient en mesure de se neutraliser, une nouvelle affaire équipait l'un ou l'autre de munitions supplémentaires. En l'occurrence, Cosquéric héritait d'une arme redoutable, dont il n'entrevoyait encore l'usage. En tout cas, éviter de se précipiter, prendre le recul nécessaire pour analyser la situation.

Avec l'âge, le célibataire s'attendrissait. La fillette l'avait profondément ému. Il avait souffert à cause de la dédaigneuse marquise. Dévoiler à celle-ci l'époustouflante vérité plongerait l'innocente enfant dans un abîme sans fond. Restait cette marque sur le visage. Une preuve de paternité irréfutable ? Auquel cas comment expliquer la ressemblance étourdissante avec les « jumelles » ? Cosquéric dénicha dans sa bibliothèque un ouvrage qui traitait des taches de naissance. Congénitales certes, mais rien n'indiquait qu'elles soient héréditaires. Il fallait se résoudre à l'évidence, Lysiane était bien la troisième fille de Mathilde de Viremont.

Effectuant le transfert d'affection qui pousse à l'adoption, Xavier éprouva le désir de la revoir. Il demanda à Boniface de lui indiquer où vivaient Fernand Chardon et la rebouteuse. Il chargea également sa servante d'effectuer un saut jusqu'à Plouay afin de faire l'acquisition d'un jouet pour une fillette.

— Une poupée? demanda Hortense.

— Ce serait très bien, en effet.

— Mais où voulez-vous que je me procure ce genre d'article?

La question méritait d'être posée, il n'existait pas de magasin spécialisé.

— La quincaillerie sur la place.

— Des clous et des vis, oui, mais je n'ai jamais vu aucune poupée chez eux.

— Peut-être en arrière-boutique. Renseignez-vous, que diable! Il doit bien exister une solution.

La vieille servante hochait la tête, en proie à une intense réflexion.

— Il y a peut-être un autre moyen, marmonna-t-elle. Le mois dernier, j'ai fait du ménage dans le grenier. J'ai découvert tout un bric-à-brac de vieux jouets. J'ai même demandé à Boniface de nous en débarrasser, mais comme il n'en fait qu'à sa tête, il m'a répondu de me débrouiller toute seule. Je crois bien me souvenir que dans le lot il y avait une poupée. Dame, elle aurait sans doute besoin d'être nettoyée.

— À la bonne heure, ma brave Hortense. Je vous charge de vous en occuper. Faites pour le mieux.

La servante avait été attendrie elle aussi par cette gamine égarée dans la nuit, brûlante de fièvre, à l'article de la mort – à la résurrection de laquelle elle était persuadée d'avoir contribué. Elle s'appliqua de toute son âme à restaurer ladite poupée. En soi, le corps n'était pas trop abîmé. Mais la toilette… Hortense éprouva un plaisir maternel à lui découper et à lui coudre des habits, une robe, un chapeau, le tout agrémenté de dentelles délicates qu'elle préleva sur des oripeaux ayant appartenu aux ancêtres des Cosquéric. Elle confectionna de délicieux escarpins dans des chutes de carton. En dehors de ses obligations domestiques, l'entreprise l'occupa une semaine entière. Xavier s'en inquiétait à échéance régulière. Hortense répondait avec un sourire énigmatique qu'elle avait bientôt fini. Ce fut avec une fierté évidente qu'elle présenta le résultat de son travail.

Xavier s'empêtrait dans un piège ridicule dont il avait lui-même tissé les mailles, et ce à double titre : d'abord de s'attacher à une gamine élevée par des roturiers, ensuite que celle-ci soit la fille de la femme méprisante qu'il exécrait. Restait à provoquer l'opportunité d'offrir le cadeau. Quoi que cela lui coûte, il décida de se déplacer. Incognito toutefois. Xavier s'accoutra en conséquence, Boniface l'accompagna afin de porter le paquet.

Chemin faisant, le maître et son valet ne croisèrent qu'un couple de fermiers dans un chemin creux. L'obscurité aidant, le châtelain ne fut pas reconnu. Léonie était au gîte. Depuis son escapade nocturne, Lysiane faisait l'objet d'une surveillance renforcée. Ce fut pourtant elle qui aperçut les deux visiteurs ; elle se réfugia aussitôt dans la chaumière, comme on le lui avait recommandé.

Depuis que son secret avait été éventé, Léonie vivait dans l'angoisse des suites que le châtelain donnerait à son forfait. Elle crut qu'il venait l'en informer. S'il n'en était pas à lui présenter ses civilités, Cosquéric affichait un sourire plutôt rassurant. Il s'enquit de la petite.

— Elle a toussé et son nez a coulé pendant deux jours, mais maintenant, ça va mieux.

— Je pourrais la voir ? J'ai quelque chose pour elle…

Léonie avait bien sûr remarqué le paquet enrubanné, mais elle était à cent lieues de penser qu'il s'agissait d'un cadeau pour sa protégée. Par instinct, les gens du peuple développaient une méfiance chronique à l'égard des aristos. Elle se tint sur ses gardes, appela Lysiane, qui s'avança en tremblant. Un sourire attendrissant se dessina sur le visage du châtelain.

— Tu sais que tu m'as fait peur l'autre jour…

La gamine se trouva prise au dépourvu.

— Elle est plus timide que les deux autres… s'en réjouit Xavier. Ce n'est pas pour dire, madame Roumier, mais vous l'avez mieux élevée, ce qui est tout à votre honneur. Boniface, donnez-lui donc le cadeau qu'Hortense a préparé à son intention.

La poupée rafistolée était de bonne taille, la boîte volumineuse. Profondément gênée, Léonie craignait quelque manigance, mais elle n'avait aucune raison de refuser le présent, d'autant plus que le donateur la tenait sous l'emprise du terrible secret.

— Ouvre, ma chérie.

La modestie du couple interdisait de sacrifier à des fanfreluches inutiles. Lysiane n'osait déchirer l'emballage. Léonie s'en chargea. Quand la poupée émergea du papier de soie, la fillette recula, effrayée.

— C'est pour moi ?

— Pour te remettre de tes émotions, fit Cosquéric.

Léonie était perplexe.

— Vous êtes trop généreux, Monsieur. Nous n'avons pas habitué notre fille à d'aussi belles choses.

— Il faut croire que cela me fait plaisir. Et puis, ce n'est qu'un juste retour par rapport aux deux autres, si vous voyez ce que je veux dire…

Léonie voyait très bien. Pour Lysiane ce n'était plus un secret. Les deux autres, ses sœurs, la châtelaine était sa vraie mère.

— J'aurais autre chose à vous proposer, fit Cosquéric avec un sourire mystérieux. Vous avez quelques minutes à m'accorder ?

Il demanda que la gamine les laisse quelques minutes.

— Je suppose que vous redoutez que la châtelaine découvre l'existence de la petiote que vous lui avez subtilisée ?

Léonie se contenta de soupirer.

— J'ai pris le temps de réfléchir. Le seul endroit où la marquise ne risque pas de la rencontrer, c'est le château où je réside. Pourquoi ne viendrait-elle pas habiter chez moi ?

La sage-femme resta bouche bée. Son angoisse était précisément que la justice ne récupère de force la fillette.

— Vous n'y pensez pas, monsieur de Cosquéric ! Même si elle n'est pas de notre sang, Lysiane est notre enfant, à Fernand et à moi.

— J'entends bien, et mon intention n'est nullement de vous en priver. Mais elle aura sa chambre, le confort que vous n'êtes pas en mesure de lui offrir. Tout ce qu'elle est en droit d'espérer de par sa naissance.

Léonie réfléchissait. Tout cela était vrai, malheureusement.

— Je n'ai pas terminé, reprit Xavier. Hortense, ma servante, se fait vieille. Elle est courbaturée, percluse de rhumatismes. Bientôt elle ne sera plus en mesure d'assurer le ménage de mon immense château.

Léonie fronçait les sourcils.

— Et vous voudriez que…

— Je vous propose de vous embaucher. Comme cela, vous serez près de votre fille et vous pourrez continuer à vous occuper d'elle.

— Mais Fernand, mon compagnon…

— Vous conserverez votre chaumière, vous vous y retrouverez quand bon vous semble…

— Il faut quand même que je lui en parle…

— Bien entendu. Profitez-en pour lui expliquer que le moment est venu d'oublier les histoires auxquelles nous avons été mêlés. Bien souvent contre notre volonté.

38

Fernand croyait rêver. Léonie au service de Cosquéric, alors que lui officiait chez son ennemie jurée! La situation devenait délirante. Il la somma de s'expliquer.

— Avec les derniers événements, l'existence de Lysiane risque d'être découverte. Auquel cas ta patronne effectuera tout de suite le rapprochement avec ses jumelles. Elle ne sera pas longue à deviner que c'est moi qui lui ai volé sa troisième fille. Notre ultime espoir serait alors qu'elle me soit reconnaissante de lui avoir allégé la tâche.

— On voit bien que tu ne la connais pas. Madame de Viremont ne tient pas plus que ça à ses jumelles, mais elle n'admettra jamais avoir été bernée durant tant d'années, surtout par des misérables de notre espèce.

— À ce que tu m'as dit, les sœurs de Lysiane sont de vraies pestes, elles lui mèneront la vie impossible si leur mère la récupère, ce qui est peu probable à mon avis. Plutôt que de nous la laisser, la châtelaine préférera la placer dans un orphelinat.

— C'est à prévoir en effet. Et cela m'effraie autant que toi.

— Ce n'est pas la solution idéale, mais au château de monsieur de Cosquéric, Lysiane sera davantage à l'abri que dans notre chaumière. Il a tout prévu. Si quelqu'un s'étonnait de sa nouvelle pensionnaire, les gendarmes par exemple, il dira que c'est la fille d'une cousine éloignée qu'il a prise sous son aile.

Fernand était loin d'être convaincu, mais faute de mieux... Il restait à prévenir la principale intéressée.

Lysiane ouvrit de grands yeux stupéfaits.

— Je vais habiter là-bas pour toujours?

— Non, le temps que la situation s'améliore. Tu seras bien, c'est dans le château où tu as été recueillie l'autre nuit. Chez le gentil monsieur qui t'a offert une si jolie poupée. Tu te souviens?

Elle adressa un regard à Fernand.

— Léonie sera avec toi.

Présentée sous cet angle, l'aventure prenait un aspect déjà plus séduisant.

— Je vivrai comme mes deux sœurs... bredouilla-t-elle, les yeux brillants. Mais toi, je ne te verrai plus?

— Si, bien sûr, répondit Fernand, ému aux larmes. Nous garderons la maison, et on s'y retrouvera tous les trois de temps en temps.

Affaire conclue. Accompagnée de sa fille, Léonie s'empressa de porter la bonne nouvelle au châtelain. Celui-ci la félicita. Hortense ne vit pas d'un très bon œil qu'une étrangère vienne marcher sur ses plates-bandes, mais il est vrai qu'elle fatiguait de plus en plus. Estimant que ce n'étaient pas ses oignons, Boniface se garda de poser des questions. Lysiane et la rebouteuse emménagèrent quelques jours plus tard. Cosquéric finança Léonie pour vêtir la demoiselle selon le rang qui lui était dévolu.

Anne et Lise ne tardèrent pas à évacuer leur appréhension au sujet de la prétendue sorcière. Elles revinrent rôder autour de la chaumière. La demeure leur paraissait inhabitée ; sans doute auraient-elles tenté d'y pénétrer si elles ne s'étaient fait surprendre. Léonie leur demanda ce qu'elles fabriquaient, devant la fenêtre.

— Rien, bredouillèrent-elles de conserve, en lâchant les pierres avec lesquelles elles s'apprêtaient à briser la vitre.

Leur embarras ne dura que quelques secondes. Elles demandèrent où était passée la fille qui habitait là il n'y avait pas si longtemps.

— Quelle fille ? fit Léonie.

— Mais si, celle qui avait la figure couverte de confiture.

— Ah oui… Elle est partie.

— Elle est morte ?

— Oui, c'est ça… Elle était très malade, elle est morte.

Les sœurs se regardèrent.

— C'est vrai que c'était une sorcière, comme nous l'a dit notre domestique ?

Léonie ne savait plus comment se dépêtrer de la curiosité des deux pisseuses.

— S'il l'a dit, c'est que ce doit être vrai.

— Je croyais que les sorcières, ça ne mourait pas… s'étonna Lise.

— Filez maintenant, j'ai du travail.

Les demoiselles de Viremont détestaient se voir donner des ordres, surtout par une miséreuse. Elles n'obtempérèrent qu'en traînant les pieds.

Lysiane prisa d'emblée la nouvelle situation, vêtue comme une petite princesse, choyée par son hôte, surpris lui-même de se découvrir une telle provision de tendresse. Elle dormait dans une petite chambre aménagée par Hortense et Léonie, tandis que celle-ci logeait dans les communs. Un soir par semaine, Cosquéric laissait congé à cette dernière pour rejoindre son compagnon dans la chaumière. Lysiane l'accompagnait.

Le châtelain avait recommandé à sa protégée de ne pas trop s'afficher du côté de l'étang.

— Je préfère que madame de Viremont ne te voie pas.

La fillette se souvenait des mises en garde.

— Elle est donc si méchante ?

— Il vaut mieux se méfier d'elle.

— Pourquoi vous êtes fâchés alors que vous vivez si près l'un de l'autre ?

— De vieilles histoires, auxquelles tu ne comprendrais pas grand-chose.

39

Léonie Roumier surveillait farouchement sa fille adoptive, mais aussi dorée soit sa nouvelle demeure, il n'en restait pas moins que celle-ci s'y sentait prisonnière. Peu à peu, elle dérogea à la prudence, s'arma de moins de vigilance, ne put s'empêcher de descendre jusqu'à l'étang qui l'attirait comme le plus puissant des aimants. Sur l'autre rive apparaissait de temps à autre l'homme qui jusque-là lui avait servi de père. Dont l'affection bourrue lui manquait.

Les jumelles étaient assez rouées pour deviner qu'on leur avait débité des sornettes. Il ne faisait aucun doute que le châtelain et leur mère étaient mêlés à cette étrange histoire d'apparition. Du côté maternel, il était illusoire d'espérer la moindre explication. En revanche, Xavier de Cosquéric avait l'air plus accessible. Elles reprirent leurs investigations autour de son château. Les petites fouines eurent tout loisir d'observer la nouvelle pensionnaire, à distance toutefois. La ressemblance était vraiment frappante. Peut-être s'agissait-il vraiment d'une sorcière…

À fouiner sans cesse dans le secteur, Anne dégringola d'un arbre où elles s'étaient hissées pour mieux voir Lysiane. Vaguement sonnée, elle s'aperçut que son bras gauche avait pris une vilaine courbure. Une douleur sourde au bout de quelques minutes, elle se mit à gémir tandis que Lise poussait de hauts cris. Ce fut Léonie qui l'entendit la première. Intriguée, elle se précipita. Elle comprit tout de suite de quoi il en retournait. Elle n'hésita pas, aida la malheureuse à se relever et la conduisit dans les communs, suivie de sa sœur qui pleurnichait. Hortense courut prévenir le maître des lieux.

Réfugiée dans sa chambre, Lysiane ne put résister à la curiosité. Elle pointa son nez à son tour. À la vue des jumelles, elle stoppa net sa course, se jeta dans un recoin, mais il était trop tard, Lise avait eu le temps de l'apercevoir.

— C'est de sa faute ! s'écria celle-ci en pointant le doigt dans sa direction. Elle nous a jeté un sort.

Léonie lui ordonna sèchement de se taire pendant qu'elle soignait sa sœur. Celle-ci se plaignait de plus en plus fort et une sueur froide lui perlait au front.

— Tiens-la pendant que je remets l'articulation en place, intima-t-elle à Hortense.

La bonne lui enserra la poitrine, tandis que la rebouteuse saisissait à pleines mains le poignet d'Anne. Sans lui laisser le temps de réfléchir, Léonie tira d'un coup sec, tout en guidant les os dans leur logement. Livide, la fillette poussa un cri atroce.

— Voilà, c'est fini. Tu vois, ce n'était pas si terrible. Tu vas quand même devoir garder le bras en écharpe pendant quelque temps.

Cosquéric réfléchissait.

— Il va falloir la raccompagner chez elle.

— Je suis là, proposa Lise qui redoutait la réaction de la châtelaine. Je ramène ma sœur.

— Elle est encore trop faible pour marcher sur une aussi longue distance, elle va tomber dans les pommes, refusa Léonie.

Arrivé entre-temps, Boniface fut mandé pour atteler le cabriolet. Le châtelain hésita, puis il décida de ramener lui-même les fillettes, histoire de rendre Mathilde redevable.

Anne gémissait au moindre cahot. Sa sœur en faisait autant, comme si elle endurait une souffrance identique. Leur naturel ne tarda pas à reprendre le dessus. Cette fois, elles allaient prendre cher! Sauf si…

— Vous l'avez vue, vous aussi! lança Lise.

— Qui donc?

— Mais la sorcière… murmura Anne d'une voix geignarde.

Xavier affirma tout net n'avoir vu personne de la sorte.

— N'importe quoi! enchaîna Lise. On n'est pas folles!

Les tours de la bâtisse se dessinèrent entre les frondaisons, avant le virage qui précédait l'entrée. La silhouette de Célestine apparut à travers les barreaux de la grille. Derrière elle surgit Fernand Chardon. À la vue du cocher, il comprit aussitôt qu'il s'était produit quelque drame. Il s'empressa d'ouvrir.

— C'est pas trop tôt, maugréa Lise, en sautant de la voiture. Vous ne voyez pas que ma sœur est en train de mourir?

Anne corrobora en gémissant de plus belle.

— Votre maîtresse est là? demanda Cosquéric.

— Ça se pourrait, répondit la servante, en aidant Anne à descendre.

Le domestique s'empressa d'aller prévenir la châtelaine. Mathilde de Viremont tomba des nues.

— Qu'est-ce qu'il nous veut, celui-là?

Chardon expliqua que l'une des jumelles avait eu un accident et que monsieur de Cosquéric avait eu l'amabilité de les reconduire. Mathilde secoua la tête, lâcha un soupir excédé.

— Grave? s'inquiéta-t-elle toutefois.

— Pas que je sache. Mais ce serait bien de venir voir.

D'affronter son ennemi juré ne l'enchantait guère, mais Mathilde n'avait pas le choix, sinon de passer pour une mère indigne. Célestine portait la blessée. À l'idée de se faire enguirlander, cette dernière en rajoutait, les paupières mi-closes, feignant la détresse la plus profonde. La châtelaine jeta un coup d'œil sur la malheureuse, haussa les épaules, demanda à Lise d'expliquer. Cosquéric observait la scène, ignorant les regards de travers que lui décochait Mathilde. Il prit le relais. Mentionna l'intervention de la rebouteuse, ce dont se doutait Fernand Chardon.

— J'ai pris sur moi de vous ramener vos filles.

Qu'il fut difficile à la mère de bredouiller un vague remerciement! Avec quelle jubilation Cosquéric répondit-il que c'était tout naturel, qu'en certaines circonstances l'intelligence dictait de passer outre les petits différends… S'installa un long silence.

— On a revu la sorcière qui nous ressemble, en profita Lise.

— D'abord, c'est Fernand qui nous a dit! s'exclama Lise.

Celui-ci toussota, baissa les yeux, et prétexta retourner à la besogne à laquelle il était occupé.

La châtelaine l'interpella avant qu'il ne quitte la pièce.

— Vous pouvez m'expliquer ?

— Le jour où vous m'avez demandé de les accompagner, j'ai dit ça pour les inciter à la prudence. Apparemment je ne me suis pas montré assez convaincant, puisque malgré mes recommandations, l'une des deux s'est blessée.

— À cet âge-là, les enfants inventent des histoires invraisemblables, abonda Cosquéric. À force, ils finissent par croire à la véracité de leurs affabulations.

— Parce que vous y connaissez quelque chose, aux enfants ? répliqua la châtelaine d'un ton fielleux.

— Qu'en savez-vous, ma chère ? Il n'est pas besoin d'être père pour observer la vie autour de soi. Souvent les parents n'assument pas leur responsabilité et laissent leur progéniture gambader dans la forêt, au risque de s'y perdre ou de se blesser en faisant une mauvaise chute, par exemple.

La repartie cloua le bec à la châtelaine. Elle feignit de s'intéresser à sa fille blessée, allongée sur la bergère ; Célestine lui humectait les tempes à l'aide d'un gant imbibé d'eau fraîche.

— Apparemment, ça va mieux…

— Madame Roumier a demandé qu'elle garde le bras en écharpe le temps que l'articulation se consolide, dit Cosquéric. Elle a même proposé de passer la voir dans quelques jours.

La châtelaine adressa un regard interrogatif à son domestique.

— C'est de crainte qu'il y ait des complications, confirma Fernand.

— Dites-lui que c'est d'accord. Tant qu'à faire, elle m'indiquera si je lui dois quelque chose.

40

La principale intéressée avait donc décrypté le mystère de sa naissance depuis déjà quelque temps. Que ce soit physiologiquement concevable d'être la troisième de la « portée » ne justifiait pas pour autant d'avoir été élevée par Fernand et Léonie, alors que sa vraie mère résidait dans la propriété voisine, un château de surcroît.

La fillette interrogea la sage-femme, qui cette fois n'eut d'autre choix que de déballer toute l'histoire. Xavier assista à l'explication, dans les méandres de laquelle s'égarait Léonie Roumier. Les yeux baissés, Lysiane s'efforçait d'assembler les pièces du puzzle.

De temps à autre, elle secouait la tête d'un air sévère, comme si elle prenait conscience de la culpabilité de l'accoucheuse.

— C'était pour ton bien, tu comprends ? J'avais peur que la marquise ne veuille pas de toi à cause de… à cause de…

Elle hésitait à prononcer les mots pour exprimer l'abomination.

— C'est vrai que j'ai l'apparence d'une sorcière ?

— Bien sûr que non… se rattrapa Léonie. Mais j'ai craint que la châtelaine ne soit pas aussi charitable.

S'installa un silence pesant.

— Un jour, tu retrouveras le rang auquel tu avais droit au même titre que tes sœurs, se permit Cosquéric. En attendant, je suis heureux de t'offrir l'hospitalité. Mon château n'a rien à envier à celui de madame de Viremont.

Soudain, la fillette se redressa, darda le regard sur cette femme qui avait bouleversé sa destinée sur un coup de tête.

— Pourquoi penses-tu qu'elle m'aurait fait du mal, puisque j'étais sa fille ? Mes deux sœurs n'ont pas l'air d'avoir trop souffert…

L'argument ne manquait pas de justesse. Léonie accusa le coup, ne trouva pas de réponse immédiate.

— J'ai agi sans vraiment réfléchir. Quand j'ai mesuré les conséquences de mon initiative, il était trop tard pour faire machine arrière, tu comprends ?

C'était beaucoup demander à une enfant, aussi lucide soit-elle. Lysiane haussa les épaules. Posa la question fatidique.

— C'est Fernand qui est mon vrai père ?

Cosquéric toussota, feignit de s'intéresser au paysage à travers la croisée. Léonie se mordait les lèvres. Mais c'était au-dessus de ses forces de mener son récit jusqu'au bout de l'horreur.

— Non…

— Mais qui alors ?

— Je ne sais pas. Madame de Viremont ne l'a jamais dit à personne.

— Peut-être qu'elle ne le sait pas elle non plus ?

— Ce n'est pas impossible, en effet. Un vaurien qui l'aurait agressée, si tu vois ce que je veux dire. Ce n'est pas sans danger de vivre seule dans un château en pleine forêt.

Xavier de Cosquéric trouvait la situation plutôt cocasse. Il aurait laissé volontiers les événements suivre leur cours, autrement dit jusqu'à ce que la Viremont découvre l'existence de sa troisième fille. Mais Lysiane ferait les frais de l'imbroglio. Il réfléchissait. Les jumelles avaient parlé à la châtelaine de la mystérieuse inconnue qui leur ressemblait à s'y méprendre, et pour cause… Et si sa protégée prenait l'allure d'un garçon pendant un certain temps… Le résultat n'était pas garanti, mais cela ne coûtait rien d'essayer, expliqua-t-il.

Lysiane déclara tout net qu'il n'était pas question qu'on lui coupe les cheveux.

— C'est juste pour quelques semaines. Le temps que madame de Viremont oublie ce que les jumelles lui ont raconté à ton sujet. Après, tu laisseras tes cheveux repousser, ils n'en seront que plus beaux.

La fillette soupira.

— J'aurai le droit de me promener comme bon me semble ?

— Tu seras plus libre en effet, mais tu devras toujours éviter de t'aventurer de l'autre côté de l'étang, répondit Cosquéric.

— Toi qui as toujours aimé te déguiser, tu vas te faire passer pour un garçon. Il faut que tu prennes cela comme un jeu, avança maladroitement Léonie.

Lysiane ne se dérida pas.

— Tu ne veux quand même pas que j'aille en prison ? s'exclama alors Léonie en la serrant contre elle.

La fillette se dégagea aussitôt de l'étreinte. Elle en avait assez d'être coincée dans un étau, manipulée comme une marionnette, et ce depuis sa naissance. De guerre lasse, elle consentit à un dernier effort, mais ce fut un véritable crève-cœur d'entendre crisser les ciseaux, de voir se dérouler l'une après l'autre les mèches soyeuses sur les dalles. Anéantie, elle ne trouva plus la force de protester quand le châtelain apporta la tenue qui lui achèverait le portrait d'un jeune garçon.

Plusieurs mois s'écoulèrent. Xavier de Cosquéric assurait le rôle d'un père adoptif tout à fait convenable. Lysiane prenait plaisir à la vie de château ; quand elle lorgnait sur celui de l'autre côté de l'étang, elle rêvait qu'un jour il lui serait donné de s'y installer.

41

Tout allait basculer un soir d'été. Les canicules sont rares en péninsule armoricaine. Au pire, elles ne durent que quelques jours. Or, depuis bientôt une semaine le ciel avait pris une teinte bleutée inhabituelle et le soleil incendiait le paysage de ses rayons implacables. Les paysans ne se souvenaient pas d'une telle chaleur, qui les faisait transpirer au moindre effort. Il était pourtant impérieux de moissonner avant que le temps ne vire à l'orage, et que la pluie et le vent ne couchent les lourds épis et ne corrompent le grain. La synergie villageoise revêtit alors sa pleine dimension. En une semaine, le blé ramassa une volée de fléaux sur l'aire à battre, la paille fut dressée en meules et les hommes et les femmes, le cuir racorni et maculé d'une poussière dorée, eurent enfin le droit de souffler et de faire la fête jusqu'à une heure avancée. Minuit sonnait au clocher de Plouay quand le ciel se chargea de nuages ventrus, venus de l'ouest. Les anciens souriaient en levant les yeux, triomphant de narguer le Tout-Puissant et de s'être montrés plus malins que lui.

Blasphème? La réponse céleste ne tarda pas. Un grommellement sourd parcourut le firmament. La ronde des danseurs accéléra, martelant le sol de l'aire à battre en cadence, y levant une poussière âcre qui les faisait suffoquer, cracher et rire en même temps. Outrés d'une forfanterie aussi manifeste, les nuages s'amassèrent au-dessus de la forêt, plongeant la communauté en liesse dans une obscurité profonde où bientôt disparurent les silhouettes, hormis dans la brièveté des éclairs. Le tonnerre ne désarmait pas, un roulement continu maintenant, ponctué de déflagrations de plus en plus rapprochées. Les bigotes se signèrent et bredouillèrent un vague bout de prière, les mécréants chantèrent à gorge déployée.

Mathilde de Viremont fut tirée de son sommeil par le vacarme. Par intermittence, sa chambre s'illuminait d'une clarté plus crue que celle du jour. Elle se leva, descendit sur la terrasse pour profiter du spectacle féerique dispensé par des artificiers de génie. Les éclairs se concentraient sur l'édifice de son charmant voisin, comme des flèches expiatoires. Soudain éclata un coup de tonnerre encore plus violent. Une boule de feu frappa la toiture. Puis ce fut le silence, encore plus impressionnant. Mathilde éprouva une curieuse sensation de malaise. Bientôt, elle aperçut des flammes à l'endroit où la foudre était tombée.

Ses sentiments à l'égard du sieur de Cosquéric n'avaient pas évolué, mais elle n'avait pas oublié le jour où il lui avait ramené ses gamines. C'était l'occasion de lui payer la dette et d'être quitte. Fernand Chardon arriva à ce moment-là. Elle lui ordonna d'atteler le cabriolet.

— Vous n'y pensez pas, Madame ! Vous n'allez pas partir dans la nuit avec un temps pareil.

— Vous ne voyez pas que le château de ce gredin de Cosquéric est la proie des flammes ?

Le domestique pensa alors à Léonie et à la fillette.

— Vous avez raison, je vais leur proposer mon aide.

— Le temps de passer un vêtement et je vous accompagne.

Conduire un attelage en pleine nuit relevait de l'exploit, surtout sous l'épais manteau qui enténébrait le sous-bois. Par intermittence, les éclairs dessinaient l'allée entre les frondaisons. Le cheval renâclait à chaque fois, Fernand avait toutes les peines du monde à le garder dans le droit chemin. Ils arrivaient en vue du château de Cosquéric quand les nuages se délestèrent enfin de leurs humeurs salvatrices. Le cocher fut obligé de ralentir l'allure tandis que sa passagère se protégeait tant bien que mal des trombes d'eau.

Le décor s'était encore assombri quand l'attelage parvint devant la grille.

— Attendez-moi là, Fernand, fit Mathilde. Je vais aux nouvelles.

Avant que le domestique n'ait le temps de réagir, elle était descendue du siège. La pluie n'avait pas calmé la furie céleste. Des éclairs fantastiques zébraient l'obscurité, toujours concentrés sur la demeure de Xavier de Cosquéric, dont le toit fumait encore. Des lumières allaient et venaient à l'intérieur du château. L'incendie était éteint, Mathilde estima sa présence incongrue. Elle s'apprêtait à faire demi-tour quand un éclair d'une intensité extraordinaire éclaira la cour. Dans la lumière instantanée se dessina une frêle silhouette. Une vision d'à peine une seconde, de nature subliminale, mais qui imprima dans l'esprit de Mathilde l'image d'un garçonnet, dont le visage ressemblait trait pour trait à celui de ses jumelles. Elle vacilla, sa vue se brouilla, elle tituba jusqu'à la grille à laquelle elle se cramponna.

Lysiane avait entraperçu la malheureuse. Sa mère... Il lui avait déjà été donné d'observer la châtelaine, de loin. Les premières fois, elle avait ressenti l'impression étrange que cette femme ne lui était pas une étrangère. Maintenant qu'elle savait qui elle était, un élan irrépressible la poussa vers elle. Des lèvres de Mathilde jaillit le prénom du garçon qu'elle n'avait pas eu. La fillette reçut le cri comme un appel au secours. Sans réfléchir, elle se précipita dans les ténèbres, se plaqua elle aussi contre la grille. La châtelaine l'étreignit comme une forcenée à travers les barreaux.

— Gaétan, mon garçon... balbutia-t-elle. Il y a si longtemps que je te cherche.

Ses doigts se crispaient comme des serres sur le corps fluet. Elle pleurait et riait tout à la fois. Soudain, elle se mit à trembler, chancela. Lâchant son « fils », ses bras retombèrent le long de son corps, et elle s'affaissa dans la boue comme une poupée de chiffon.

Livre III

La démente

42

Confinée dans sa chambre, Mathilde disparaissait dans la profondeur de son fauteuil, recroquevillée telle une marionnette abandonnée à la fin d'un psychodrame. Elle faisait face à la fenêtre donnant sur le parc et l'étang. Les yeux dans le vague, elle affichait le visage impavide d'une statue antique. Avait-elle conscience du paysage sous ses yeux embrumés ? Difficile à dire, si tant est que de quelconques idées flottaient encore dans son esprit dévasté… Elle ne quittait la place que pour se nourrir. Célestine la guidait jusqu'à la salle à manger, Mathilde s'alimentait seule toutefois, mais de façon mécanique. Docile le plus souvent, elle était cependant sujette à des sautes d'humeur qui présageaient un rétablissement à plus ou moins brève échéance. Soudain effrayée, elle se rencognait contre le dossier, le regard agressif et les sourcils froncés en opposant les mains, sans prononcer le moindre mot. Au bout de quelques secondes, elle retombait dans sa prostration. À la tombée de la nuit, la servante l'aidait à faire sa toilette et à se coucher.

En fait, Mathilde de Viremont avait sombré dans la démence dès l'instant où elle avait perdu connaissance, accrochée aux grilles du château de Cosquéric, derrière lesquelles se tenait son « fils ». C'était Fernand Chardon qui l'avait relevée, ramenée chez elle à moitié inconsciente. À son retour à la réalité, son agitation forcenée s'était muée en une apathie navrante. Après avoir longtemps hésité, le docteur Noblanc, convoqué dès le lendemain, avait jugé inutile de la faire interner, du moins dans l'immédiat : apparemment elle ne présentait aucun danger ni pour sa propre personne, ni pour son entourage.

Dans un premier temps, Célestine et Fernand furent chargés de surveiller leur maîtresse et de prévenir le corps médical si son état mental s'aggravait. Mais il n'était pas dans les attributions des domestiques, aussi dévoués soient-ils, d'assumer une telle responsabilité. Le destin régla la situation. En l'occurrence, on ne peut pas dire qu'il fit preuve de clémence, puisqu'il décida de rendre vacante la place de Célestine.

La pauvre Tine était usée. De voir sa maîtresse dans cet état lui sapa le moral au bout de quelques jours. Elle s'évertuait à la tirer de son mutisme, lui concoctait des tisanes qu'elle parvenait à force de patience à lui faire ingurgiter. De temps à autre, une étincelle luisait dans le regard de Mathilde. Alors la bonne s'enthousiasmait.

— Oui, Madame, c'est bien. Vous voyez que c'est en train de revenir.

Espoir illusoire. Le corps de la malheureuse s'affaissait comme une outre percée.

À monter et à descendre cent fois par jour, Célestine était épuisée. Au chevet de la malade, elle pensait aux multiples tâches qui l'attendaient au rez-de-chaussée. Dès qu'elle était en bas, le profond silence à l'étage lui créait une angoisse irrépressible. Le cœur battant, elle s'empressait de remonter.

La servante n'avait jamais été gloutonne, mais elle avait perdu tout appétit. Fernand assistait à sa déchéance progressive. Il n'avait jamais éprouvé de sympathie particulière à son égard, mais il était de tempérament assez charitable pour s'en alarmer. Il tentait de la convaincre de goûter au moins à ce qu'elle avait préparé, mais elle grimaçait en bredouillant qu'elle n'avait pas faim.

Il faut croire que la vieille servante était dotée d'une rude carcasse. Chaque matin, elle se découvrait quelques onces d'énergie, traînait sa lourde masse dans les escaliers, craignant que la camarde n'ait profité de la nuit pour effectuer sa macabre récolte. Tout de suite essoufflée, elle poussait un soupir de soulagement, aidait la maîtresse à se lever afin de rejoindre les commodités. Lui demandait si elle avait passé une bonne nuit, l'installait dans la salle à manger en lui recommandant de patienter le temps de descendre chercher le petit-déjeuner.

À un rythme aussi infernal, un accident était inévitable. Emportée par son poids, encore engoncée dans les affres d'un mauvais sommeil, un matin la servante s'embrouilla les pieds sur la première marche. Elle bascula dans le grand escalier, roula du haut jusqu'en bas, son crâne rebondissant de marche en marche avec des bruits sourds de calebasse. Elle atterrit sur les larges dalles, rendit l'âme en un cri guttural.

Fernand Chardon finissait de se sustenter avant de partir à l'ouvrage. Il crut tout d'abord à une bourrasque de vent par une porte restée ouverte – la pauvre Célestine était de plus en plus distraite. Un pressentiment funeste le poussa à vérifier. La servante gisait sur le carrelage, la tête inclinée dans un angle bizarre, et de l'oreille collée au sol suintait un mince filet de sang. Il comprit tout de suite qu'il n'y avait plus rien à faire. Il pensa aux jumelles, eut la présence d'esprit de leur éviter un spectacle aussi morbide, mais il était trop tard… Déjà elles contemplaient le cadavre avec une moue dégoûtée, mais sans en être autrement émues.

— Elle est morte ? demanda Lise.

Le domestique soupira.

— Malheureusement oui.

— Elle a dû se casser la figure dans l'escalier, conclut Anne.

— Ouais, elle était trop grosse et trop vieille pour monter et descendre à longueur de journée, ajouta sa sœur.

— Viens, on va voir si elle a eu le temps de nous préparer à déjeuner.

Estomaqué par un tel cynisme, surtout chez des enfants, Fernand comprit qu'il lui incombait de gérer la situation.

— J'aurais un service à vous demander.

Elles échangèrent un regard outré.

— Il faut que j'aille chercher quelqu'un pour s'occuper de notre pauvre Célestine.

— Ça ne servira plus à rien, puisqu'elle est morte.

— Oui, bien sûr, mais on ne peut pas la laisser là. Je vous demande de veiller sur votre mère jusqu'à mon retour.

— On peut quand même déjeuner?

— C'est qu'on meurt de faim, nous!

— Je n'en ai pas pour très longtemps. Il suffit de monter voir de temps à autre si votre maman n'a besoin de rien.

En réponse, il eut droit à une grimace éloquente. Sans plus attendre, il attela le cabriolet. Le médecin prit la peine de se déplacer et ne put que constater le décès. Il accepta de prévenir les pompes funèbres afin qu'elles s'occupent de la dépouille de Célestine. Avant de reprendre la route, il monta voir la châtelaine. Il l'ausculta rapidement, lui parla, ne parvenant qu'à la faire tressaillir.

— À ce que je vois, il n'y a aucune amélioration.

— Ça ne s'est pas aggravé non plus, tempéra Fernand. Mais il va falloir trouver quelqu'un d'autre pour s'occuper d'elle.

— Belle évidence, mon cher. Vous connaissez une personne susceptible de prendre le relais?

Fernand pensa à Léonie, mais doutant que ce soit une bonne solution, il renonça à la mettre en avant. Il secoua la tête et haussa les épaules.

— Moi j'ai ce qu'il vous faut, fit alors le docteur Noblanc avec une mine sérieuse.

Le soir même débarquait Bérengère Guignard, une vieille fille dont les louanges du médecin témoignaient de la compétence.

43

Et pour cause que le docteur Noblanc connaissait Bérengère Guignard! Elle avait été de ses patientes quand elle offrait encore de quoi combler la main d'un honnête homme. Redoutable calculatrice, lors de la première visite au cabinet, elle lui fit comprendre qu'une auscultation exhaustive ne serait pas pour lui déplaire, autrement dit sans rien négliger de son anatomie. Elle était bien fichue, il l'examina sous toutes les coutures, la trouva fort à son goût. Elle le rétribua en nature.

À sa décharge, le médecin était mal marié, marié trop jeune, dans un milieu en adéquation avec son rang de notable, autrement dit avec une demoiselle de bonne famille, à la bourse bien remplie certes, mais qui n'entrouvrait sa tirelire que lorsqu'elle ne pouvait se dérober à ses devoirs conjugaux. Lucienne s'était-elle doutée des frasques de son époux? Certainement, mais trop contente de ne plus avoir à le satisfaire à échéance régulière, elle se garda bien de lui en faire le reproche et de lui manifester une suspicion en l'occurrence plutôt déplacée.

Les deux amants gardèrent secrète leur liaison. Au début ils se retrouvaient dans le cabinet médical, mais à trop voir la fille Guignard fréquenter la salle d'attente, les autres clients auraient fini par la croire atteinte de quelque maladie incurable. Elle logeait dans une modeste mansarde, dont le médecin réglait le loyer. Là encore, la prudence était de rigueur ; le docteur se faufilait par la cour arrière et empruntait l'escalier prévu pour les évacuations en cas d'incendie.

Avec l'âge, leurs ardeurs se calmèrent. Ils n'en arrivèrent à copuler que par habitude, comme les vieux couples dégustent un doigt d'apéritif avant le déjeuner dominical. Puis ils n'en éprouvèrent plus le désir.

Entre-temps, l'épouse légitime avait tiré sa révérence sur la pointe des pieds, aussi discrètement qu'elle avait vécu.

Hormis son loyer, le toubib n'avait jamais entretenu sa maîtresse, estimant dégradant de la traiter en fille de joie qu'il aurait rémunérée comme une vulgaire cliente. Fort de ses relations, il lui avait toujours trouvé des emplois dans des familles huppées, dans les économies desquelles la servante puisait sans trop de scrupules. La marquise de Viremont constituerait une proie rêvée.

Bérengère Guignard avait reçu pour consigne de surveiller tout particulièrement la châtelaine. De prévenir de toute urgence son mentor si son état se dégradait. De ce côté-là, il n'y avait pas d'inquiétude immédiate. En revanche, il incombait de rencontrer au plus vite les jumelles, dont lui échoyait également la responsabilité.

La « gouvernante » avait appris, parfois à ses dépens, l'importance déterminante du premier contact avec les enfants, ces quelques secondes d'évaluation réciproque, pendant lesquelles se forgeait une opinion dont il était malaisé de se dépêtrer par la suite. Les deux fillettes avaient disparu depuis son arrivée. Quand elle parvint à les coincer dans le grand salon, elle comprit sur-le-champ que la joute serait de haute volée. Pas un sourire, aucun de ces signes qui trahissaient l'ingénuité, des lèvres pincées. En revanche, il lui revint d'être épluchée de la tête aux pieds par des prunelles sévères dans lesquelles s'allumaient des interrogations du genre : « Qui c'est celle-ci ? Qu'est-ce qu'elle fabrique ici ? »

Rongeant son frein, la gouvernante se présenta posément, leur énonça les raisons de sa présence au château. J't'en fiche ! Le minois des gamines ne se décrispa en rien. Tout au plus leur petit menton se fripa-t-il davantage, tandis qu'elles échangeaient un regard ô combien éloquent. Bérengère se sentit armée pour un accueil aussi hostile. Afin de redresser la barre, elle se crut obligée de se justifier.

— Vous savez que votre mère traverse une période difficile.

Stupéfaction magnifiquement interprétée, haussement d'épaules et clins d'œil encore plus significatifs. « Première nouvelle… », mais toujours pas un traître mot.

— Elle a besoin de quelqu'un pour s'occuper de ses affaires tant qu'elle ne sera pas remise.

Cette fois, elles soupirèrent de conserve. Ostensiblement.

— Je suis là aussi pour veiller à ce que vous continuiez à assimiler les bases nécessaires à l'éducation de demoiselles de votre rang.

Toussotements faussement exaspérés. Bérengère s'efforçait de se contenir, mais elle n'avait pas l'intention de se laisser impressionner dès la première prise de contact. Surtout par de pareilles pisseuses…

— J'espère que tout se déroulera pour le mieux. Sachez que je serai toujours disponible pour vous…

— Bon, on peut aller voir notre mère? la coupa Lise.

— Puisqu'elle est si mal en point, elle a sans doute besoin de nous… ironisa Anne avec un à-propos déconcertant.

— Je n'ai pas fini! s'emporta Bérengère.

— Tant pis, ce sera pour une autre fois… minauda Anne.

— Puisqu'il semble dit que nous soyons appelées à nous revoir, ajouta Lise.

D'un commun accord, elles plantèrent leur préceptrice au milieu du grand salon. « Les pestes… » marmonna Bérengère en déglutissant avec peine.

Aussitôt sorties de la pièce, les jumelles libérèrent leur joie, assez bruyamment pour être entendues de cette bonne femme qui prétendait les mettre sous sa coupe. Certes, elles voyaient d'un œil plutôt réticent l'intrusion d'une étrangère bardée de grands principes, mais leur mère désormais hors d'atteinte et Célestine n'étant plus de ce monde, elles jubilaient de se découvrir un nouveau souffre-douleur, de toute évidence de taille à se défendre, celui-ci, ce qui ne faisait que pimenter le challenge.

Dans la foulée, Bérengère se mit en tête de définir la répartition des rôles avec Fernand Chardon, qui l'avait soigneusement évitée depuis son arrivée. Elle le rejoignit dans la cour des communs, où il étrillait le cheval. Elle le regarda s'activer sans qu'il lui prête davantage d'attention que le canasson.

— C'est une belle bête, dit-elle, histoire d'amorcer la conversation.

Pas de réponse. Alors elle exposa ses plans avec diplomatie. Feignant toujours de l'ignorer, il la laissa pérorer ; elle interpréta son silence comme un début d'acceptation.

— Cela vous convient ?

Il tourna lentement la tête dans sa direction. Son regard sombre fit baisser les yeux de la prétentieuse qui se croyait déjà en terrain conquis.

— Désolé, ma chère, mais je n'ai besoin de personne pour me dicter mes obligations. Je m'occuperai de tout ce qui est extérieur comme je l'ai toujours fait. L'intérieur du château relève de vos compétences, qui doivent être étendues, puisque vous êtes ici sur les conseils du docteur Noblanc. On pourrait supposer qu'il ne vous a pas choisie à la légère.

L'ironie était évidente. Le silence retomba. Bérengère ne se laissa pas démonter pour autant.

— L'état de certaines pièces laisse à désirer, revint-elle à la charge. Il y aura des travaux qui nécessiteront l'intervention d'un homme. Je dresserai la liste des plus urgents, et le moment venu nous aviserons.

— C'est cela. Nous aviserons, ricana Fernand. De toute façon, il est à espérer que Madame recouvre ses esprits au plus vite et qu'elle reprenne la direction de sa propriété. Elle n'a jamais toléré que le personnel commande à sa place. Cela m'étonnerait qu'elle fasse une exception.

Tenant les rênes de son fidèle compagnon, il coupa court et se dirigea vers l'écurie.

Seconde rebuffade en quelques heures. Bérengère commençait à comprendre qu'elle n'était pas la bienvenue ; une stratégie de plus haut niveau s'imposait. Première étape : s'assurer des gamines et leur rabattre le caquet avant qu'elles ne prennent trop d'assurance. Bérengère piocha dans le garde-manger afin de préparer le dîner. Les victuailles stockées par Célestine n'étaient pas de première fraîcheur, une bonne partie prit le chemin de la poubelle. Elle composa un menu des plus élémentaires : viande froide, pommes de terre sautées, quelques feuilles de salade. Qu'elles ne se mettent pas en tête de faire bombance ! Elle hésita sur l'endroit où mettre le couvert. Dans la cuisine ? Cela éviterait trop de dérangement, mais autant ne pas aller au conflit tout de suite. Elle se résigna pour la salle à manger, bien trop vaste pour deux convives. Toutefois prit-elle l'initiative de dîner avec elles, ce serait l'occasion de mettre les choses au point.

Les pimbêches se présentèrent à l'heure habituelle, dix-neuf heures. Elles montèrent directement dans la salle à manger, où Bérengère les rejoignit. Il va sans dire qu'elles n'avaient nulle intention de lâcher du lest. À la vue des trois couverts, elles froncèrent les sourcils.

— Nous avons un invité ? demanda la première.

— Nous n'avons pourtant vu personne en bas, ajouta la deuxième.

— C'est que j'ai décidé de partager votre table, fit Bérengère d'un ton *a priori* impérieux. Cela nous permettra de…

Elles éclatèrent de rire.

— Voilà qui est nouveau…

— Depuis quand la bonne partage-t-elle le repas de ses maîtresses?

Cette fois, la pauvre femme explosa pour de bon.

— D'abord, je ne suis pas votre bonne! Tant que votre mère ne sera pas remise, il en sera ainsi. Que vous le vouliez ou non!

Elle marqua une pause le temps de reprendre son souffle. Et son sang-froid.

— Je descends chercher ce que je vous ai préparé.

Bérengère se drapa de dignité afin de quitter la pièce. Les jumelles se regardèrent, un sourire radieux jusqu'aux oreilles.

— Tu as faim, toi? glissa Anne à sa sœur.

— Un peu, mais il est hors de question de manger en compagnie de cette vieille folle.

— Tu as raison. On se rattrapera après.

Bérengère remontait déjà. Elle avait le rouge aux joues et le large plateau tremblait entre ses mains. Elle le posa un peu vivement devant ses convives, qui tressautèrent, et dont les visages s'étaient à nouveau fermés.

— Vous ne voulez quand même pas que je vous serve?

Pas de réponse, elles étaient devenues sourdes et muettes. Bérengère tendit les couverts à la plus proche.

— Allez! Finis les caprices.

Lise prit la cuiller et la posa lentement sur la table. Anne croisa les doigts au-dessus de son assiette vide.

— Tant pis! fulmina Bérengère. Moi j'ai faim, ne vous en déplaise.

Elle commença à manger, mais le cœur n'y était pas. Les jumelles esquissèrent une grimace dégoûtée, comme si était répugnant le spectacle de cette femme pourtant d'une dignité absolue. Bérengère évitait de croiser leur regard. Au bout de deux bouchées pâteuses, elle renonça. Estimant le repas terminé en ce qui les concernait, les complices se levèrent et quittèrent la pièce, victorieuses de cette seconde escarmouche.

Les épaules de Bérengère s'affaissèrent, elle se prit le visage entre les mains. S'obligea à respirer lentement. Au bout de quelques minutes, elle récupéra assez d'aplomb pour desservir. Fernand, lui, dînait tranquillement dans la cuisine, en sirotant un bon verre de vin. Elle ne put s'empêcher de le prendre à témoin.

— Les chameaux! Elles n'ont rien mangé! Elles auraient décidé de me faire tourner en bourrique qu'elles ne s'y prendraient pas autrement. Mais elles ne me connaissent pas, je ne suis pas décidée à leur céder.

Fernand ne fit rien pour dissimuler son sourire ironique.

— Il est vrai qu'elles ont leur caractère. L'erreur serait de les prendre à rebrousse-poil. Ce ne sont encore que des enfants.

— Justement!

44

Bérengère Guignard n'eut pourtant d'autre choix que de modérer ses ardeurs. En réalité, elle se sentait démunie face à des adversaires d'un tempérament aussi ancré. D'autant plus qu'il s'agissait des enfants de sa maîtresse, sur lesquelles s'imposer par la force physique aurait relevé du sacrilège. Malgré ses velléités de sévérité, la servante éprouva des angoisses au moment de se coucher. Manquait plus que les péronnelles s'entêtent dans une grève de la faim ! Si l'affaire s'ébruitait jusqu'aux oreilles des notables du bourg, les chipies prendraient un malin plaisir à jouer les misérables opprimées par une valetaille revancharde, profitant que la châtelaine ne soit plus en état de les défendre.

Avant que l'aube ne dentelle les frondaisons, la servante préparait le petit-déjeuner de ces demoiselles. Cette fois, elle ne commit pas l'erreur de leur imposer sa présence. Difficile toutefois de composer en pareille circonstance. Bérengère avait décidé de jouer la carte de la réconciliation, faute de mieux.

— Vous avez bien dormi ? demanda-t-elle avec une affabilité de bon aloi.

Anne et Lise échangèrent un regard ahuri. Sincère celui-ci, mais dans lequel s'allumèrent bien vite des lueurs narquoises.

— Pourquoi on n'aurait pas bien dormi ? s'étonna Anne avec une ingénuité parfaite.

— Nous dormons toujours bien, renchérit Lise. À notre âge, c'est normal, non ?

Cette fois, Bérengère ne put se retenir.

— Même le ventre vide ?

— Nous avons des réserves…

— De quoi tenir quelques jours, et peut-être davantage, si les choses ne s'arrangeaient pas.

Le message ne pouvait être plus clair. Anne jugea opportun d'enclencher la vitesse supérieure.

— Tiens ! Ce matin, il n'y a que deux couverts…

— Vous avez changé d'avis pour les repas ? abonda sa sœur.

— Nullement. Mais j'ai pris mon petit-déjeuner alors que vous dormiez encore. J'ai du travail dans une aussi vaste demeure, ne serait-ce que de s'occuper de votre mère.

— Nous avions cru comprendre que c'était pour cela que vous étiez ici. Question petit-déjeuner, nous, on prendrait bien le nôtre. Du lait bien chaud, si ce n'est pas trop vous demander.

— Avec un pot de miel et aussi un ramequin de confiture. À moins que ce ne soit pas dans vos attributions de nous servir.

— Auquel cas, ce serait bien de nous en informer, que nous prenions nos dispositions.

— Il ne faudrait pas oublier que nous sommes des *de* Viremont.

Avec quelle insistance Anne avait-elle craché la particule… Elles interprétaient à merveille le rôle d'adultes en miniature, bouffies d'une prétention qui à leur âge ne méritait rien d'autre qu'une bonne paire de gifles. Bérengère retint la réplique acerbe qui lui vint à l'esprit et descendit chercher de quoi alimenter celles qui restaient ses maîtresses malgré un comportement aussi odieux.

— Ça marche… gloussa Lise, une fois que leur souffre-douleur eut disparu dans les escaliers.

— Comme sur des roulettes… ajouta Anne en rajustant sa chevelure.

Échaudée, Bérengère ne prit plus le risque de s'installer à la table des chipies. En revanche, elle dut se résigner à partager celle de son collègue dans la cuisine, comme du bon vieux temps de Célestine.

Cela donna lieu à des tête-à-tête savoureux. Fernand prolongeait à souhait les silences, ne répondant aux rares questions de Bérengère qu'après de longues secondes, ponctuées par l'horloge dressée près du placard.

En réalité, Chardon se méfiait de cette femme parachutée par le docteur Noblanc. Ce dernier ne jouissait pas d'une réputation au-dessus de tout soupçon. Certes, il restait le médecin, une sorte de dieu, maître des corps et bien souvent des âmes. Mais il avait eu beau s'acharner à dissimuler ses amours clandestines, il était de notoriété publique qu'il avait fricoté avec la fille Guignard, et même consommé. Celle-ci n'était pas non plus en parfaite odeur de sainteté. Croyez-vous que ce soit pour les beaux yeux du toubib qu'elle lui offrait ses charmes ? D'ailleurs, soit dit en passant, celui-ci n'avait rien d'un adonis.

Au plus torride de leur liaison amoureuse, la rumeur s'enflait aussi vite que les eaux du Scorff les nuits d'orage. Il se trouva des notables qui n'hésitèrent pas à mettre en cause l'honnêteté de la servante, une fois qu'elle eut rendu son tablier néanmoins. « Maintenant que vous le dites »... À bien y réfléchir, c'est vrai qu'on se doutait de quelque chose, mais comme c'était le médecin en personne qui l'avait recommandée. Un homme d'une intégrité *a priori* indubitable. *A priori* seulement... Là encore, les mauvaises langues s'inventèrent des griefs à retardement, des hypocondriaques alléguèrent des diagnostics hasardeux, des médications inappropriées, des honoraires exagérés. Mais même les plus fortes tempêtes finissent par se calmer ; faute de grain à moudre, les racontars s'épuisèrent. Les hargnes locales traquèrent d'autres boucs émissaires, malades et éclopés continuèrent à fréquenter le cabinet du docteur Noblanc, pour la simple et bonne raison qu'ils n'avaient aucune autre chapelle où étaler leurs petites misères.

Léonie Roumier et Xavier de Cosquéric estimèrent préférable de retirer Lysiane de la circulation pendant un certain temps. Le jour où la châtelaine recouvrerait la raison, il était à redouter qu'elle ne se remette en quête de ce fils imaginaire. Afin de parer à tout dérapage, ils incitèrent leur protégée à reprendre son allure féminine. En attendant que sa chevelure ne repousse, elle renfila la vêture inhérente à son sexe.

Lysiane n'était pas sortie indemne de cette scène ahurissante, bouleversée par la détresse démentielle de cette pauvre femme. Sa mère... Deux mots parmi les plus simples, mais qui résonnaient en leitmotiv dans son cerveau juvénile. Elle avait éprouvé la chaleur de l'étreinte l'espace de quelques secondes, une impression différente de celle ressentie entre les bras de Léonie, malgré l'immensité de la tendresse que celle-ci lui prodiguait. Le châtelain s'évertuait à lui expliquer la situation, mais les mots n'avaient aucune prise sur des sentiments aussi fondamentaux. Elle écoutait, avec de légers hochements de tête, faisant preuve de la docilité habituelle qui laissait croire qu'elle était d'accord. Xavier soupira, en rajouta une couche:

— Madame de Viremont voulait un garçon qui aurait porté son nom, qui lui-même aurait eu des descendants, pour que la lignée ne s'éteigne pas.

Lysiane haussa les épaules, l'air de dire: « Et alors… »

— Moi aussi, je m'appelle Viremont?

— *De* Viremont, rectifia Léonie qui assistait à l'échange. Tu es de naissance aristocratique.

— Qu'est-ce que ça change?

— Tout. Les nobles ont le droit à une vie beaucoup plus facile. Les notables les respectent, alors que les roturiers, tout juste s'ils les regardent.

Cosquéric approuva vivement. Peine perdue.

— Mais personne ne sait que je m'appelle comme ça.

Elle adressa un regard affectueux à celle qui lui avait tenu office de mère. Son minois s'éclaira d'un sourire douloureux.

— Mais je ne veux pas que tu ailles en prison à cause de moi.

— J'ai commis une erreur impardonnable, il serait juste d'être punie, mais toi aussi tu en souffrirais. Il est à espérer que madame de Viremont finisse par oublier ton existence.

Lysiane réfléchissait. Cosquéric renchérit :

— Pour l'instant, elle a un peu perdu la tête, mais elle va certainement recouvrer sa lucidité et c'est là qu'il conviendra d'être prudent. Quant à la fortune à laquelle tu as droit, il sera toujours temps de trouver une solution le moment venu.

Bérengère Guignard était assez fine mouche pour éviter de se mettre définitivement à dos les deux pestes qui la narguaient avec une insolence de plus en plus éhontée. Elle guettait la faille, la grosse boulette qui lui permettrait de les remettre à leur place d'enfants. Mais les gamines étaient finaudes…

Il va sans dire que Bérengère Guignard n'oublia pas de mettre le nez dans les comptes de la châtelaine. Elle les éplucha avec un soin tout particulier. Mathilde n'était pas une gestionnaire de premier ordre. Elle notait tout dans des cahiers qui ressemblaient fort à ceux d'une écolière. Il apparaissait cependant que les finances n'étaient pas en si mauvais état que le craignait la nouvelle venue. Résultant essentiellement de rentes et de loyers, l'actif était placé dans un établissement bancaire de Plouay. La marquise s'y approvisionnait à échéance régulière, soucieuse de ne pas détenir trop de liquidité dans un manoir en pleine forêt. Bérengère se devait d'avoir procuration afin d'y accéder. Le docteur Noblanc passa quelques jours plus tard afin de vérifier comment s'était déroulée la prise de fonction. Bérengère aborda aussitôt le problème. Évidemment… convint le médecin, mais encore faudrait-il que la châtelaine soit en mesure de délivrer les signatures nécessaires. Il monta dans sa chambre, lui expliqua la situation avec douceur, mais Mathilde n'émergea pas des tréfonds où elle s'était réfugiée. L'aider à tenir la plume aurait évité de sacrifier à la pure escroquerie, mais il faut croire qu'en qualité de disciple d'Esculape, le médecin gardait certains scrupules. Qu'il balaya dans la minute suivante en paraphant tout simplement le document à la place de sa patiente.

— Le banquier ne risque pas de s'en rendre compte? s'inquiéta Bérengère, témoin de la scène.

— Alcide Bonnet? Je le connais. Il est de mes patients, il nous arrive de jouer au bridge ensemble. Je vais lui en toucher deux mots, il comprendra.

Noblanc venait d'ouvrir les portes de la vénalité à Bérengère Guignard; celle-ci cachait bien son jeu. Elle entourait Mathilde d'une sollicitude indubitable, tout en se réjouissant des coudées franches que lui octroyaient les perturbations de la châtelaine. Et elle se mit en tête d'en profiter avant que celle-ci ne recouvre son équilibre mental, ne serait-ce que pour assurer son avenir au cas où le sieur Noblanc lui tournerait le dos, ou avalerait son bulletin de naissance. Pour commencer, elle se contenta d'inscrire au budget les réparations dont la bâtisse lui paraissait avoir besoin. Pas question d'impliquer son collègue, elle requit des artisans du voisinage. Jusque-là rien de répréhensible. Sauf que Bérengère s'arrangea avec les patrons. Fi de paperasse entre gens de bonne composition. Elle les rémunérait de la main à la main, chacun y trouvant son profit. La magouilleuse inscrivait scrupuleusement les dépenses dans le cahier de la châtelaine, en ayant soin de griffonner une fausse facture dont elle gonflait le montant, la différence finissant dans sa poche.

Fernand connaissait la pelote. Il ne tarda pas à se douter des agissements de cette arriviste qui jouait au majordome. Bien sûr, il se confia à Léonie. L'accoucheuse estimait Xavier de Cosquéric. Elle lui fit part des suspicions de son compagnon.

— Il convient de la surveiller, préconisa le châtelain. Si ce que vous me dites est vrai, elle finira bien par commettre un faux pas. Il sera toujours temps de la confondre.

45

Bérengère se tenait face à Mathilde. Soucieuse de l'évolution mentale de la châtelaine, elle redoutait le moment où dans la brume de ses prunelles se rallumeraient les lueurs annonciatrices de son rétablissement. En attendant, sous prétexte de faire du ménage, elle fouinait partout, et tout particulièrement dans les appartements de Mathilde. Celle-ci suivait son agitation d'un œil morne, une silhouette nébuleuse allant et venant dans son champ de vision. C'est ainsi que Bérengère dénicha dans le fin fond d'un tiroir du secrétaire, derrière une liasse de documents jaunis et craquelés, un écrin gainé de velours violet. Il contenait la parure et la paire de boucles d'oreilles offertes naguère par le châtelain, quand le nobliau s'était mis en tête de courtiser sa voisine. Intriguée, Bérengère se laissa éblouir par les fausses pierreries.

Confinée dans son fauteuil, Mathilde ne lui prêtait aucune attention. Les bijoux devaient se trouver là depuis une éternité, il était à parier que la châtelaine en avait oublié l'existence. Bérengère glissa son larcin dans la poche de sa robe, remit les documents en bonne place et referma le tiroir. À la première occasion, elle se vanta de son forfait à son ancien amant. Le médecin mira le collier dans la lumière qui pénétrait par la fenêtre.

— Il se peut que cela ait une certaine valeur. Il faudrait faire expertiser.

Il se trouve que le joaillier de Plouay était aussi de ses relations, sans qu'ils entretiennent pour autant des rapports amicaux. Ils se posaient même en rudes adversaires au bridge, comptabilisant scrupuleusement leurs victoires et leurs défaites. En cas d'égalité, ils se départageaient aux échecs. S'il avait pris de l'âge, Ludovic Estienne avait conservé l'intégralité de sa mémoire. Il contempla les bijoux avec attention.

— J'ai déjà vu ça quelque part…

— Ça m'étonnerait. Ce sont de vieux bijoux que j'ai dénichés dans le secrétaire de ma défunte épouse.

Le joaillier esquissa une moue dubitative.

— Vous souhaitez une estimation, je suppose ?

— Vous seriez bien aimable.

Estienne passa derrière son comptoir, coinça son monoculaire dans son orbite droite. Soudain, il poussa un gloussement triomphal.

— Je savais bien. Ça y est, ça me revient !

— Mon épouse vous les aura sans doute apportés sans m'en aviser.

— C'était une dame, en effet, mais je vous garantis qu'il ne s'agissait pas de votre femme. Paix à son âme.

Terrain mouvant, Hubert Noblanc ne s'entêta pas dans sa version. Il ne demanda pas non plus de qui il s'agissait. C'était sans compter sur la verve du bijoutier, trop content de clouer le bec à celui qui l'avait mis échec et mat en trois coups lors de leur dernière joute.

— Ça, je vous l'accorde, c'était une dame de qualité. Bien entendu, je compte sur votre entière discrétion.

— Je préfère ne rien savoir…

— Allons, mon cher Hubert. Je vous connais suffisamment pour vous faire confiance. Ce seraient des pièces qui vaudraient une fortune, je garderais ma langue. Mais mon pauvre ami, cette rivière de diamants, ces boucles d'oreilles, aussi scintillantes soient-elles, ce ne sont que de vulgaires imitations. Du toc, si vous préférez, du toc.

Secret professionnel oblige, Estienne hésita avant de vendre la mèche, mais la tentation l'emporta sur la raison.

— C'était la châtelaine, voilà quelques années.

— Madame de Viremont? feignit de s'étonner le docteur Noblanc.

— Tout juste. Je ne sais comment ces faux bijoux ont abouti entre vos mains, mais je suis absolument certain qu'il s'agit des mêmes et qu'avec l'âge, ils n'ont pris aucune valeur supplémentaire. C'est elle qui vous les a offerts?

— Pensez-vous. En réalité, je les ai trouvés dans les allées de la forêt, pas très loin du château des Viremont, en effet. Elle a dû les perdre en se promenant.

— Dans leur écrin? s'étonna le joaillier avec un sourire ironique.

— Il faut croire, encaissa le docteur. Elle a été très perturbée ces derniers temps.

— Il est vrai qu'on dit qu'elle traverse quelques problèmes de santé. Suis-je idiot! Vous devez être au courant, puisque je suppose qu'on a fait appel à vos bons soins.

Le médecin perdait pied. L'autre le fixait d'un œil suspicieux.

— Même si ces bijoux ne présentent aucune valeur, il serait honnête de les lui restituer. Si elle les a conservés tout ce temps, c'est qu'elle y tient. Sans doute évoquent-ils des souvenirs purement sentimentaux, des amourettes de jeune fille.

— Ce n'est pas le moment de l'importuner avec des broutilles. Je ne vais pas vous déranger plus longtemps, fit le médecin en tentant de récupérer l'écrin, que le commerçant tenait serré entre ses doigts de rapace, en fixant son vis-à-vis d'un regard de plus en plus aiguisé.

— Sans doute préférez-vous que je ne fasse pas état de votre venue?

— Moi? Et pourquoi donc?

— Je ne sais pas… Si cela parvenait aux oreilles de la châtelaine, elle serait en droit de se poser des questions…

— À ma prochaine visite au château, je les lui rendrai et je lui expliquerai quand elle aura recouvré la raison. Elle pourra toujours les offrir à ses jumelles pour qu'elles jouent les petites princesses.

Il récupéra l'écrin, et s'éclipsa, mortifié de s'être livré à cette vile comédie.

Le toubib tint rigueur à Bérengère de l'avoir embringué dans une situation aussi fâcheuse.

— Je ne pouvais pas savoir… Vous-même, vous y avez cru. Sinon, expliquez-moi pourquoi une dame de son rang gardait au fond d'un tiroir des breloques sans aucune valeur ?

— C'est bien le cadet de mes soucis ! En attendant, à la première occasion, vous remettez tout ça à sa place et on n'en parle plus.

Anne et Lise entretenaient elles aussi des doutes sur l'intégrité de cette femme dont elles avaient fait leur bête noire. Elles n'avaient pas été sans remarquer sa manie de fouiner partout, son regard qui estimait tous les objets d'un peu de valeur. Aussi avaient-elles entrepris de la surveiller. Les jumelles pensaient que leur mère entreposait l'essentiel de sa fortune dans sa chambre et dans le boudoir y attenant.

— Il faut la protéger, sinon l'autre vieille taupe va lui piquer tout ce qu'elle a de précieux.

— Tu as raison. Notre pauvre mère n'est plus en état de se défendre. La Guignard n'aurait qu'à se servir.

Les jumelles s'appliquèrent à passer davantage de temps au chevet de leur mère. Elles surveillaient les allées et venues de l'étrangère. Quand elles la devinaient sur le point de monter, elles la devançaient et se dissimulaient dans le boudoir où elles avaient été conçues.

C'est ainsi qu'elles l'entendirent s'activer le jour où elle décida de remettre à sa place le fameux écrin. Par le mince entrebâillement de la porte, elles n'y distinguaient pas grand-chose, mais suffisamment pour la voir farfouiller dans le tiroir.

Les jumelles se donnèrent du coude.

— On y va, chuchota Anne.

— Cette fois on la tient, jubila Lise.

Elles débouchèrent dans la pièce au moment précis où Bérengère sortait l'écrin de sa poche. Elles crurent que la bonne venait de le subtiliser dans le tiroir ouvert.

Celle-ci ne les avait pas entendues venir. Elle poussa un cri quand Anne lui demanda ce qu'elle fabriquait ; l'écrin lui glissa des doigts, les bijoux s'en échappèrent.

— Vous avez perdu quelque chose ! s'exclama Lise.

Bérengère comprit qu'elle venait de se fourrer dans un drôle de piège.

— Moi ? Non. Je ne vois pas de quoi vous parlez.

— Mais si, ce que vous tenez caché sous votre robe.

— Oui, poussez-vous qu'on vous montre.

De plus en plus sûres de leur fait, elles écartèrent fermement la servante qui n'eut même pas le réflexe de se défendre. Entre le pouce et l'index, Anne récupéra le pendentif et le présenta à sa sœur.

— Mais c'est à notre mère ! s'exclama Lise éhontément.

— Oui, c'est bien à elle ! enchérit Anne en ramassant les boucles d'oreilles et l'écrin. On peut vous demander ce que vous faites avec des bijoux qui lui appartiennent ?

Pour toutes les deux, ces pacotilles avaient forcément une réelle valeur. Comme elles étaient sincèrement persuadées que la femme venait de les dérober.

— Ce n'est pas ce que vous croyez, bredouilla la coupable d'un ton penaud. Votre mère a dû faire un peu de rangement avant son accident. Elle n'aura pas vu que c'était tombé du tiroir.

Les jumelles ne répondirent pas, mais la sévérité de leur regard trahissait le peu de crédit qu'elles accordaient à la servante.

— N'allez surtout pas croire je ne sais quoi…

— Mais nous ne croyons que ce que nous voyons, la coupa Lise en serrant l'écrin au creux de sa paume comme si elle craignait que l'autre n'essaie de le récupérer.

— Quand notre mère ira mieux, elle sera enchantée de l'attention que vous portez à ses affaires, insinua Anne avec une perversité redoutable.

— Alors là! Comptez sur moi pour lui expliquer, à votre mère, la façon dont vous vous comportez depuis que je suis arrivée. Je ne suis pas du tout sûre qu'elle sera vraiment enchantée.

Sur ce, Bérengère quitta la pièce avant de perdre définitivement la face.

46

— C'est une voleuse, j'en étais sûre !

— Une sale voleuse, mais je m'en étais doutée avant toi !

Campées au milieu de la cour arrière, elles étaient outrées, furieuses. Fernand évacuait le fumier de l'écurie, sous l'œil placide de son pensionnaire, qui ruminait de temps à autre, attaché à l'anneau fiché dans le mur. Le palefrenier suspendit son activité, dressa l'oreille. Ignorant qu'il les écoutait, les jumelles dégorgeaient leur fiel en se prenant réciproquement à témoin. Lise tenait au creux de sa paume l'objet du délit.

— Elle n'avait pas fait main basse sur n'importe quoi !

— Oui, ça doit coûter une fortune, ce qu'il y a là-dedans.

— Tu ne crois pas qu'on devrait prévenir les gendarmes ?

— Elle va dire que c'est pas vrai. On n'a aucune preuve.

Chardon mit un certain temps à comprendre ce qui agitait les deux gamines, de quelle voleuse elles s'indignaient avec autant de véhémence. Une maraudeuse serait entrée par effraction dans le château? Et puis une idée insidieuse germa dans son esprit: si c'était l'intruse qui prenait ses aises comme si elle était là depuis des années? Il décida d'en avoir le cœur net.

Les demoiselles de Viremont n'avaient jamais composé avec cet homme qui, à leurs yeux, n'était qu'un valet, mais en possession d'un aussi terrible secret, elles n'avaient personne près de qui s'épancher.

— Un problème? demanda Fernand.

Elles hésitèrent, se consultèrent du regard.

— C'est madame Guignard... laissa tomber Anne du bout des lèvres.

— Oui, on l'a surprise en train de fouiller dans la chambre de notre mère.

— Elle faisait sans doute du rangement... avança Fernand. Elle est même payée pour ça.

— C'est ce qu'on a pensé au début.

— Jusqu'à ce qu'on voie ce qu'elle avait fauché dans le tiroir.

Chardon sentit croître son intérêt.

— Je peux savoir?

Nouvelle concertation silencieuse entre les filles. Hochement de tête en guise d'accord.

— Montre-lui, dit Anne.

Lise tendit l'écrin. Fernand l'ouvrit. À la vue des bijoux, il eut un haut-le-corps.

— Vous me dites avoir vu madame Guignard les dérober?

— Aussi clairement que nous vous voyons en ce moment.

— Quand elle a su qu'elle était démasquée, elle a tout laissé tomber.

Chardon se trouva bien embarrassé. Les jumelles avaient beau être de fichues affabulatrices, il les croyait incapables d'avoir inventé une machination aussi sophistiquée. Il estima prudent de ne pas se précipiter.

— Madame Guignard est une femme compliquée, je vous le concède. Mais elle a des relations haut placées, elle est en mesure de vous attirer des ennuis, des ennuis sérieux, si vous racontez n'importe quoi derrière son dos. Il ne s'agit pas de l'accuser à la légère.

Les fillettes hésitaient. Il ne s'agissait plus d'un jeu, mais d'une histoire d'adultes qui les dépassait, et elles étaient prêtes à accorder leur confiance au premier qui les écouterait.

— Qu'est-ce qu'on doit faire ?

— Il faut nous aider…

Fernand mesurait lui aussi la gravité de la situation, mais l'occasion était trop belle d'écraser la punaise qui essayait de lui dicter sa loi. Qui de surcroît se permettait sans vergogne de gruger la pauvre châtelaine.

Il détailla de nouveau les bijoux. Il n'y connaissait rien, mais il crut lui aussi à des pièces d'une réelle valeur.

— Vous pouvez compter sur moi. Je vais me renseigner afin de savoir ce qu'il convient de faire en pareille circonstance.

Il tendit l'écrin aux jumelles. Toutes deux plaquèrent les mains contre leur robe, comme si l'objet les effrayait à présent.

— Non, on préfère que vous gardiez les bijoux.

— Oui, au cas où elle essaierait de nous les reprendre.

Ce fut au tour de Fernand d'hésiter, mais lui aussi rechignait à précipiter le cours des événements.

— C'est bien de me faire confiance. Je le rendrai à votre mère quand nous aurons trouvé une solution.

Dans la soirée, Fernand Chardon s'éclipsa afin de demander son avis à sa compagne. Xavier discutait avec ses trois employés dans la cour arrière. Léonie comprit tout de suite qu'il se passait quelque chose d'important pour que son compagnon se soit déplacé à une heure aussi indue. Fernand exposa la raison de sa visite. Exhiba les bijoux incriminés.

Cosquéric reconnut la rivière du premier coup d'œil. Il blêmit, la châtelaine lui avait affirmé avoir été agressée et délestée de ses bijoux. Une fois de plus, elle s'était jouée du benêt qu'il était à l'époque. Lui, ne mit pas longtemps à prendre la décision qui s'imposait. Si les « diamants » devaient être estimés et que la châtelaine recouvrait ses esprits, elle apprendrait que le cadeau mirifique n'était que du toc. C'était un affront dont son honneur ne se remettrait pas.

— Vous m'avez bien dit que la servante de madame de Viremont avait été désignée par le docteur Noblanc ?

— En effet, répondit Fernand. Apparemment madame Guignard et lui sont très liés. Un temps fut, il courait même de drôles histoires sur leur compte.

Cosquéric hocha la tête d'un air entendu.

— J'en ai entendu parler, en effet. Du gros gibier. Le docteur a le bras long, je ne lui ferais aucune confiance. Les gamines risquent d'y laisser des plumes si elles accusent sans preuve véritable. Vu l'état de leur mère, Noblanc est capable d'exiger leur placement dans un orphelinat.

Lysiane suivait la conversation. Bien qu'elle n'éprouve aucune tendresse particulière pour les jumelles, elle s'écria qu'il n'en était pas moins qu'elles restaient ses sœurs. Léonie convint que la plus grande prudence s'imposait. Il revint à Xavier de conclure:

— Le mieux, c'est d'étouffer l'affaire. D'avoir été surprise une première fois dissuadera cette sale bonne femme de recommencer. Rendez les bijoux aux filles de madame de Viremont et dites-leur de les remettre dans un endroit sûr cette fois. Il est à espérer que la châtelaine sorte de sa léthargie avant longtemps. C'est elle qui décidera alors de la conduite à tenir. Je suis prêt à parier qu'elle ne conservera pas une voleuse à son service.

Se croyant déchargées de toute responsabilité, espérant une sanction à la hauteur du forfait, les fillettes furent déçues que l'affaire se termine en jus de chaussettes.

— Mais on ne va la punir?

— On ne va pas la mettre en prison?

Fernand leur expliqua le danger qu'elles encouraient si le docteur Noblanc estimait que leur mère n'était plus en état de s'occuper d'elles. Ce qui était le cas.

Pendant la nuit, elles se glissèrent dans la chambre de Mathilde et remirent l'écrin dans son tiroir d'origine, dissimulé au plus profond derrière les liasses de papiers jaunis. La Bérengère ne les jugeait pas assez sottes pour utiliser la même cachette. C'était finement joué…

47

Bérengère Guignard vivait une angoisse terrible. Le moindre bruit la faisait sursauter. Le cheval hennissait à l'écurie, c'était la maréchaussée. À tout instant, elle sortait de la bâtisse, se glissait jusqu'à la grille, la franchissait en tremblant, lorgnait l'allée, prête à prendre la poudre d'escampette si s'y dessinait seulement la silhouette d'un uniforme. La nuit, c'était encore pire. Elle peinait à s'assoupir, en proie à d'affreux cauchemars; elle croupissait dans un cul-de-basse-fosse, cernée de rats immondes qui se faufilaient sous ses jupes, s'introduisaient en elle par son fondement; des araignées l'emprisonnaient dans les rets de leurs toiles gluantes; un grouillement de bestioles lui remontait le long des jambes jusqu'à la recouvrir des pieds à la tête d'une grappe immonde. La malheureuse se réveillait en sursaut, les mains tremblantes, trempée de sueur. Ne parvenait à se rendormir que dans un mauvais sommeil encore plus tourmenté.

Elle mettait cependant un point d'honneur à assurer son office, ne serait-ce que pour détourner les soupçons. Elle s'occupait avec abnégation de la châtelaine. Le docteur Noblanc passa voir sa patiente. Il remarqua tout de suite la détresse de sa complice. Il la somma de s'expliquer.

— Pas ici, chuchota Bérengère, avec des regards inquiets. Elles pourraient nous entendre.

— Voilà autre chose! Mais qui donc?

— Les jumelles. Ce sont de vraies vipères. Elles m'en font voir de toutes les couleurs.

— Allons, ma chère… Ce ne sont que des enfants. Un peu d'autorité, que diable, et elles vous obéiront!

— C'est à propos des bijoux. Venez, je vous dis, j'ai à vous parler.

De plus en plus intrigué, Noblanc suivit sa complice dans la cour. À voix basse, elle lui relata sa mésaventure. Les lèvres entrouvertes, les sourcils froncés, le médecin opinait du chef.

— C'est ennuyeux en effet, même s'il ne s'agit que de breloques sans aucune valeur. Vous me dites qu'il y a quatre jours que ça s'est passé?

— Oui. Je n'en dors plus et j'ai perdu l'appétit.

— Vous savez si vos deux chipies se sont absentées depuis?

— Alors, là! Elles sont toujours à courir à droite et à gauche. De vrais garçons manqués. Avec mes vieilles jambes, je suis incapable de les surveiller, vous pensez bien.

Le docteur soupira.

— Décidément, je ne vous croyais pas aussi sotte.

La mine dépitée, Bérengère fit profil bas.

— Il y a un point qui nous permet de ne pas trop dramatiser, continua Noblanc. Si elles vous avaient dénoncée, les argousins auraient déjà pointé leur nez. Si elles ne l'ont pas fait, c'est qu'elles ne sont pas sûres d'avoir raison. Laissez passer l'orage. Efforcez-vous de ne pas plaider coupable en leur présence, mais n'en faites pas trop non plus. Elles finiront par penser que vous leur avez raconté la vérité et que vous n'aviez aucune mauvaise intention.

Bérengère encaissait la leçon sans soupirer. Le docteur estima avoir assez perdu de temps. Il remonta dans son cabriolet et prit congé.

Fernand avait observé le conciliabule, mais de trop loin pour avoir entendu ce qui s'était dit. Leurs manières de comploteurs confirmaient toutefois les accusations des demoiselles. Le toubib et la vieille fille étaient de mèche pour puiser dans les richesses de la châtelaine. Il conviendrait plus que jamais de surveiller les agissements de la Bérengère.

Craignant que leur « gouvernante » ne s'en prenne à elles, Anne et Lise la fuyaient farouchement. Avant de manger quoi que ce soit, elles humaient les plats d'une narine circonspecte, n'y goûtaient que du bout des lèvres. Au moindre problème de digestion, un rot coincé, une remontée d'aigreur, elles se persuadaient d'avoir été empoisonnées. Depuis l'affaire, elles considéraient Fernand comme un allié. Elles lui firent part de leurs inquiétudes, puisqu'il avait droit à un menu sensiblement identique. Il feignit d'en rire. Les rassura de son mieux.

— Madame Guignard n'a rien d'une criminelle.

— C'est une voleuse ! s'exclama Anne.

— Dieu sait de quoi elle serait capable pour nous réduire au silence, ajouta Lise d'un air sentencieux.

— Arrêtez de vous faire des idées… Si elle vous faisait du mal, elle serait tout de suite arrêtée par les gendarmes. Dormez tranquilles, je vous dis, et mangez à votre faim.

Les deux camps se cantonnèrent sur leurs positions. Bérengère Guignard reprenait du poil de la bête. Bientôt, elle entreprit de restaurer une autorité qu'elle estimait légitime. Plutôt que de provoquer ses ennemies, elle essaya de les amadouer. Erreur flagrante de mépriser l'adversaire, aussi vulnérable puisse-t-il paraître.

En l'occurrence, elle crut pouvoir renverser la situation à grand renfort de tendresse. C'était oublier qu'en alliant leur intelligence respective, elles développaient une force redoutable. La gouvernante fit pourtant preuve de diplomatie. Ainsi se garda-t-elle de revenir sur le différend qui les opposait.

En revanche la voilà qui s'enquiert de leur santé avec un sourire doucereux. Les jumelles flairent tout de suite la manœuvre : Toi, ma vieille, tu vas essayer de nous rouler. Cette fois, il revint à Lise de monter au créneau.

— Comment pourrions-nous aller bien alors que notre pauvre mère n'a toujours pas recouvré ses esprits ?

Bérengère se fendit d'un soupir lourd de compassion.

— Malheureusement, il va falloir vous rendre à l'évidence. Le docteur n'est pas très optimiste.

Elle hésita…

— Il m'a laissé entendre que l'état de votre mère serait irréversible.

Anne prit le relais, usant de la docte parole, l'arme qu'elles maniaient de façon surprenante pour des enfants.

— Il arrive au corps médical de se tromper. Tout médecin qu'il est, comment votre ami peut-il savoir ce qui se passe dans la tête de notre mère ?

— À moins qu'il ait des yeux pour voir à l'intérieur du crâne des gens…

— C'est son métier ! s'indigna Bérengère. Tous ses patients le considèrent comme un homme d'expérience. Des hommes et des femmes frappés de démence, il en a déjà soigné quelques-uns.

Avec de pareilles chipies, il convenait de mesurer chaque parole.

— Voudriez-vous insinuer que notre mère est folle ?

— Non, ce n'est pas ce que j'ai dit. Mais elle est un peu… dérangée.

— J'ai lu quelque part que les gens dans son état ont conscience de la réalité bien plus qu'ils ne l'affichent.

— C'est vrai ce que dit Lise. Mine de rien, ils voient tout ce qui se passe autour d'eux et quand ils reviennent à leur état normal, ils déballent tout ce qu'ils ont observé sans que l'on s'en doute.

Les allusions étaient suffisamment claires. Bérengère chercha en vain une parade. Tout au plus trouva-t-elle une échappatoire pitoyable en tentant d'incriminer les fillettes.

— C'est pour cette raison que je me suis permis de vous faire la morale. Si votre mère vous voit, êtes-vous certaines d'être toujours d'une sagesse exemplaire ?

C'était bien tenté, mais pas de nature à emporter la mise. La réplique ne tarda pas.

— On fait de notre mieux.

— On a le droit de s'amuser, il me semble…

— Et puis, on n'est pas toujours à surveiller ce qui se passe dans la chambre de notre mère.

— Ni dans le reste du château d'ailleurs.

Cette fois, la pointe du fleuret n'était plus mouchetée. Bérengère secoua la tête, mais riposter ne ferait que l'enfoncer. Elle tira sa révérence en marmonnant. Les jumelles la regardèrent sortir du grand salon avec un large sourire.

— Et toc! fit Anne.

— Prends ça et fiche-nous la paix! ajouta sa sœur.

48

Le jour de son installation, Bérengère Guignard avait eu le choix de la chambre. Enfin, un choix relatif… Bien qu'imbue de fonctions outrepassant son statut, en qualité de domestique elle ne se sentit pas le droit d'emménager dans le château. Ce n'aurait pas été pour lui déplaire, en invoquant par exemple la nécessité de se trouver à proximité de la châtelaine, mais l'hostilité latente de Chardon l'en avait dissuadée. Elle avait répugné toutefois à occuper la chambre de Célestine. Il ne lui restait pas trente-six possibilités. Elle opta pour la pièce où logeaient les tâcherons de passage, lorsque Fernand ne suffisait plus à accomplir l'ouvrage, celle précisément où avait séjourné un certain Francis. Une pure coïncidence dont elle ne risquait pas d'avoir écho, le seul en mesure de la mettre au courant étant tenu au secret de par son rôle dans cette sinistre histoire.

Bérengère arrangea l'endroit à sa façon. Elle n'était pas du genre à décorer outre mesure son cadre de vie. Ainsi, elle croyait en Dieu, le priait en cachette avec une hypocrisie consommée à chaque exaction qu'elle commettait au détriment des bourgeois que lui trouvait le docteur Noblanc. À ses yeux, ce n'était pas vraiment voler, puisqu'elle se promettait de les rembourser le moment venu, mais manque de chance, ce moment ne se présentait jamais.

Plusieurs semaines s'écoulèrent quand elle fit une découverte curieuse en passant le balai sous le lit. Parmi les moutons elle discerna un léger scintillement. Une chaînette, se dit-elle en la récupérant du bout des doigts. Une médaille y était accrochée, de celles que parrain et marraine offraient à leur filleul. Elle l'épousseta, un brimborion qui coûtait trois francs six sous. Elle allait le fourrer dans sa poche quand elle ressentit une étrange impression. Ce « bijou », elle l'avait déjà vu, mais où donc, et au cou de qui ? Elle l'examina de plus près, le lissa du gras de son pouce. *FG* était-il gravé sur le revers.

En une seconde, elle se souvint. FG, Francis Guignard. Maintenant, elle aurait mis la main au feu que c'était la médaille de baptême de son frère. La marraine, une vieille tante pingre, n'avait pas éprouvé le besoin d'engager une dépense excessive.

Un drôle de pistolet, ce frangin. Bérengère ne l'avait pas vraiment connu en réalité. Du genre asocial, toujours à cavaler au grand désespoir de ses parents, qui entendaient protéger la cadette des extravagances et des mauvaises influences de leur grand frère. Les coups de gueule furent monnaie courante chez les Guignard dès que le jeune écorché vif atteignit l'adolescence. Il disparaissait pendant plusieurs jours et c'était inutile de s'acharner à lui tirer les vers du nez. À dix-huit ans, à la suite d'une altercation où il s'était permis de lever la main sur sa mère, le père l'avait flanqué à la porte en lui signifiant qu'il était inutile de revenir. Une injonction proférée sous le coup de la colère, mais que le renégat respecta au pied de la lettre. Il ne remit plus les siens au domicile familial.

Bérengère n'eut plus de nouvelles de son frère que par la rumeur locale. Elle avait vent notamment de sa réputation de joli cœur qui assurait au lit. Sur son compte coururent de nombreuses histoires scabreuses, des pauvres filles qu'il aurait engrossées avant de les abandonner. Puis ce fut le silence complet. Sans en être chagrinée, elle l'avait cru victime d'un accident ou d'un règlement de comptes, bon débarras.

Mais que faisait sa médaille de naissance dans le château de la marquise de Viremont ?

Interroger les jumelles était courir au-devant de nouvelles avanies – il était d'ailleurs prévisible qu'elles ne soient pas en mesure de lui fournir une explication. Il ne restait que son collègue à pouvoir l'éclairer.

Avec Fernand, Bérengère ne savait sur quel pied danser. Ils prenaient toujours leurs repas ensemble. Taiseux inconditionnel, Chardon en disait plus long avec ses yeux qu'avec ses lèvres. Il l'observait en permanence entre ses paupières plissées, une lueur narquoise au fond des prunelles, surtout depuis l'épisode des bijoux.

Lui poser directement la question était le meilleur moyen de le renfermer dans sa coquille. Le soir même, après avoir monté leur potage aux deux princesses, Bérengère sortit négligemment la médaille et la plaça bien en vue sur la table. Aussitôt le regard de son vis-à-vis se posa sur le minuscule objet. Quelques secondes seulement, Bérengère crut en être pour ses frais. Elle toussota, prit la chaîne entre le pouce et l'index et fit osciller la médaille au-dessus de son potage. Cette fois, Fernand n'eut d'autre choix que de s'y intéresser, mais il ne formula toujours pas la question qu'elle espérait. Alors elle n'eut plus d'autre possibilité que de rompre le silence.

— Je me demande à qui cette médaille peut bien appartenir…

Fernand suspendit le trajet de sa cuiller.

— Certainement à l'une des demoiselles, dit-il au bout de quelques secondes.

— C'est ce que j'ai pensé aussi, mais elles m'ont répondu que ce n'était pas à elles.

— À Madame Mathilde alors…

— Cela m'étonnerait. Vous savez où je l'ai trouvée ?

Fernand secoua la tête en signe de dénégation, tout en enfournant une nouvelle cuillerée, dont la chaleur le fit grimacer.

— Dans la chambre que j'occupe. Je ne vois pas ce que Madame serait allée faire là-bas.

— C'était à Célestine alors… Il lui arrivait de faire le ménage.

— C'est possible en effet. Mais pourquoi c'est un F et un G qui ont été gravés au dos de la médaille ? Les initiales ne correspondent pas.

Fernand commençait à en avoir assez.

— C'est si important ?

Bérengère haussa les épaules.

— J'avais un frère qui s'appelait Francis…

Elle laissa quelques secondes de silence, tout en observant par en dessous son compagnon. À ce nom, Fernand ne put se retenir de tressaillir ; puis il se figea et son regard se fit fuyant. Consciente de son trouble, elle insista.

— Ça vous dit quelque chose, Francis Guignard ? Un bel homme, costaud. Peut-être est-il venu travailler ici ?

— Je m'en souviendrais, c'est moi qui suis chargé de recruter les ouvriers quand on a besoin de renforts. Nous n'avons jamais employé de Francis au château.

Trop véhémente, son assurance sonnait faux. Bérengère acquérait la conviction que son frère avait bel et bien séjourné dans la chambre qu'elle occupait maintenant.

— Vous n'avez qu'à lui demander, à votre frère, vous verrez bien.

— C'est qu'il a disparu.

Soudain, tout s'illumina dans les méninges de la domestique. Quelle idiote de ne pas avoir effectué le rapprochement ! L'âge des jumelles. C'était à l'époque de leur naissance que les frasques de son frère avaient cessé d'alimenter la rumeur locale. Le père des fillettes, voilà une question qu'elle n'avait encore jamais posée à personne. Fernand semblait de plus en plus mal à l'aise. Il posa vivement sa cuiller dans son assiette encore à moitié pleine et se leva. Malgré l'époustouflante vérité qu'elle venait d'entrevoir, Bérengère avait eu le temps de reprendre ses esprits.

— J'aurais dit quelque chose qui vous aurait coupé l'appétit ?

Fernand évita de croiser son regard.

— Je ne vois pas quoi. J'ai du sommeil en retard. De toute façon, je n'ai pas faim, bougonna-t-il en enfilant sa veste.

49

Bérengère restait prostrée devant la grande table de la cuisine, les coudes posés sur le bois épais, tailladé des coups de hachoirs qui servaient à débiter la viande. Ce qui n'était qu'une intuition prenait maintenant les allures d'une évidence hallucinante. Les jumelles étaient les filles de son frère! Et donc ses nièces! Cela supposait une idylle amoureuse entre la châtelaine et le coureur de jupons qu'était ce satané Francis. Une étreinte corporelle entre deux êtres aussi dissemblables relevait de la plus pure fantasmagorie. C'était pourtant la seule hypothèse.

Bérengère ne connaissait pas Mathilde avant son naufrage. Peut-être recourait-elle à des partenaires occasionnels afin d'assouvir ses pulsions… C'était, disait-on, une pratique assez répandue dans les milieux aristocratiques, et elle voyait bien le Francis se faire rémunérer pour ce genre d'exercice. Auquel cas, la Mathilde avait bien changé. Une nymphomane? Non, cela ne collait pas davantage. En revanche, que son frère ait servi de géniteur pour

assurer la descendance des Viremont était l'hypothèse la plus plausible.

Ah, la mine de faux cul de Chardon quand elle
avait abordé le sujet! Pour sûr qu'il avait lieu d'être
gêné! Le scénario se dessinait maintenant dans toute
son ampleur dramatique. Pour une femme aussi
imbue de dignité qu'une *de* Viremont, vraisemblablement engoncée dans des principes rigoristes
comme animée d'une foi inébranlable, s'être fait
engrosser sur commande constituait une infamie.
De l'instant où il avait accompli sa mission, l'étalon
représentait un danger inacceptable, surtout s'agissant d'un gaillard dénué de scrupules, susceptible de
chantage pour prix de son silence, voire tout simplement de ne pas savoir tenir sa langue et de se vanter
de s'être tapé une aristo.

Cette fois, Bérengère ne doutait plus. Recruté
pour saillir la châtelaine, son frère avait été réduit au
silence. Et qui s'en était chargé sinon le seul homme
présent au château? Celui qui venait justement de
se défiler dès lors qu'il se savait démasqué... Sous
ses aspects bonasses, le Fernand Chardon n'était rien
d'autre qu'un assassin, à la botte de sa patronne.

— On a faim!

— Oui, et pas qu'un peu!

Bérengère avait oublié ses pensionnaires, elle se
leva et leur monta la suite du dîner.

— On aurait fini par croire que vous dormiez! la
tança Anne avec un air offusqué.

Encore sous le coup de l'émotion, la servante se
contenta de hausser les épaules. Puis elle redescendit l'escalier d'un pas incertain. Éprouvait-elle une
tendresse rétroactive pour ce frère qui n'avait jamais
été pour elle qu'un étranger? Certes non, mais qu'il

ait été froidement éliminé après avoir prodigué sa semence devenait un crime abominable.

Chardon, qu'avait-il fait du corps ? Curiosité sans doute morbide, mais elle avait besoin d'une preuve tangible. Les endroits où s'en débarrasser ne manquaient pas dans cette région boisée. L'étang, par exemple, le corps lesté d'une lourde pierre à bord d'une barque. Non, c'était trop risqué. Le châtelain de l'autre côté du plan d'eau se trouvait aux premières loges, et les rapports de voisinage étaient plutôt tendus. Restait le sous-bois. Elle imaginait ce qu'elle, aurait fait en pareille circonstance. Trimbaler un corps entre les frondaisons, les branches basses, les fougères et à travers les ronciers n'était pas de tout repos. Emprunter les allées, c'était encourir le risque de tomber nez à nez avec un promeneur, ou un chasseur. Le corps avait forcément été enseveli à proximité de l'étang, pas très loin dans le sous-bois. Peut-être les traces de la sépulture étaient-elles encore visibles…

Pris au dépourvu, Fernand Chardon n'avait pas réussi à dissimuler son embarras. Une vraie fouine, la Guignard ! Du genre à s'acharner et à ronger la chair jusqu'à l'os. Cette médaille l'avait amenée à deviner le terrible secret qu'il croyait enfoui à jamais. Il prit la route du château de Cosquéric afin de faire part de son angoisse à Léonie Roumier, et au châtelain par la même occasion. Peut-être était-il encore possible d'envisager une solution… Fernand marchait à grandes enjambées. Dans sa tête se télescopaient les hypothèses les plus angoissantes. Si Bérengère alertait la maréchaussée, les argousins effectueraient un raisonnement identique. Sur qui s'orienteraient les soupçons ? Pas sur la châtelaine en tout cas. Dans l'immédiat, celle-ci n'était pas en mesure de dévoiler la vérité et qui porterait le chapeau ? Il allait être embarqué, traduit au tribunal, enfermé derrière les barreaux pour le restant de ses jours.

À huit heures, Fernand se présenta à la grille du château. Lysiane aimait rêvasser face à l'étang où l'ombre et la lumière s'épousaient lentement. Sans ligne de démarcation, le bleuissement effaçait insensiblement le rougeoiement du dernier soleil. À mesure que l'espace s'estompait, s'infiltrait en elle une mélancolie qui la faisait sangloter doucement. Il commençait à faire frais, Léonie s'alarmait, la rappelait, la consolait.

Il en était de même ce soir-là. Lysiane entendit le grincement des gonds. Elle se faufila entre les massifs pour voir qui était le visiteur nocturne. Fernand, elle se précipita, se jeta entre ses bras.

— Léonie n'est pas là ?

— Si, pourquoi ? Tu as besoin de la voir ?

— Va vite la chercher, c'est très important.

La rebouteuse finissait le service du châtelain. Désormais c'était elle qui lui apportait son dîner. Xavier prisait sa compagnie, ils devisaient de choses et d'autres, parfois jusqu'à une heure avancée.

Lysiane s'arrêta sur le seuil de la salle à manger, une pièce impressionnante, dont sa mère lui interdisait l'accès.

— Qu'est-ce que tu fais ici ? Tu sais bien que…

Fernand avait quelque chose de *très important* à lui dire. Elle devait venir tout de suite !

— Dis-lui donc de m'attendre dans le salon, fit le châtelain. Je dégusterais volontiers un verre de cordial en sa compagnie.

Dès les premiers mots, Léonie avait vaguement compris de quoi il en retournait, ce n'était pas pour les oreilles de Lysiane. Aussi était-elle partie la coucher.

— Il s'est passé quelque chose de grave? s'inquiéta la gamine en se glissant sous la courtepointe.

— Non, non… Des histoires qui ne te regardent pas.

— C'est encore à propos de mes deux sœurs?

— Je t'expliquerai plus tard…

Il y avait tant de choses qu'on lui expliquerait plus tard… Lysiane soupira ostensiblement, se tourna vers l'autre côté. Léonie ne traîna pas.

Les deux hommes affichaient grave mine.

— Vous êtes sûr qu'elle a tout deviné?

Fernand haussa les épaules.

— Je me suis gardé de lui demander, mais à son air inquisiteur, je pense qu'elle n'est pas loin de la vérité.

À ce moment revint Léonie.

— La Bérengère a trouvé une médaille qui aurait appartenu à son frère, reprit Fernand à l'intention de sa compagne.

— Son frère?

— Mais si, tu sais bien. Le jeune homme que j'avais trouvé à la châtelaine pour lui faire un bébé. Un certain Francis, j'ignorais son nom de famille. Figure-toi que c'était le frère de Bérengère Guignard.

Xavier réfléchissait en sirotant son ballon de cognac.

— C'est d'autant plus ennuyeux que votre madame Guignard est acoquinée avec le docteur Noblanc. Ce serait assez le genre de celui-ci de se poser en redresseur des torts.

— Elle ne peut rien prouver si longtemps après, fit Léonie.

— Parlons franc, mon cher, reprit Cosquéric. Les ossements que je vous ai surpris en train d'exhumer, c'étaient bien ceux du jeune homme que j'avais aperçu dans le parc de l'autre côté de l'étang?

Fernand opina en soupirant.

— Le père des trois filles si j'ai bien compris?

Nouveau hochement de tête.

— C'était vous qui lui aviez réglé son compte?

— Pour ça, non! Je ne sais pas ce que la châtelaine lui avait fait ingurgiter, mais il était tombé dans l'étang et il s'était noyé.

— Une forme d'accident, en quelque sorte. Il aurait mieux valu prévenir les gendarmes tout de suite, l'affaire aurait été classée et nous n'en serions pas là aujourd'hui.

— Madame de Viremont voulait à tout prix garder secrète la machination à laquelle elle avait eu recours pour assurer sa descendance. Son honneur n'y aurait pas résisté.

— Oui, bien sûr… Cela peut se comprendre. Qu'est-ce que vous aviez fait des ossements?

— Madame Mathilde savait que vous aviez deviné. Elle craignait que vous découvriez l'endroit où j'avais enterré la dépouille. Elle m'avait demandé de trouver un lieu plus sûr.

— C'est ce que vous aviez fait?

— Ma première intention était de les brûler et d'en disperser les cendres, mais à quoi bon, puisque vous m'aviez surpris. J'ai tout remis en place, mais cette fois, j'ai redoublé de précautions pour masquer les traces du terrassement. Ça m'étonnerait qu'on puisse encore repérer quoi que ce soit.

— D'après ce que vous m'avez dit, c'est une fouille-merde redoutable. Elle a certainement compris comment vous vous êtes débarrassé du corps et si elle se met à fureter dans le bois, je crains que nous ne soyons obligés d'envisager une mesure plus radicale.

— Comme pour Lisette Martin ? demanda Léonie sans réfléchir.

Une grimace affreuse tordit le visage du châtelain.

— Chut… Il y a des histoires qu'il vaut mieux oublier, des noms à ne plus prononcer. C'est ce dont nous étions convenus, monsieur Chardon et moi, n'est-ce pas ? Il existe des solutions moins barbares pour accompagner quelqu'un dans son dernier voyage. Vous-même, Léonie, je me suis laissé dire que vous connaissiez parfaitement les vertus des plantes. Certaines sont indiquées pour soigner de façon… définitive, si vous voyez ce que je veux dire.

Elle voyait très bien. En témoigna son air horrifié. Jamais la rebouteuse n'avait utilisé ses pouvoirs pour expédier quelqu'un de vie à trépas.

50

Fernand Chardon ralentit l'allure au moment de pénétrer dans la cour. Il repéra tout de suite la silhouette dressée sur le perron permettant d'accéder aux cuisines. Décidément, la Bérengère avait de la suite dans les idées. L'oreille fine également, car elle l'avait entendu venir, malgré ses précautions. L'obscurité empêchait de voir à dix pas, il sentait cependant son regard sévère. Et il se conduisit en coupable. Commit la faiblesse de s'excuser comme un gamin pris en faute, alors qu'il n'en était pas encore à devoir lui rendre des comptes.

— Besoin de me dégourdir les jambes... bredouilla-t-il lamentablement.

Elle ne répondit pas, sinon d'un gloussement narquois. Il passa devant elle en courbant l'échine et rejoignit sa chambre. Il s'adossa à la porte refermée. S'obligea à respirer lentement, la salope n'en resterait pas là.

Fernand s'allongea sur son lit sans se dévêtir, il ne trouva pas le sommeil. En lui résonnaient les paroles sentencieuses : envisager une mesure plus radicale... Une perspective atroce, mais à force de réfléchir, cela lui semblait également la seule solution. Le lendemain, il fut debout avant l'aube. Son premier souci fut d'aller vérifier la sépulture de Francis Guignard. Il enfila sa gabardine et chaussa ses bottes. Il traversa la cour, jeta un œil à la fenêtre de sa charmante voisine. Éteinte. Le ciel s'éclaircissait au-dessus de l'étang, augurant une belle journée. Comme un malandrin, il rasait l'orée du sous-bois, évitait les zones de lumière ou les traversait d'un pas accéléré. Après tant d'années, il eut du mal à repérer l'endroit où il s'était débarrassé du corps. Les arbres avaient poussé, leurs frondaisons s'étaient épaissies. Il se souvenait cependant d'un saule dont le tronc faisait un coude à la base, sans doute contraint par des gamins alors qu'il peinait à pousser. Une dizaine de mètres derrière, pas davantage, une enclave ceinturée de rochers, comme s'il avait voulu malgré tout protéger le disparu de l'hostilité du sous-bois.

Les premiers rais de lumière étoilèrent les houppiers des feuillus. Fernand retrouva l'endroit : c'était bien là que par deux fois, il avait creusé. Aucune trace ne subsistait, les mousses avaient tapissé le sol, les myrtilles sauvages hérissaient la surface spongieuse. Bien malin qui devinerait qu'un corps était enfoui en dessous.

Fernand Chardon éprouva soudain le sentiment désagréable d'être observé. Sans se retourner, il jeta un coup d'œil par-dessus son épaule. La silhouette redoutée se tenait sur la pelouse, pile poil à la hauteur de l'endroit où il s'était faufilé. Bérengère l'avait guetté, elle l'avait suivi, preuve qu'elle ne renoncerait à sa hargne que de l'avoir confondu. Il s'immobilisa, de crainte qu'elle ne le distingue à travers l'épaisseur des taillis. S'il ressortait par le même chemin, elle viendrait vérifier. Si elle alertait la maréchaussée – une hypothèse fort probable –, les gendarmes fouilleraient le secteur, ils amèneraient des chiens, la sépulture serait découverte.

Fernand s'enfonça dans le sous-bois. Quelques mètres plus loin, il s'accroupit dans une fondrière à l'abri d'un hallier touffu. La robe sombre de son espionne se dessina dans le clair-obscur. Elle aboutit dans l'enclave où reposait son frère, guidée sans doute par l'instinct du sang.

Fernand retenait son souffle. Bérengère scrutait la place, écartait les feuilles mortes du bout de sa bottine. Nul besoin de distinguer son visage pour deviner sa perplexité. Elle secoua la tête, se résigna enfin à faire demi-tour. Chardon attendit quelques minutes. Au cas où elle serait restée à l'observer, il sortit du sous-bois un peu plus haut en se rajustant, comme s'il s'était isolé afin de se soulager. À présent, Bérengère se tenait sur le bord de l'étang, dont elle scrutait les profondeurs ; elle aperçut Fernand, remonta négligemment vers le château.

Convaincue du sort réservé à son frère, Bérengère Guignard hésitait sur la conduite à tenir. Avant d'accuser, il lui fallait amasser des preuves plus tangibles que cette misérable médaille, dont elle ne pourrait certifier la provenance de façon catégorique. FG, ces initiales ne devaient pas être si rares dans le secteur. D'autre part, elle différait le moment d'informer le docteur Noblanc, persuadée qu'il la dissuaderait de remuer ciel et terre, si longtemps après. Restaient ces satanées jumelles. À cette heure, elles étaient certainement réveillées, sinon levées.

Les gamines n'étaient pas dénuées de tendresse filiale. Quoi qu'il en soit, Mathilde était leur mère, et elles étaient chagrinées de la voir réduite de façon aussi pitoyable. Un de leurs premiers soucis était de monter voir si son état ne s'était pas amélioré au cours de la nuit. Chacune lui prenait une main, et elles restaient là un long moment. Ce fut encore le cas ce matin-là.

La malheureuse semblait plus éveillée, le regard moins terne, et d'imperceptibles contractions lui tiraillaient le visage. Les fillettes lui demandaient si elle avait bien dormi, si elle avait passé une bonne nuit, au moment où Bérengère pénétra dans la chambre. Celle-ci s'étonna de l'insistance avec laquelle elles s'adressaient à leur mère, comme si celle-ci était en mesure de les comprendre. Elle s'approcha lentement.

Les demoiselles se replièrent aussitôt dans leur silence. Il passa alors une idée saugrenue dans la tête de la gouvernante. Peut-être savaient-elles quelque chose au sujet de leur naissance ? Elle se lança sans réfléchir.

— Je ne vous ai pas dit, mais j'ai bien connu votre père.

Anne et Lise se figèrent.

— Première nouvelle, fit la première.

— On pourrait savoir ? s'étonna la seconde.

Bérengère avait parlé inconsidérément, mais il était trop tard pour faire machine arrière. Alors, tant qu'à faire…

— Il s'appelait Francis. Guignard comme moi, puisque c'était mon frère.

Qui aurait observé la châtelaine aurait remarqué qu'elle avait tressailli.

Bérengère soupira.

— Eh oui, le hasard veut que vous soyez mes nièces. C'est drôle, non ?

La croyant devenue folle à son tour, les gamines éclatèrent de rire.

— C'est pas le tout, mais on a faim, nous !

— Ouais, et pas qu'un peu !

— Allez dans la salle à manger, le temps de m'occuper de votre mère et je vous apporte votre petit-déjeuner.

Elles filèrent en piaillant.

— Notre tante, voilà autre chose !

— Si c'est tout ce qu'elle a trouvé, elle repassera…

Bérengère remontait la courtepointe sur le lit de sa maîtresse, quand elle perçut un froissement d'étoffe dans son dos. Elle se retourna d'un bloc. Mathilde se tenait derrière elle ; elle était livide, mais c'était surtout son regard qui était glaçant, et menaçantes ses mains raidies le long de sa robe de chambre.

— J'ai l'impression que ça va mieux, Madame.

Les lèvres de la châtelaine frémirent, mais aucun mot n'en filtra. Elle fronçait les sourcils. Bérengère se sentit en danger. Au lieu de battre en retraite, elle s'empêtra dans l'invective.

— Oui, tu as bien entendu, vieille folle, celui qui t'a sautée, c'était mon frère. J'ai retrouvé sa médaille de baptême dans la chambre où il a séjourné.

Mathilde tremblait de la tête aux pieds. Ses mains se levèrent, griffes en avant comme une chatte en furie. Bérengère recula en direction de la porte sans la quitter des yeux. Elle débitait ce qui lui passait par la tête, pour noyer la châtelaine dans un flot de paroles et la dissuader de passer à l'attaque.

— Je sais même que c'est ton homme à tout faire qui l'a tué et qu'il l'a enterré dans le bois à côté de l'étang. Ce matin, je l'ai suivi et j'ai repéré l'endroit.

— Tais-toi! parvint à balbutier la marquise dont les yeux luisaient de sinistres éclats.

— Tu ne me fais pas peur, reprit Bérengère, alors qu'elle était tout bonnement terrorisée. De ce pas, je vais filer jusqu'à Plouay et vous dénoncer tous les deux. Toute marquise que tu es, tu vas finir au trou pour le restant de tes jours, et ton complice avec toi.

Bérengère manœuvrait à reculons vers la porte restée entrouverte. Elle se retrouva sur le palier, le dos tourné au grand escalier de marbre. Le regard halluciné, Mathilde s'avança. Avant que la servante n'ait le temps de faire demi-tour, la châtelaine la poussa de ses deux mains appliquées sur la poitrine; Bérengère bascula en arrière, cul par-dessus tête.

Alors, comme si de rien n'était, Mathilde retourna s'installer dans le fauteuil face à l'étang et se cloîtra dans la léthargie dont elle n'avait émergé que quelques minutes.

51

Un hurlement, deux chocs simultanés, celui d'une masse molle et un autre plus creux. Les jumelles se regardèrent, intriguées.

— On devrait peut-être aller voir ?

— Tu crois ?

Mais Bérengère tardait à monter le petit-déjeuner.

— La paillasse sera retournée se coucher… ronchonna l'une.

— Quand même pas. À cet âge-là, on n'a pas besoin de beaucoup de sommeil, soupira l'autre.

La bâtisse était étrangement silencieuse, elles se décidèrent.

Les péronnelles avaient le cœur bien accroché. Le corps au bas des marches leur arracha néanmoins un cri, ce qui ne les empêcha pas de s'approcher. La flaque de sang sous la tête leur rappela un répugnant souvenir. C'était la seconde chute dans cet escalier.

— On dirait…

— Qu'elle est morte.

Fernand Chardon s'était éclipsé sans avoir pris le temps de petit-déjeuner, soucieux de ne pas affronter la terrible accusatrice, d'échapper à des questions de plus en plus incisives. En fait, il tournait en rond dans le parc. Il entendit les appels des jumelles avant de les voir. Elles lui accordaient maintenant une relative confiance, sans en être encore à requérir ses services pour une bagatelle.

— Je suis là. Qu'est-ce qu'il vous arrive ? cria-t-il à son tour.

Elles apparurent au pignon du château, en proie à une excitation qu'il ne leur avait jamais connue.

— C'est Bérengère, lâcha Anne à bout de souffle.

Ça y est, se dit Fernand. *La Guignard est passée à l'action…*

— Eh bien, oui, quoi Bérengère ?

— Elle ne bouge plus.

— Et il y a du sang qui sort par son oreille, comme Célestine.

— Beaucoup de sang.

— Même qu'elle a l'air d'être morte…

Fernand Chardon ressentit une émotion étrange, que lui aussi aurait été en peine de définir. Une surprise horrifiée, bien entendu, mais également un soulagement immédiat. Le bonheur avec lequel le condamné voit le bourreau chanceler au moment d'abattre sa hache. Il se hâta à la suite des fillettes qui déjà remontaient la pente.

Le corps de Bérengère gisait en effet dans la position décrite, comme il ne faisait aucun doute qu'elle ne fouinerait plus dans le passé des Viremont. Fernand trouva la décence de ne pas se réjouir.

— Vous avez vu ce qui s'est passé ?

— Non, mais on a entendu.

— Elle a hurlé.

— Puis il y a eu un grand bruit.

Chardon réfléchissait. L'accident ne faisait aucun doute, une glissade malencontreuse, la tête avait rebondi de marche en marche. La Bérengère n'était plus de première jeunesse, elle n'avait pas eu l'agilité suffisante pour se rattraper et amortir la chute. La marquise toujours confinée dans sa démence, il serait le seul suspect. S'il traînait pour donner l'alarme, il ne ferait qu'aggraver son cas.

— Je peux vous faire confiance ?

D'être impliquées dans un drame pour de vrai les émoustillait.

— Voilà. Je vais filer prévenir les gendarmes que madame Guignard a eu un accident. En attendant, vous ne touchez à rien et si quelqu'un se présente à la grille, vous ne lui ouvrez surtout pas.

Il empoigna la nappe sur la crédence. Au moment d'en recouvrir la dépouille, il repensa à la maudite médaille. Les fillettes avaient déjà filé prendre leur poste. Il tâta les poches de la gouvernante, certain qu'elle gardait sur elle une preuve aussi compromettante. En réalité, elle avait passé la chaîne autour de son cou.

Fernand attela le cabriolet. En chemin, il jugea utile d'effectuer un crochet par le château de Cosquéric, afin de prévenir Léonie de la « bonne » nouvelle. Elle passa par les mêmes états d'âme que son compagnon, ainsi que le châtelain.

— Ce serait bien de te rendre jusque là-bas, proposa Fernand. Je crains que les gamines ne commettent quelque bêtise.

— Je vous accompagne, s'empressa Xavier.

Les demoiselles entendirent les sabots du cheval sur les cailloux de l'allée. Elles crurent d'abord que c'était le domestique qui revenait déjà. Quand elles reconnurent le cocher et sa passagère, elles empoignèrent les barreaux de la grille, bien résolues à en interdire l'accès.

— Monsieur Chardon a dit qu'on ne passe pas.

— Personne, qu'il a dit.

— Je sais, fit Léonie en descendant du siège. C'est lui qui nous a demandé de venir. Il estimait que ce n'était pas prudent de vous laisser seules avec une morte.

— Elle pourrait nous faire du mal? s'inquiéta Lise.

— Mais non, espèce de sotte, puisqu'on te dit qu'elle est morte, répliqua sa sœur en haussant les épaules.

Xavier mit pied à terre à son tour.

— Vous pouvez nous montrer?

— C'est qu'il ne faut toucher à rien avant l'arrivée des gendarmes.

— Vous pouvez nous faire confiance…

Elles se décidèrent à laisser passer les visiteurs.

Les murs dégagent une impression en accord avec les circonstances, dit-on, même sans que l'on soit au courant des événements qui s'y sont déroulés. Le temps était agréable et pourtant il émanait de la bâtisse une ambiance sinistre. Respectant la consigne, le châtelain se contenta d'observer la silhouette sous le grand carré de tissu. Il hochait la tête, appréhendant une réalité somme toute plutôt plaisante.

Au lieu de la maréchaussée, ce fut le docteur Noblanc qui arriva – son cabinet jouxtait la gendarmerie. Il avait aperçu le domestique de la marquise, n'avait pas été sans remarquer son air contrarié, s'en était étonné avant qu'il ne rentre dans les locaux des pandores. Pris au dépourvu, Fernand n'avait pas eu le réflexe de lui taire le trépas de sa complice.

— Un accident, vous dites?

— Que voulez-vous que ce soit d'autre? Elle a glissé dans l'escalier, elle est tombée. Malheureusement, cela peut arriver à n'importe qui.

Noblanc se garda bien de faire remarquer qu'en l'occurrence il ne s'agissait pas de n'importe qui, mais d'une femme soupçonnée de chapardage. De là à imaginer un règlement de comptes... Son cabriolet était attelé pour ses visites à domicile, il ne traîna pas.

Le docteur ne s'attendait pas à se trouver en pareille compagnie. Il aurait préféré avoir les coudées franches pour effectuer ses propres constatations et se faire son idée sur les circonstances du drame. Se souvenant du rôle de Noblanc dans l'affaire des bijoux, Cosquéric s'interposa quand il se dirigea vers le cadavre. Crime de lèse-majesté!

— Vous n'avez pas le droit de vous opposer à l'exercice de la médecine!

— À moins que vous n'ayez le pouvoir de ressusciter les morts, je crains que vous n'arriviez trop tard. Désolé, mon cher, mais il vous faudra attendre l'arrivée des gendarmes avant de toucher à quoi que ce soit.

Ils n'eurent pas longtemps à patienter. Tracté par deux chevaux fougueux, le fourgon des argousins déboula, suivi du cabriolet de la marquise. Le corps de Bérengère eut droit à une inspection en règle, le médecin ne put qu'entériner le décès.

Les seuls témoins étaient les jumelles, et elles n'en étaient pas peu fières. Elles se firent un plaisir de relater la scène avec moult détails, en se coupant sans cesse la parole.

— Donc avant l'accident, madame Guignard était seule là-haut avec la marquise de Viremont ?

Elles confirmèrent. Les gendarmes échangèrent un regard entendu. Fernand se crut obligé d'intervenir.

— Voilà des semaines que notre pauvre châtelaine a perdu tout contact avec la réalité. Le docteur Noblanc peut le confirmer. C'est d'ailleurs lui qui nous avait adressé madame Guignard.

— Si cela ne vous dérange pas, nous allons quand même monter voir la châtelaine.

On pourrait croire que Mathilde avait joué la comédie depuis le début. Elle était bel et bien frappée d'hébétude, et suite à la révélation de Bérengère, elle n'en avait émergé qu'un bref instant, avant de replonger encore plus profondément dans l'abîme.

Noblanc lui tâta le pouls, lui parla comme à une enfant. Les yeux mornes et le visage de marbre, elle ne l'entendait pas. L'un des gendarmes essaya à son tour, haussant le ton sans davantage de résultat.

— Vous croyez qu'elle va s'en sortir ? demanda l'autre.

— Difficile d'émettre un pronostic, expliqua Noblanc pour la énième fois. Il n'est pas à exclure qu'un jour elle recouvre ses esprits, comme elle peut sombrer dans une folie définitive qui nous contraindra à l'interner.

Rien à gratter de ce côté-là, elle échappa aux soupçons des deux gendarmes.

— En attendant, fit le médecin, qui va s'occuper d'elle maintenant que madame Guignard n'est plus de ce monde?

Depuis le début de la confrontation, Léonie nourrissait sa petite idée. L'index pointé sur sa propre poitrine, elle adressa un regard au châtelain qui comprit le message.

— Madame Roumier est à mon service depuis quelque temps, alors que j'ai déjà une servante, intervint Xavier. Tant que madame de Viremont ne sera pas rétablie, elle pourrait s'installer ici pour veiller sur les deux enfants. C'est bien de s'aider entre voisins en bonne intelligence.

Comme il se doit, Fernand acquiesça vivement.

52

Est-il besoin de préciser qui fut la seule à ne pas trouver son compte dans cet arrangement de fortune ? Lysiane était privée de Léonie Roumier qu'elle avait si longtemps considérée comme sa mère. Certes, Cosquéric se montrait charmant avec elle, lui-même attendri par une émotion qu'il ne parvenait à définir. Par l'intermédiaire d'Hortense, il veillait à ce que sa pensionnaire ne manque de rien, mais aussi accorte soit la ronde servante, celle-ci ne pouvait fournir à une enfant l'affection espérée.

Le désarroi de Lysiane s'accroissait d'un sentiment encore plus impératif. Au fil de tout cet imbroglio s'était intensifiée la frustration d'être séparée de sa vraie famille. Une attirance irrépressible à laquelle elle s'efforçait de résister, mais qui l'infiltrait iné-luctablement. C'étaient toujours les mêmes trois silhouettes qui hantaient ses rêves au point d'en faire des cauchemars, la marquise et ses deux sœurs. Certaines nuits, ces dernières lui opposaient des faciès terrifiants en la traitant d'intruse, mais alors, immanquablement, sa mère la serrait contre elle, et c'étaient ces bras-là qui lui manquaient le plus cruellement. Elle s'en ouvrit à son hôte. Cosquéric ne sut que lui répondre, conscient lui aussi de l'anormalité de la situation : une orpheline privée de sa mère biologique et adoptive et de ses sœurs. Née de surcroît d'un père inconnu qu'un homme pourtant aussi droit que Fernand Chardon n'était parvenu à incarner.

Lysiane se mit à braver l'interdiction.

« Je vais me promener », clamait-elle au châtelain en filant avant qu'il ne puisse la rappeler.

Xavier savait pertinemment où elle se rendait, mais de quel droit l'en aurait-il empêchée ?

Lysiane multipliait les précautions, mais ce petit jeu ne pouvait durer éternellement. Un jour qu'elle se tenait accroupie face à la grille, elle n'entendit pas ses sœurs venir dans son dos.

Anne et Lise avaient plus ou moins oublié la fillette dont la ressemblance les avait si fort intriguées. En une seconde se ressourça leur curiosité. Cette fois, Lysiane ne chercha pas à s'enfuir. Cette rencontre, elle la souhaitait inconsciemment depuis quelque temps. Les sœurs la dévisagèrent, la détaillèrent de la tête aux pieds, s'imprégnèrent de ses traits. Elles n'étaient plus révulsées par la tache qui lui marbrait la joue. Le face-à-face resta silencieux un long moment, jusqu'au moment où survint l'homme à tout faire de Mathilde.

Fernand comprit tout de suite que l'heure n'était plus à inventer une nouvelle fable hypocrite. Il n'hésita pas une seule seconde.

— Venez. Léonie va vous expliquer.

Lysiane sentit son cœur bondir de joie. Pour elle, il y avait longtemps que ce n'était plus un secret. En revanche, Anne et Lise en étaient toujours à se demander qui était réellement ce sosie…

Léonie comprit tout de suite que le pot aux roses était découvert. Dans un premier temps, elle s'en trouva soulagée, mortifiée d'avoir abandonné sa chère petite de l'autre côté de l'étang. Puis elle se sentit bien embarrassée, mais prête à assumer son forfait. Elle installa les trois gamines dans le grand salon, les convia à s'asseoir comme si elle allait leur conter une légende, ce qui n'était pas loin d'être le cas.

Léonie s'appliqua à ne pas trop déformer la vérité. Fernand assistait à l'entretien, redoutant qu'elle ne s'égare. La sage-femme fit amende honorable. Elle avait subtilisé la troisième nouveau-née, non pas en raison de sa particularité capillaire, mais parce qu'elle avait craint que la châtelaine ne puisse s'occuper de trois nourrissons à la fois.

— Notre mère n'a jamais su ? s'étonna Anne en affichant une mine effarée.

Léonie haussa les épaules.

— Vous n'aviez pas le droit ! s'insurgea Lise, dont les yeux flambaient d'indignation.

Léonie baissa la tête et le ton.

— Je sais, je suis une voleuse d'enfant et je mériterais d'aller en prison, mais je croyais bien faire. J'avais l'intention de tout avouer à la marquise quand vous auriez grandi, mais je n'en ai pas eu le courage.

Fernand se permit alors d'intervenir.

— Il faut dire aussi, excusez-moi, mesdemoiselles, que vous étiez de sacrées chipies.

— Nous ? s'exclamèrent-elles à l'unisson.

— Soit dit sans vous offenser, votre mère avait fort à faire à vous surveiller toutes les deux.

Lysiane se taisait, comme si elle attendait un quelconque verdict.

— Tu aurais pu nous dire aussi qui tu étais les premières fois où nous nous sommes rencontrées… dit Lise.

— À ce moment-là, je ne le savais pas encore. Et puis j'étais bien où je vivais, et je n'étais pas du tout jalouse de vous.

Un long silence s'installa. Anne et Lise jetaient des regards en coin vers leur sœur, comme si elles essayaient de la jauger.

— Où tu habitais les jours derniers? demanda l'une.

— Pas dans la forêt tout de même! fit l'autre.

— Monsieur de Cosquéric avait eu l'amabilité de lui proposer son château, intervint Léonie. C'est un homme charmant.

— On sait, on le connaît.

— Oui, puisqu'il nous a invitées chez lui à plusieurs reprises.

— Maintenant, Lysiane va habiter avec nous et quand votre maman ira mieux, nous lui expliquerons.

C'est ainsi que fut résolu le problème, pour l'instant. Pour être honnête, les choses ne se passèrent pas aussi simplement. Lysiane avait du mal à trouver sa place dans le château des Viremont, l'impression d'y être effectivement une totale étrangère, d'empiéter sur le territoire des demoiselles installées là depuis leur naissance. Il faut dire que celles-ci n'étaient pas de tempérament à se racheter une conduite en un claquement de doigts, et elles ne se privèrent pas de lui marquer leur hostilité, au cas où elle prendrait trop vite ses aises. D'autre part, elles estimaient que les deux valets s'appropriaient un peu facilement la gestion de la propriété familiale, dont jusqu'à nouvel ordre, elles restaient les uniques garantes.

Il est si souvent écrit que les jumelles vivent de façon fusionnelle que ce doit être vrai. Rien n'interdit de penser qu'il en soit ainsi pour les triplées. Les liens sororaux rapprochèrent celles que l'accouchement avait séparées. Au bout de quelques semaines, Anne et Lise acceptèrent leur sœur, qui logeait dans une chambrette contiguë. Elles lui prêtèrent leurs jouets, lui firent visiter les recoins du château. En contrepartie, la nouvelle venue leur enseigna les jeux appris lors de son enfance champêtre, quand elle vivait en complète communion avec la nature.

Lysiane prit plaisir à se rendre au chevet de sa mère, que le bon docteur Noblanc paraissait avoir oubliée depuis le décès de sa complice. Léonie lui recommanda la plus grande prudence, alors qu'il faudrait bien lui avouer la vérité, si elle reprenait ses esprits.

53

La courte éclaircie annonçait-elle un rétablissement imminent? La châtelaine paraissait remontée d'un cran du gouffre. Son esprit laminé essayait de se hisser jusqu'à l'ouverture afin de reprendre appui dans la réalité. Une lutte acharnée où souvenirs et hallucinations s'entrecroisaient sans qu'elle puisse faire la part des choses.

L'arrivée de Léonie Roumier conforta les progrès accomplis. Sa silhouette semblait familière à la châtelaine, ses yeux hébétés suivaient ses allées et venues du fauteuil où elle passait le plus clair de son temps, mais son subconscient refusait encore de raviver les circonstances amères de leur première rencontre. Léonie devinait les interrogations qui la torturaient. Avant peu elle serait amenée à rendre des comptes. Une angoisse terrible. Elle espaçait ses visites à son chevet. Les écourtait en s'acquittant du strict nécessaire. Les sourcils froncés, la mine perplexe, Mathilde se laissait faire sans y mettre du sien.

Il en était de même lorsque les trois sœurs se trouvaient réunies dans la chambre. Les yeux de la mère papillonnaient de l'une à l'autre, comme si elle avait conscience qu'il y en avait une de trop. C'était Lysiane qui manifestait la tendresse la plus évidente, à croire qu'elle s'appliquait à rattraper le temps perdu. Mathilde réagissait à cette proximité, elle dont les deux filles ne lui avaient jamais accordé qu'une affection parcimonieuse. Ses prunelles s'allumaient, ses mains cherchaient à tâtons le corps frêle, agrippaient son vêtement, ses doigts frôlaient la tache qui lui maculait le visage.

De tels efforts ne restent jamais totalement vains. À force de ramer, même parfois à contre-courant, on finit fatalement par se rapprocher du rivage, pour peu que la brise ait la charité de souffler dans le bon sens. Mathilde avait conservé le réflexe de se soulager. C'était son premier souci à son réveil. Puis elle s'asseyait dans son fauteuil. Elle s'alimentait de façon presque autonome, sous la surveillance toutefois de sa nouvelle aide-ménagère. Le déclic se produisit un matin, au moment justement où Léonie monta le petit-déjeuner.

Un geste malencontreux, et un peu de café se renversa sur la main de la marquise. Ce n'était pas le premier incident de ce genre, mais jusqu'alors, la réaction de la malheureuse s'était résumée à une espèce de grognement sourd. Ce matin-là, elle poussa un cri offusqué. Léonie s'excusa en essuyant la main rougie par le breuvage chaud. Les épaules de Mathilde se soulevaient et s'abaissaient comme un soufflet de forge. Sa tête ballottait.

Léonie recula de quelques pas, attendant que la châtelaine recouvre son calme. À son grand étonnement, ce ne fut pas le cas. Ses lèvres frémirent, un gargouillis émana de sa gorge, pareil à une remontée d'eau dans une tuyauterie hors service depuis quelque temps.

— Qu'est-ce qui vous arrive, Madame ?

Les yeux de Mathilde se posèrent sur Léonie, un regard d'une intensité terrible.

— Qu'est-ce que tu as fait de mon garçon ?

La voix était rauque, les mains crispées sur les accoudoirs. Stupéfaite, Léonie en resta interloquée.

— Je sais que c'est toi qui l'as volé, reprit la malheureuse avec encore plus de véhémence.

— Vous n'avez jamais eu de garçon, bredouilla Léonie. Vous avez dû rêver.

Mathilde essaya alors de se lever de son fauteuil, mais la force lui manqua et elle retomba en arrière. Léonie se retenait de bouger, craignant que cette soudaine lucidité ne débouche sur un accès de démence. Mais la poussée d'énergie s'était épuisée aussi vite qu'elle avait pris naissance, la respiration de la marquise redevint régulière, son corps tétanisé se détendit lentement.

Aussi brève avait été la scène, elle avait eu une spectatrice invisible. Lysiane s'inquiétait de sa mère de plus en plus. Chaque matin, elle était la première levée des triplées, la première également à monter aux nouvelles. Elle aussi était consciente des progrès de sa mère, bien qu'infimes. Quand du couloir elle entendit sa voix méconnaissable, elle retira sa main de la poignée de la porte. Retint son souffle. La châtelaine réclamait de nouveau son garçon. Lysiane ne put contenir ses larmes. Elle redescendit bouleversée.

— Qu'est-ce qu'il t'arrive ? demandèrent les jumelles qui montaient l'escalier pour le petit-déjeuner.

Lysiane secoua la tête, la gorge trop nouée pour répondre. Elle courut s'enfermer dans sa chambre.

Mathilde était retombée dans sa prostration, mais dans son esprit cela fourmillait autant que dans le cratère d'un volcan proche de l'éruption. Léonie remonta à plusieurs reprises pour vérifier où elle en était. Elle entrouvrait la porte sans bruit, restait quelques secondes à l'observer, à l'écouter. Puis elle redescendait vaquer à d'autres tâches. Elle avait fait part de son angoisse à Fernand.

— Je suis persuadée qu'elle va émerger de son apathie sans tarder.

Le domestique avait secoué la tête.

— C'est une bonne nouvelle, bien sûr, mais dans quel état va-t-elle se retrouver ?

— À mon avis, il faut s'attendre à des jours difficiles. Peut-être même sera-t-on obligé de la faire interner…

Lysiane cherchait un moyen de soulager la détresse de cette femme à l'égard de laquelle elle se découvrait des trésors d'affection. Lui vint alors une idée folle. Celle d'une enfant de cet âge, assez naïve pour imaginer que tout s'arrange d'un coup de baguette magique. Pourquoi ne pas lui offrir le garçon dont le destin l'avait privée ? Elle ferma sa porte à clef, se mira dans la glace au-dessus de la vasque de toilette. Se refusant d'hésiter, elle empoigna ses ciseaux et entama à grands coups sa chevelure qui n'avait pas encore complètement repoussé. Les boucles se déroulaient sur le plancher comme des serpents en fuite. Peu à peu se dégageait la tête hirsute qu'elle avait naguère connue. Bientôt il ne resta plus dans le miroir qu'un crâne hérissé comme champ de blé après la moisson.

Lysiane fouilla dans sa modeste garde-robe. Elle avait conservé le déguisement dont Léonie et le châtelain l'avaient affublée. Elle l'enfila, se contempla de nouveau dans la glace, estima présenter l'image d'un garçon tout à fait acceptable.

La demeure était silencieuse. Après le petit-déjeuner, il arrivait à la châtelaine de se rendormir dans son fauteuil. Ses domestiques en profitaient pour accomplir les autres tâches inhérentes à leur service. C'était l'heure par exemple où Léonie filait jusqu'à Plouay pour veiller à l'approvisionnement, tandis que Fernand nettoyait les abords de l'étang.

Lysiane monta lentement les escaliers. Colla l'oreille à la porte : sa mère ronflait doucement. Elle hésita, consciente de la gravité de son initiative, mais la malheureuse avait bien mérité un peu de bonheur. Elle s'approcha du fauteuil, posa une main sur le bras de la châtelaine. Celle-ci ne réagit pas tout de suite. Lysiane accentua la pression, Mathilde tressaillit. Entrouvrit des yeux hébétés. Puis elle aperçut le garçon que nimbait la lumière à travers les rideaux de la fenêtre.

La marquise mit quelques secondes à réaliser, puis son visage s'illumina d'un sourire démentiel ; elle se leva et serra contre elle, à lui faire mal, le fils qui lui échoyait enfin.

— Gaétan… balbutia-t-elle d'une voix noyée de larmes. Je savais bien que je n'avais pas rêvé. Viens, il ne faut pas rester là, sinon ils vont encore nous séparer.

54

Dans les légendes bretonnes, il est souvent question de prémonition et d'intersignes. Dans les milieux plus citadins on emploie plutôt le terme d'intuition. En l'occurrence, Léonie avait un mauvais pressentiment en revenant de la ville. Et ce fichu canasson qui prenait un malin plaisir à traînasser et à renâcler quand d'un frôlement de son fouet, elle lui flattait l'échine ! Elle avait recommandé à Fernand de tendre l'oreille pendant son absence, sinon de garder un œil sur la châtelaine.

La grille du château se dessina enfin entre les frondaisons. Tout paraissait calme quand elle stoppa l'attelage au milieu de la cour. Étrangement calme... Fernand surgit de la terrasse en façade.

— Alors ?

— Alors rien, répondit celui-ci en haussant les épaules, l'air de dire qu'elle se faisait du mouron pour pas grand-chose.

— Où sont les filles ?

— Anne et Lise sont parties gambader dans les bois. Elles m'ont dit qu'elles allaient ramasser des mûres.

— Et Lysiane?

— Je ne l'ai pas vue, elle doit se trouver dans sa chambre. Tu sais combien elle a besoin d'être seule et qu'elle n'apprécie que modérément la compagnie de ses sœurs.

Léonie déposa ses courses dans la cuisine et monta voir où en était la châtelaine après son coup d'éclat du matin. Elle aussi colla l'oreille à la porte, se rassura du silence. Histoire de vérifier quand même, elle entrouvrit la porte. La tête de Mathilde ne dépassait pas du fauteuil, mais quand elle s'y assoupissait, son corps se recroquevillait au point de disparaître. Le siège était vide. Une angoisse sourde lui fit battre le cœur. La châtelaine s'était peut-être isolée dans son boudoir. Personne non plus! Ni dans la salle à manger ni dans les autres chambres de l'étage.

Allons… se dit Léonie. La marquise allait mieux, puisqu'elle s'était risquée à descendre. Elle inspecta le rez-de-chaussée, sans plus de succès. La châtelaine était donc sortie. Fernand dételait le cabriolet.

— Tu as vu Madame? l'interpella sa compagne.

— Non. Tu sais bien qu'elle est dans sa chambre.

— J'en viens. J'ai fouillé partout. Elle s'est volatilisée.

— Tu es allée voir dans la chambre de Lysiane?

— Tu as raison. Notre petiote sera peut-être parvenue à la décider à sortir de son antre.

Les mèches de cheveux jonchaient le plancher, Léonie poussa un cri terrible, se précipita dans la cour.

— La marquise s'en est prise à Lysiane!

— Qu'est-ce que tu racontes?

— Je te dis, elle lui a coupé les cheveux.

« Nom de Dieu… » jura Fernand à voix basse.

— Il ne l'a pas blessée, au moins?

— Comment veux-tu que je le sache? Lysiane a disparu elle aussi.

Les jumelles arrivèrent à leur tour, le visage barbouillé de jus de mûres.

— Tu nous as acheté quelque chose?

— Tu nous avais promis!

— Vous savez où est votre sœur?

— La dernière fois qu'on l'a vue, elle descendait l'escalier.

— Même que ça n'avait pas l'air d'aller, parce qu'elle pleurnichait.

— Vous n'avez pas vu votre mère non plus?

— Elle est dans son fauteuil à compter les grenouilles de l'étang.

Les deux domestiques mesurèrent aussitôt la gravité de la situation.

— La marquise a fichu le camp avec la petite! fit Fernand.

— Après lui avoir coupé les cheveux, ajouta Léonie.

— Dieu sait ce qu'elle est capable de lui faire subir… Il faut les retrouver avant qu'il ne soit trop tard.

Mathilde tirait la fillette d'une pogne ferme; celle-ci avait compris qu'il était inutile d'essayer de se libérer. Elle avait pris conscience également de l'absurdité du jeu auquel elle s'était livrée. Des conséquences terribles que son coup de tête était en train d'engendrer. Sa mère était maintenant folle à lier. En témoignaient ses traits ravagés et la cavalcade forcenée dans laquelle elle entraînait son « fils ». De temps à autre, le souffle lui manquait et elle n'avait d'autre choix que de ralentir l'allure. Elle imputait sa faiblesse à Lysiane qui lambinait volontairement.

— Si tu ne te presses pas, ils vont nous rattraper et t'enfermer de nouveau dans la prison dans laquelle ils te retenaient.

Effrayée, la gamine comprit qu'il était vain de la raisonner, il valait mieux attendre que la malheureuse s'épuise et tombe d'elle-même, puis en profiter pour lui échapper. La pauvrette était en nage, les pieds endoloris dans des souliers inadaptés pour une telle expédition. Ceux de la châtelaine étaient en sang ; elle, n'avait pas pris la peine de se chausser.

— Viens, je te dis, Gaétan ! Tu ne les entends pas ? Ils ne sont plus très loin.

Elle tira de plus belle la gamine, à lui démancher le bras. La course continua, toujours aussi échevelée. Depuis leur départ du château, le ciel s'était chargé, obscurcissant le sous-bois automnal comme si l'on était déjà au crépuscule. Les premières gouttes crépitèrent sur les feuilles.

Mathilde ralentit l'allure, leva la tête.

— Le bon Dieu est de notre côté, mon garçon. La pluie va brouiller les pistes, ils ne nous retrouveront plus.

— Je suis fatiguée, maman, gémit Lysiane.

— On n'en a plus pour très longtemps.

— Tu peux me dire où on va ?

— Chut… C'est un secret. Voilà si longtemps que je t'attendais. Ne t'inquiète pas, j'ai tout prévu.

Nous allons être heureux tous les deux, mon petit Gaétan.

La démence avait dû oblitérer la perception de la douleur chez la châtelaine. Épuisée, Lysiane se laissa choir sur la mousse.

— Je n'en peux plus…

Mathilde ne l'entendait pas de cette oreille.

— Il ne sera pas dit que mon fils devienne une chiffe molle! Tu es un de Viremont, que diable! Un peu d'énergie.

Elle traîna la gamine à quatre pattes parmi les ronces, jusqu'à l'obliger à se relever. La course infernale reprit.

55

Fernand et Léonie explorèrent en long et en large les environs de la propriété, augurant que la malheureuse n'avait pas pu parcourir une longue distance, surtout après une telle période d'inactivité. Ils priaient pour qu'elle n'ait pas fait de mal à la petite, car il était évident que la châtelaine l'avait emmenée de force. Ils appelèrent, levant des battements d'ailes dans les frondaisons, des débandades dans les fourrés. Pour toute réponse ne leur revint que l'écho de leurs cris. Aucune trace du passage des deux disparues.

Désemparé, Fernand proposa de pousser jusqu'à Plouay afin de prévenir la gendarmerie. Léonie soupira.

— Tu n'y penses pas… Nous serions obligés de leur dévoiler la vérité, et tu sais ce qu'il m'en coûterait.

Fernand retint la remarque acerbe qui lui vint à l'esprit. Que n'avait-elle réfléchi plus tôt !

— Alors, poussons jusqu'au château de monsieur de Cosquéric, proposa-t-il. C'est un homme avisé. Lui saura ce qu'il faut faire.

— En tout cas, il nous aidera à les chercher.

Xavier secoua la tête.

— Il était inévitable que cette histoire tourne au vinaigre un jour ou l'autre. Il est même étonnant qu'un drame ne se soit pas déjà produit.

Une fois de plus, Léonie fit profil bas.

— Nous allons organiser une battue avec Hortense et Boniface, reprit le châtelain. À nous cinq nous finirons peut-être par les retrouver.

La pluie les avait trempées jusqu'aux os. Mathilde avait pris une allure effarante, les cheveux collés, débraillée, les pieds et les chevilles lardés d'épines dont elle n'avait cure. Lysiane était dans un état encore plus pitoyable. Au fil des heures s'aggravait son épouvante. De lourds sanglots la faisaient hoqueter ; à présent, elle était terrorisée par cette femme au comportement si extravagant ; elle la suppliait de faire demi-tour. À plusieurs reprises, elle fut sur le point de lui avouer qu'elle n'était pas le garçon qu'elle lui avait laissé croire, mais sa troisième fille. La retint la crainte que la malheureuse n'essaie alors de l'éliminer.

La marquise se mit à soliloquer. Lysiane parvint à comprendre qu'elle en voulait à la terre entière de l'avoir si longtemps privée de son fils. Des comploteurs, mais le bon Dieu avait eu pitié d'elle et pour sûr que tous ces salauds-là finiraient en enfer.

Voilà bientôt cinq heures qu'elles avaient fui le château quand l'épuisement eut enfin raison des forces de la châtelaine. Elle s'effondra dans un fossé empli d'eau, sans lâcher sa proie pour autant.

— Viens tout contre moi, mon garçon. Tu es trempé, tu vas prendre froid. Ce serait ballot de tomber malade maintenant que je t'ai retrouvé.

Sentant le dénouement proche, Lysiane lui obéit. Les bras de la mère l'enserrèrent aussi sûrement que les mors d'un étau, de peur qu'elle ne lui échappe. Le jour commença à décliner, la forêt à bruire de mille chuchotements. La respiration de Mathilde devint plus régulière. Lysiane s'angoissa qu'elle ne recouvre assez de force pour reprendre son périple. En quelques minutes, la châtelaine s'endormit.

La petiote hésitait à bouger. L'étreinte de Mathilde se relâcha, puis ses bras se déplièrent le long de son corps. C'était le moment d'en profiter. Lysiane s'écarta insensiblement, ramena ses jambes sous elle. La mère ronchonna quelque chose d'incompréhensible, ses lèvres clappèrent et elle déglutit, mais ne se réveilla pas.

Lysiane se redressa lentement, s'éloigna en veillant à poser les pieds sur la mousse molle qui amortissait les bruits. Au bout de quelques mètres, elle accéléra le rythme, trouva encore assez d'énergie pour se mettre à courir.

Ils progressaient tous les cinq à la manière des rabatteurs lors d'une chasse à courre, sauf que ce n'était pas du gibier qu'ils traquaient. Sous les ordres de Cosquéric, les quatre domestiques s'étaient déployés en éventail. Il avait conseillé de ne plus appeler.

— Si la châtelaine nous entend, elle est capable de brutaliser la petite pour l'empêcher de répondre.

À plusieurs reprises ils perçurent des craquements de bon augure, mais ce n'était qu'un animal qui s'enfuyait ou des branches qui grinçaient entre elles sous l'effet du vent.

Puis le miracle se produisit. Une silhouette à peine entrevue, d'autant plus fluette qu'elle était trempée jusqu'aux os.

— On est là, ma chérie ! cria Léonie Roumier.

Vaincue par l'émotion autant que par la fatigue, Lysiane n'eut même plus la force de répondre. Elle chancela et s'affaissa comme la flamme d'une bougie soufflée par la bourrasque.

— Tu es sûre que c'était elle ? demanda Fernand qui lui n'avait rien vu.

Léonie ne répondit pas, elle se précipita dans la direction de la fugace apparition. La gamine gisait en chien de fusil ; la sage-femme craignit le pire. Elle s'agenouilla auprès d'elle, bientôt rejointe par Cosquéric qui s'empressa de prendre le pouls.

— Elle respire, mais elle est dans un sale état, soupira-t-il.

— Oui, il faut la ramener au plus vite, afin de lui donner un remontant et de la réchauffer.

Fernand portait Lysiane qui avait repris connaissance.

— Elle ne t'a pas fait de mal ? s'inquiéta Léonie qui trottinait à côté.

— Non. Il ne faut pas lui en vouloir. Elle était si heureuse d'avoir retrouvé son garçon.

— C'est elle qui t'a coupé les cheveux ? Elle aurait pu te blesser avec les ciseaux.

— C'est moi qui en ai eu l'idée. Je l'avais entendue réclamer son fils ce matin quand tu étais dans sa chambre. J'ai eu envie de lui faire plaisir. Je ne pensais pas qu'elle m'aurait emmenée de force.

La châtelaine ne fut retrouvée que le lendemain matin, par un trio de chasseurs. Les pieds en triste état, le visage maculé, les vêtements en guenilles, elle titubait comme une ivrognesse. Vision d'enfer, spectrale, ils crurent à l'une de ces lavandières de la nuit au sujet desquelles l'on racontait les légendes les plus affreuses. Elle avait erré toute la nuit. À la vue des trois hommes, son regard s'alluma. La première chose qu'elle leur demanda, ce fut s'ils n'avaient pas vu son fils.

— Je le cherche depuis hier soir. À tous les coups, ils l'ont repris et allez savoir ce qu'ils vont faire du pauvre petit.

— Mais qui ?

— Eh bien eux ! Toujours les mêmes. Ils l'ont séquestré depuis sa naissance. J'avais réussi à le libérer, mais ils nous ont poursuivis.

Il ne faisait aucun doute qu'elle était folle à lier et qu'il convenait de n'apporter aucun crédit à ses divagations. Quand l'un des chasseurs lui demanda qui elle était, elle lui adressa un regard paniqué, haussa les épaules, elle ne savait plus.

— Je crois bien qu'il s'agit de madame de Viremont, avança un autre.

— La châtelaine ?

— J'ai entendu dire en ville qu'elle avait perdu la boussole.

ÉPILOGUE

Mathilde de Viremont dut être internée, sa démence ayant été diagnostiquée trop avancée pour rester dans le château familial. Tout espoir n'était pas écarté cependant. Dans l'attente d'une rémission, Léonie Roumier formula la demande de s'occuper des jumelles. Ne sachant comment régler le problème, n'osant séparer les deux sœurs en les plaçant dans des familles d'accueil, les services sociaux de l'époque ne s'y opposèrent pas. Gestionnaires de ce qu'il restait de la fortune de la marquise, ils accordèrent même une allocation pour subvenir à leurs besoins, tandis que Fernand Chardon fut rémunéré pour s'occuper de la propriété. Lysiane vécut enfin en paix avec ses deux sœurs dans le château familial. Elle était enregistrée à l'État-Civil sous le patronyme de Roumier, le mystère de sa naissance ne fut jamais dévoilé.

Douze ans s'écoulèrent dans ce qui au départ n'était qu'une solution provisoire.

Xavier de Cosquéric fut victime d'une rupture d'anévrisme, alors que Lysiane atteignait sa majorité.

En souvenir de la châtelaine qu'il avait courtisée – et sincèrement aimée –, il avait rédigé son testament en faveur de Lysiane, la considérant sans doute comme la fille qu'il aurait souhaité avoir avec Mathilde.

Quelques mois auparavant, la jeune fille avait fait la connaissance d'un homme de dix ans son aîné. Il était peintre, en villégiature au Faouët où se constituerait au siècle suivant une école d'aussi bonne facture que celle de Pont-Aven, mais qui ne connut pas autant de notoriété, faute de posséder dans ses rangs un artiste de la renommée de Gauguin. Ce fut une rencontre fortuite : Alexis Renaudin aimait fixer sur ses toiles les manoirs et autres bâtisses ancestrales. Il s'était présenté au château des Viremont pour obtenir l'autorisation de poser son chevalet sur les rives de l'étang. C'était Lysiane qui l'avait reçu. Avant même les premières paroles, ils surent qu'ils étaient faits l'un pour l'autre.

Une fois mariés, ils emménagèrent dans le château légué par Xavier de Cosquéric. Leur mission achevée, Léonie Roumier et Fernand Chardon se retirèrent dans la chaumière où ils avaient vécu leurs premières amours. Quant à Anne et Lise, elles n'éprouvèrent pas le besoin de convoler : elles restèrent vivre ensemble dans la propriété des Viremont, sans doute de crainte d'être séparées par des époux trop exclusifs.

Les deux châteaux existent encore, se faisant face au-dessus de l'étang. Le cadre est toujours aussi bucolique, et seul un écrivain un peu tordu en ferait le décor de drames aussi sordides…

FIN

REMERCIEMENTS

À Jean Failler, grand timonier des éditions du Palémon qui m'a enrôlé dans son équipage.

À Delphine Droual-Hamon, efficace et pertinente directrice en chef.

À Myriam Morizur, qui a effectué la première lecture et assumé avec professionnalisme la correction du tapuscrit.

À l'ensemble de l'équipe, dont le dynamisme n'est plus à démontrer : Nathalie Simon, Annie Le Chevanche, Tiphaine Kahri-Tamietti, Meven Le Donge, Adrien Le Meur, Myriam Henvel, Karine Body, Élisa Journé, Laure Thomas, Laurine Cadiou, Jules Brégardis.

Inscrivez-vous gratuitement,
et sans aucun engagement de votre part,
à notre bulletin d'information
en nous retournant le coupon ci-contre.

Vous serez averti(e) des parutions en exclusivité,
pourrez bénéficier d'offres spéciales,
de cadeaux, etc.

Chaque nouvel inscrit recevra
une petite surprise…

Rejoignez-nous vite!

Et n'hésitez pas à proposer l'inscription
à vos parents et amis…

Je désire m'abonner gratuitement
au bulletin d'information des Éditions du Palémon :
je serai informé(e) des parutions
de Daniel Cario,
ainsi que de l'actualité et des offres Palémon.

Nom ....

Prénom ....

Adresse ....

....

Code Postal ....Ville ....

Pour encore plus d'offres et d'infos,
indiquez votre adresse e-mail :

E-mail ....@....................

Bon à compléter ou à recopier
et à retourner par courrier à l'adresse suivante :

ÉDITIONS DU PALÉMON
ZI de Kernevez
11B rue Röntgen
29000 QUIMPER

Vos données sont collectées par les éditions du Palémon afin de vous inscrire à notre lettre d'information. Le recueil des données est facultatif et limité à ce qui est strictement nécessaire pour vous faire parvenir notre catalogue et/ou notre newsletter. Vous pouvez à tout moment accéder à vos données, les rectifier, demander leur suppression ou la limitation de leur traitement. En cas de question, vous pouvez nous contacter au 02 98 94 62 44 ou sur **contact@palemon.fr.**

❒ Je consens à l'utilisation de mes données

❒ Je souhaite m'inscrire à la newsletter

DC-T01

Retrouvez l'ouvrage de Daniel Cario
et tous les titres des Éditions du Palémon sur :

www.palemon.fr

ÉDITIONS DU PALÉMON
ZI de Kernevez - 11B rue Röntgen
29000 QUIMPER
02 98 94 62 44
Dépôt légal 1er trimestre 2025

ISBN : 978-2-385271-26-8

Achevé d'imprimer en février 2025
sur les presses de CPI Bussière
18200 Saint-Amand-Montrond
Numéro d'impression : 2082318
1er tirage

Imprimé en France